儿子篇／巫龙骧

爸爸篇／巫红杰

目 录
Contents

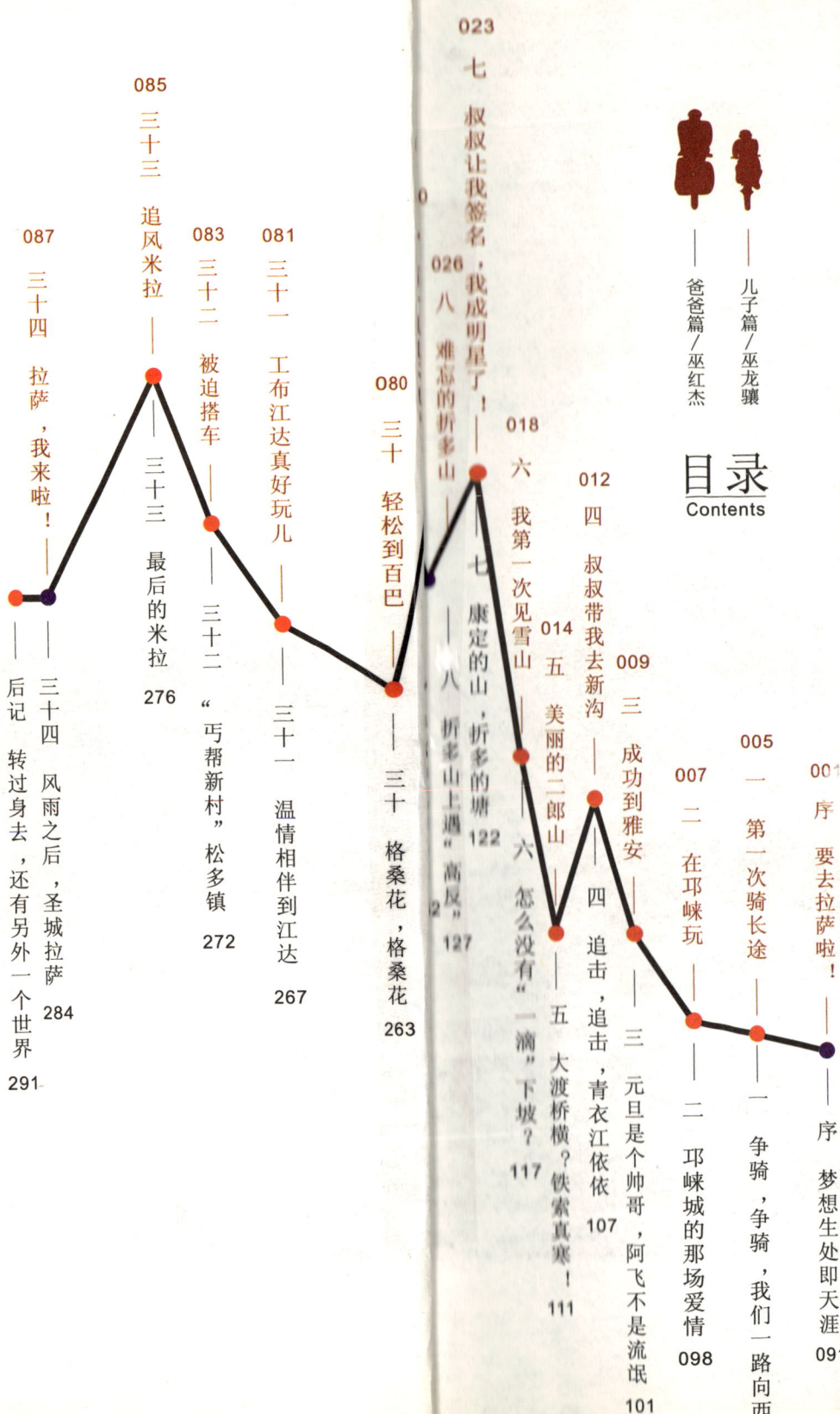

目录 Contents

儿子篇/巫龙骧
爸爸篇/巫红杰

- 序　梦想生处即天涯　001
- 一　第一次骑长途　005
- 二　在邛崃玩　007
- 三　成功到雅安　009
- 四　叔叔带我去新沟　012
- 五　美丽的二郎山　014
- 六　我第一次见雪山　018
- 七　叔叔让我签名，我成明星了！　023
- 八　难忘的折多山　026

- 序　要去拉萨啦！　091
- 一　争骑，争骑，我们一路向西　095
- 二　邛崃城的那场爱情　098
- 三　元旦是个帅哥，阿飞不是流氓　101
- 四　追击，追击，青衣江依依　107
- 五　大渡桥横？铁索真寒！　111
- 六　怎么没有"一滴"下坡？　117
- 七　康定的山，折多的塘　122
- 八　折多山上遇"高反"　127
- 三十　格桑花，格桑花　263
- 三十　轻松到百巴　080
- 三十一　温情相伴到江达　267
- 三十一　工布江达真好玩儿　081
- 三十二　"丐帮新村"松多镇　272
- 三十二　被迫搭车　083
- 三十三　最后的米拉　276
- 三十三　追风米拉　085
- 三十四　拉萨，我来啦！　087
- 三十四　风雨之后，圣城拉萨　284
- 后记　转过身去，还有另外一个世界　291

这,是一个悄然
开始的行动…
This is a quietly begun action

这是一个悄然开始的行动。

2011年7月,一个70后的爸爸,为了帮助9岁的儿子戒掉网瘾,让他明白这个世界还有另外的生活方式,毅然带着孩子从成都出发,骑行去拉萨,一人一车走向了天涯……

这是一场无法预料结果的苦旅!路太长!山太高!

更关键的是,孩子能否因此长大?

34天的骑行,孩子开始时质问爸爸:"你为什么把我骗到这里来?"

站在布达拉宫下时,则发出了"我喜欢在路上的日子"的感慨!

九岁，我骑单车去西藏

宗巴拉的泪水是否感动了高原之夏？34天的骑行，孩子由开始的新鲜好奇

到进入山区走不动的时候，质问爸爸"你为什么把我带到这里来？"

而当站在布达拉宫下，儿子竟发出"我喜欢在路上的日子"的感慨！儿子的成长父亲忘记了所有的艰难

蜕变为"单车英雄"！9岁儿子的稚嫩朴实+70后父亲的诙谐幽默=这本不仅仅是游记的游记！

从"网瘾少年"到"单车英雄"，一位9岁少年在川藏线上完成了自己的蜕变。

儿子因为酷爱网游，经常通宵上网

2011年7月

毅然带着孩子从成都出发

让他明白这个世界上还有其他的生活方式

这是一场无法预料结果的苦旅，路太长，山太高

34天，5000里路，一个9岁的孩子义无反顾地从"网瘾少年"蜕变为"单车英雄"

让一位9岁的问题少年蜕变为一位懂事的小小好汉

巫红杰 巫龙骧 著

当代世界出版社

图书在版编目（CIP）数据

九岁，我骑单车去西藏 / 巫红杰著. -- 北京：当代世界出版社，2013.9
ISBN 978-7-5090-0920-8

Ⅰ. ①九… Ⅱ. ①巫… Ⅲ. ①纪实文学－中国－当代 Ⅳ. ①I25

中国版本图书馆CIP数据核字(2013)第115410号

书　　名：	九岁，我骑单车去西藏
出版发行：	当代世界出版社
地　　址：	北京市复兴路4号（100860）
网　　址：	http://www.worldpress.org.cn
编务电话：	（010）83908456
发行电话：	（010）83908409
	（010）83908455
	（010）83908377
	（010）83908423（邮购）
	（010）83908410（传真）
经　　销：	新华书店
印　　刷：	三河市玉星印刷装订厂
开　　本：	710mm×1000mm　1/16
印　　张：	19.5
字　　数：	280千字
版　　次：	2013年9月第1版
印　　次：	2013年9月第1次
书　　号：	ISBN 978-7-5090-0920-8
定　　价：	39.80元

如发现印装质量问题，请与承印厂联系调换。
版权所有，翻印必究；未经许可，不得转载！

叛逆的孩子，漫长的暑假……
我想带他去个地方

这个地方要接近大自然
这个地方最好没有网络
这个地方还要大
这个地方还要能让我们停留一个月左右
这个地方在哪里……

我的目光向四方延伸
我看到了东北的茫茫林海
我看到了蒙古的青青草原……
最后目光落在了西藏……

九岁，我骑单车去西藏

At the age of nine, I ride bike to Tibet

序

要去拉萨啦!

巫龙骧 [Wu Longxiang]
小学四年级学生,九岁

有一天爸爸问我:"你愿意去拉萨吗?"拉萨?那里不是挨着珠穆朗玛峰吗?

"我愿意!"暑假里正感到无聊的我大声地对爸爸说。"咱们怎么去呢?是坐火车还是坐飞机去?"

爸爸说:"都不是,再猜一下。"我猜了许多,怎么也猜不对。

最后爸爸跟我说:"咱们骑自行车去。"

我大吃一惊:"啥?骑自行车去?那我干不了吧?"爸爸说:"要有信心,你行的!"

7月9日,叔叔开车送我们去火车站。爸爸说我们先坐火车到成都,然后开始骑车去西藏!

在火车站,我数着爸爸手中的人民币,一张、两张……哇!终于够买车票了。"我们终于能上去成都的火车了!"我兴奋地说。"别高兴得太早,上了火车有你好看的。"爸爸插嘴道。然后,我们就到候车室去等车了。时间过得真慢啊,终于广播中通知我们乘坐的火车要来了。"上车,上车!"我催着爸爸说。

爸爸说这个叔叔是川剧中的变脸演员,他的脸真的会变吗?

　　火车上人真多,我在火车上跑来跑去,认识了许多朋友。后来,天黑了,我要睡觉了,但是我睡不着,因为车厢内太吵了。我用力闭着眼,捂着耳朵,终于睡着了。

　　7月10日早晨,我迷迷糊糊地睁开了眼睛。"啊,天亮了。"我心想,但是为什么还不到成都呢?我无聊地看着旁边一个叔叔玩电脑游戏。中午12点,终于听到火车上通知成都站就要到了。该下火车了,我兴奋地跳了起来。

　　下了火车,我们找了个旅店住下。晚上我们去吃饭,那儿的饭可好吃了,我吃得津津有味。回旅馆之后,我就倒在床上睡着了。

　　成都好玩儿的地方可真多,我怎么玩都感觉没玩够;成都好吃的东西可真多,吃得我小肚子鼓鼓的,可是爸爸却说要出发去西藏了。

上：成都火车站
下：刚到成都，陌生。

就要出发了,赶紧恶补一下,哈哈……

一

第一次骑长途

[时间:07 / 14]

　　我们正式出发了。爸爸说:"今天的路程70公里,平路。"听了这句话,我吓得差点尿裤子。因为,我最多才骑过了60公里,现在一下子要骑70公里,我行吗?爸爸说:"要有自信,你行的。"顿时,我全身沸腾,信心像一个魔鬼一样附在了我的身上。"我一定会走完这70公里路的,爸爸请放心。"我说。"好,有了你这句话,我就放心了。"爸爸说。

　　我们出发了。"我把你们带到去崇州的路口,你们自己去邛崃吧。"这几天一直陪我们的叔叔说。"原来我们现在要去邛崃。"我心里想。走了一阵子,看见了一个十字路口,我想那儿会不会就是叔叔说的那个崇州路口?果然,叔叔猛地一刹车。吱……一声了,不然我就要撞上叔叔的自行车了。我赶快也刹住车,迅速地从自行车上跳下来。爸爸和姑姑也停下,我们和叔叔互相说着再见,然后叔叔就转身回去了。

我们继续前进。在路上，爸爸突然停了下来，咚，我撞上了他。我生气地说："爸，你干什么啊！"（其实那时候我已经走不动了）爸爸无辜地说："我问路啊！""对不起，爸爸，我错怪了你。"我委屈地说。"没关系，你是不是累了？"我连忙说不是，因为我不想耽误今天的路程。爸爸赶紧拉住我说："别逞强，歇一会儿走得更快，歇一歇吧。"我说："好，你去问路吧。"爸爸去问路了，我就在那里揉腿，我太累了，腿很疼。一会儿，爸爸回来了，说："一直往前走，走吧。""好！"我有力地回答。

走了一会儿，我感觉只骑车很枯燥，就想了一个办法。我平时爱听故事，就对爸爸说："你给我讲个鬼故事吧。"爸爸知道我爱听鬼故事，但是他却不会讲。半天，他才说："我不会讲鬼故事，去找你姑姑吧。"姑姑向爸爸狠狠地瞪了一眼，我看见了，但是我没说话，继续朝姑姑骑去。姑姑不忍心，就给我讲了一个鬼故事。姑姑讲完后，我说："不好听，不好听。"姑姑说："不好听？你来给我讲一个？刚才的故事吓住你了吧！"我接着说："才没有呢！我来给你讲一个。""嘿，小子，你来讲一个。"然后，我就给姑姑也讲了一个鬼故事……我讲完了，姑姑大吃一惊。姑姑说："好小子，会讲故事了。"我没理她，转身对爸爸说："爸爸，有几个叔叔在前面。"其实我早已竟（应为"经"，下同，编者注）看到前面有几个叔叔了。爸爸和姑姑异口同声地说："哪儿，哪里？"我说："看，前面那里。"爸爸说："就是。"姑姑还在说："在哪儿，在哪儿？"我说："你眼瞎了吧。"（我那时候真不懂事）我急着说："我要去追上那几个叔叔。"爸爸说："别去，龙儿，叔叔骑车快，你追不上叔叔们，追了也是白追。"爸爸劝了好一阵子，我才忍住不追了。（那时候我很喜欢跟别的叔叔走）我们走了一会儿，到了一个高速公路收费站，爸爸让我们在这里等着他，他要去问路。我们只好在那里等他，爸爸一会儿就回来了。爸爸说："前面高速不让走。只能顺着旁边的小路走。"虽然有些累，但是我感觉还能坚持，在路上，我还和爸爸比赛呢。到了傍晚的时候，我们到了邛崃。70公里的路程，我竟然骑完了！找到了旅馆，我累得直接躺到了床上，第一次感到躺在床上是那么舒服！

二
在邛崃玩
[时间：07／15]

第二天，我们又该出发了。但是爸爸说："我从电视上看到雅江发生泥石流，好多叔叔都被困在里面了，所以今天我们不能再前进了。"我和姑姑听了，高兴得不得了，因为谁都知道再走是一件很痛苦的事。我和姑姑在旅馆里看了会

你猜哪个好吃？！

我对奶汤面的评价

  儿电视，觉得没意思，就喊上爸爸一起出去玩。我们去吃了奶汤面，感觉难吃死了。我们又去了网吧传照片，出来后把邛崃转遍了，就疲劳地回旅馆了。躺在床上还是那样的舒服，看着电视还是那样的愉快。

  傍晚，我们在电视上看到了雅江发生泥石流的新闻。姑姑说："明天走不走啊？""走！"我爸爸坚定地回答。我被爸爸的这一声给镇住了，心里暗想："明天怎么还走啊，我还没歇好呢。"但我不敢说出来，因为说出来了爸爸肯定会批评我懒，说我没志气，非吵我一顿不可。突然，灯灭了，我大声地喊："你干什么？"爸爸说："睡觉了。"我委屈地说："我还没脱衣服呢。"其实我还想玩一会儿，但想想明天还要赶路，只得躺下开始睡觉。

左：到了雅安，我也签下自己的名字
右：雅安留念

三
成功到雅安
[时间：07/16]

我们这次真的要出发了。出了邛崃，走了没有多远，遇见了我走川藏路的第一个大坡，但是我没有怕它，我努力地往上爬，最后，我顺利地爬上去了。骑上这个坡以后，刚好看见了一个饭店，爸爸说："都饿了吧，停下来吃点东西。"我和姑姑兴奋得差点从自行车上摔下来。我们早晨都没吃饭，现在饿得都没劲了。我们停下了车，进了饭店。饭真好吃，吃完饭后，我浑身又充满了力量。我再次骑上车，把自行车踩得飞快，但是骑了半个小时，又没劲了。我心想："我得快点走到雅安。"于是我努力地骑车，连爸爸都有点追不上我了，姑姑更被甩

亲爱的阿飞叔叔

到后边。走了一会儿,我遇见了两个叔叔和两个姐姐,叔叔看见了我连忙喊停停停,但我只对叔叔笑了一声,我以为爸爸是不会让我停的。谁知,爸爸也连忙说:"龙儿,快停下。"我马上吱地一下刹住了车。我说:"爸爸,干什么?"爸爸没理我,他停下车找叔叔说话去了。我也下了车。听到爸爸问叔叔:"你们从哪里过来的?"然后,爸爸说:"一起走吧。"叔叔说:"好,一起走!"有叔叔们陪着,我更有劲了。我和其中一个叫"阿飞"的叔叔走在最前面,把其他人都甩在了后面。我们一直向前冲,又上了一个超级大坡,然后便停下来吃饭了。我最爱吃四川的回锅肉了,元旦叔叔连忙叫上了一盘回锅肉,我像一只饿狼一样疯狂地吃了起来……

　　吃饱了,继续出发。我噌噌地把自行车骑得飞快,但阿飞叔叔还是超过了我。坚持了许久,终于能歇了,我突然感到腿很疼,我告诉爸爸说我腿疼。爸爸说:"来,我给你喷些药。"爸爸给我喷药后不久,我们就又出发了。我走了一会儿,感觉腿不疼了,就对爸爸说:"爸爸你的药挺灵嘛。""那当然,不灵我就不买了。"爸爸神气地说道。

我们正上着一个小坡,到了坡顶,出现了一个下坡。开始,我们以为这个下坡很短,谁知,这个下坡越下越长,一直下到了一个县城,叫名山县。出了名山县城竟然还在下坡。我们又走了一会儿,遇见了一个连环上坡,这个上坡累得我直抱怨,这是我走川藏路的第一次抱怨。爸爸说:"上了这个坡就到雅安了。"我心里大喜。果然,我们上了这个坡,一拐弯,就看见了一个超级长的下坡,到了一个隧道口,我们还跟叔叔姐姐们照了相。

我们继续走了一会儿,到了一个马踩着燕子的铁雕塑下,爸爸告诉我这是马踏飞燕。我们在马踏飞燕下面照了几张照片,就继续去雅安了。到了雅安,我们的第一件事就是找旅馆。(大家不要认为找旅馆是一件非常简单的事哦!不然会气死走川藏路的叔叔们的。你如果认为找旅馆很容易,那么走川藏路的叔叔们就会说:"我们辛辛苦苦找一个旅馆,你们却说找个旅馆很容易,其实我们太费劲了!")但是我们今天不用找旅馆了,因为有叔叔嘛,我爸爸暗自欢喜。我找到了旅馆,吃了一顿大餐,心里那个甜啊。后来我感觉屁股很疼,原来是磨破了,爸爸给我上药时,疼得我差点没死过去,我哭了,阿飞叔还笑我,哼,不和你玩了。

四
叔叔带我去新沟

[时间：07 / 17]

　　我问爸爸走不走了，爸爸说还走。我又问爸爸今天的目的地是哪里，爸爸告诉我今天去新沟，87公里缓上坡。87公里？看来今天我要完成一个我几乎不可能完成的任务。爸爸有事要晚出发，他拜托元旦叔叔看好我，带我骑车。我和元旦叔叔出发了，开始我不情愿，但还是慢慢接受了。路上，我问元旦叔叔："叔叔，我爸爸什么时候过来呀？"叔叔骗我说："一会儿就过来了。"我相信了叔叔的话。不知道为什么，我在路上骑得飞快，也许是开心的原因吧。我又对叔叔说："叔叔，我爸爸怎么还不来呀？太慢了。"叔叔继续骗我说："我们骑

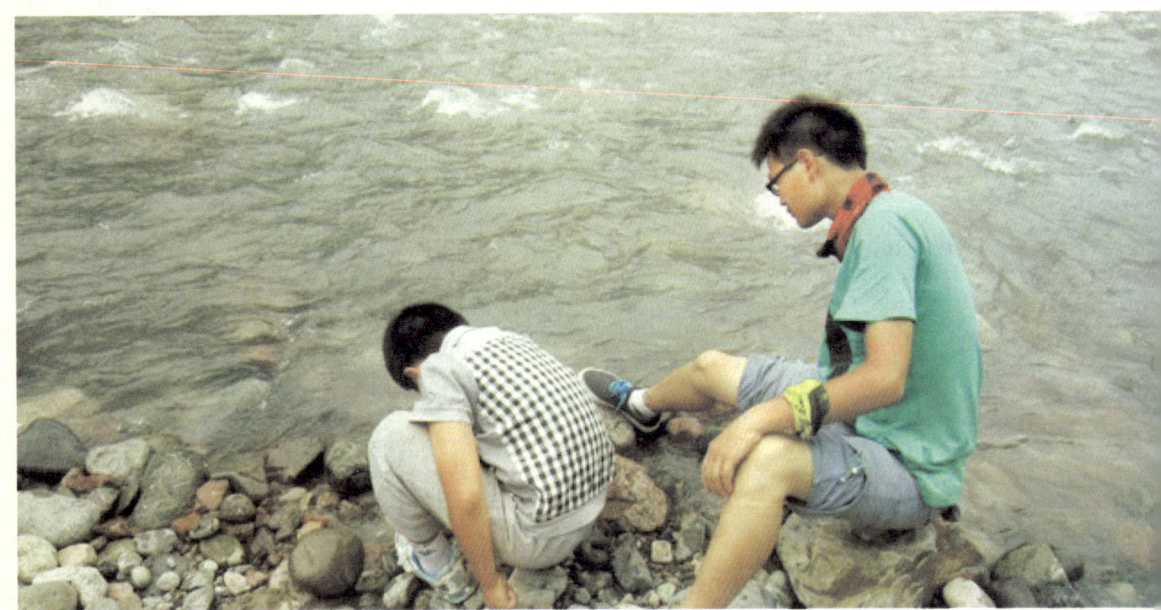

阿飞叔在陪我玩。

嘿嘿，叔叔请我吃西瓜！

得太快了，所以他们追不上我们。""我们还会比爸爸骑得快？"我心里想。我对元旦叔叔说："叔叔，我们能不能慢点啊？"叔叔说："不行，慢点我们会掉队的。"今天的上坡多，终于到了雅安和新沟之间最陡的上坡路段了，但我依然有力气，竟然还有心情和阿飞叔叔比速度。最后，我追不上了，只好让叔叔得意地往前骑。这下，没人照顾我了，我很着急。算了算，后面还有一个叔叔和两个姐姐。我站在附近的桥上等了一会儿，来了一个姐姐，我就跟着这个姐姐走了。想不到的是，姐姐竟然跟不上我，我超过了姐姐，遇见了一个大上坡，我居然用了2-7挡，迅速地冲了上去。后来我没劲儿了，慢慢向前骑着，遇到了一个大拐弯，拐过去之后，我看见了一个小村庄，瞧！叔叔还在那里坐着呢。我迅速冲了过去，问叔叔："怎么不走了？""这就是新沟，我们到了。"叔叔说。我竟然争(征)服了87公里的上坡路！我太厉害了！我都为我自己感到自豪。

我都吃过了饭，爸爸还没来，我急了，骑上自行车就回去找爸爸。走着走着，看见前边有一男一女，我想，会不会是爸爸和姑姑呢？走近一看，果然是他们，我看到他们饿急了的样子，连忙掏出杠包里的压缩饼干，他们吃完之后，说我懂事。我太兴奋了，回去的路上好几次都差点摔倒。虽然新沟是个小村庄，但由于骑自行车的人越来越多，所以新沟就慢慢变大了。傍晚，新沟旅馆房间内没电视，只好玩手机游戏消磨时间了。

五
美丽的二郎山
[时间：07／18]

我们要出发了，爸爸说："今天要翻过一坐（座）山，它的名字叫二郎山，海拔三千米，你能翻过去吗？"我说："说不定。"我爸爸说："尽量翻过去，出发！"我走在路上觉得有些累了，就停下来歇了歇，等我站起来的时候，觉得腿很痛，爸爸给我喷了些药，然后就继续上路了。在路上，我差点摔倒了，爸爸看大事不妙，就给我讲《三国演义》，我听着听着就厌烦了，开始抱怨起来，爸爸劝我专心骑车，但我就是不听话，最后爸爸就把我扔在那里。我死活不跟他，任他走，我反正是不走了。我在那里磨蹭了一会儿，觉得自己错了，就赶紧追上爸爸。我们走了一会儿，爸爸停了下来，拍了几张二郎山连环路的照片，然后说："还有两公里，走吧。"我心里大喜。走了一会儿，我就没耐心了："这哪是两公里啊，这分明就是100公里！"爸

天太热，我用路边的水洗了洗脸。

奈何不了我，只好走一段路算一段路了。我一直底（低）着头向前走，忽然，爸爸说前面有一个牌子，我一看，上面写着：二郎山隧道2公里。我愤怒地说："爸爸，你说错了，应该还有几百米才是两公里！"想必那时爸爸肯定在想多几百米和两公里有什么区别。

我们走到了一个三岔路口，听爸爸说右面那条路是老的二郎山路，新的路更好走。我们上了这个坡，见有许多车停在这里，还有许多人给我们水果吃，我和爸爸连声感谢。我们绕到了前面，原来停了这么多的车是要做安全检查，怕哪一辆车上装的有炸弹，把隧道给炸了。当然，我们不用检查，因为我们骑的是自行车。正好我们没水了，于是就到警察室去灌些水，见到一个警

哈！我们到了二郎山隧道。

察叔叔，他应该是这个大队的队长。我们灌了水出来之后，看到一个站岗的武警战士，爸爸让我和武警叔叔打招呼，我就去跟武警叔叔说，让他好好站岗，为全国人民服务，我代表全国人民感谢武警叔叔。武警叔叔笑了笑，又接着继续认真地站岗了。我在"二郎山之歌"的石碑前照了几张照片，就进隧道了。听爸爸说这个隧道长4176米，换成公里是4公里176米。"这个隧道这么长啊！"我心里想。进了隧道，里边灯光刺眼，而且一眼望不到头。我们走了很久，仍然没能走出来。我开始急躁了，一会儿屁股扭扭，一会胳膊扭扭。爸爸说我不安生。走啊走，终于走出去了。我又看见了灿烂的阳光，然后我们一路下坡，下着下着，我突然听见爸爸在后面喊我，我停下车，问爸爸什么事，爸爸说别跑那么快了，太危险。我不乐意了，让爸爸先走。等爸爸走远了，我再飞似的往下冲。（我就是这个脾气，我不爱听从别人的意见，大家不要见怪。当然，我现在不这样了。因为我知道，这样做不好。）一会儿的工夫，就下到了爸爸的身边……等我觉得过瘾了，就开始老老实实地跟在爸爸后边向山下骑。

我走了一会儿，看见了一条黄色的河，我看它很黄很黄，就问爸爸："爸爸，这是不是黄河呀？"爸爸说："错了，它可不是黄河，是大名鼎鼎的大渡河！"我说："爸爸，大渡河有什么传说呀？"爸爸说："我不知道它的传说，但有红军的故事。"我听到"红军"两个字，顿时有了兴趣，马上说："说来听听。"爸爸就开始给我讲了："长征的时候，为了冲破国民党军队的围堵，红军

下坡了，爸爸不让我冲锋，生气！

我怎么看不到泸定桥?

一直走啊走啊,到了大渡河的对岸,必须过河到泸定才可以,要想过河,就要夺取泸定桥,于是,红军就挑选了22个勇敢、强壮的战士,英勇地夺取了泸定桥。"这真是奇迹,人们都认为这是奇迹,认为上天在保护着他们。我心想,到了泸定一定要去看看泸定桥。我们又继续下坡,终于下到了泸定。我们打电话给叔叔,问他们在哪个旅馆。找到叔叔后,我们舒舒服服地住下了。然后我们一起出去参观泸定桥,但是泸定桥竟然被拆了,只剩下一根铁索,真没劲。回到旅馆后,爸爸给我腿上喷了些药,我闲得没事,就看电视打发时间。实在无聊,就要爸爸给我些钱,去上网。最后爸爸同意了,并把我送到了网吧。玩完游戏,要自己回旅馆,虽然不太熟悉回旅馆的路怎么走,但我还是顺利地回到了旅馆。一进门,就看到爸爸拿着云南白药,原来要给我喷药。喷完药,我就睡着了。

六

我第一次见雪山

[时间：07/19]

我们又要出发了，爸爸说今天的路是 50 公里左右的缓上坡，我并不害怕，因为在去新沟的路上，一连跑了 87 公里的缓上坡，还能怕这区区 50 公里？于是我们出发了，开始的路有些缓下坡，但是却越走越难走，变成了非常陡

我说我要去西藏，他们不信，哼！不理他们了！

姑姑陪着我，我骑得很愉快。

的上坡了，这些上坡差点把我给累趴下。走着走着，突然来了一个大上坡，又来了一个超级大超级长的下坡，下了半天，还没到头，心里美滋滋的，想着一直下坡到康定就好了。但还不到一分钟，这个坡就下到头了。这儿的路正在修，溅了我们一身泥。啊！终于到水泥路上了，我们在路边歇了会儿，就又出发了。没走出几十米，就听见有人叫我们，一回头，原来是博物馆叔叔（网名）在喊我们。爸爸说："干什么呀？"博物馆叔叔说："雪山！雪山！"爸爸看着博物馆叔叔所指的方向，大声尖叫起来："贡嘎山，贡嘎山！"我也随着叔叔所指的方向去看："哇！这么高的一座山，而且还有许多雪。"应该让爸爸赶紧把这雪山给拍下来。一会儿，像棉花糖一样的白云就把贡嘎山给笼罩起来了。

我们又继续出发了，这时，我们告别了大渡河，开始跟折多河做伴儿，我们顺着折多河一直向上骑。正骑得累的时候，姑姑打来电话说她那儿有好吃的，我就起劲地骑了起来。我问爸爸："姑姑说有好吃的那地方叫什么呀？"爸爸说："过去你就知道了。"到了一看，原来这里叫日地。

我不管这里叫什么，到了就要好吃的。到姑姑身边一看，什么都没有，就怀疑她把好吃的给藏起来了，我说："姑姑，好吃的呢？"姑姑说："骗你的，因为你在路上走得太慢了，骗骗你，让你走得快些。"我不相信，就把姑姑的全身都给搜遍了，还是没有，我的心一下子悲伤到了极点。这时姑姑就像变戏法一样，从车后边的包里边拿出来李子、火腿肠、八宝粥。于是我马上就高兴起来，很快就把这些东西吃完了。爸爸看我吃东西时狼吞虎咽的样子，高兴地笑了。我吃完东西以后，更有劲了，就继续前进。走出日地没几百米，我发现被汗浸湿的围巾找不到了，急忙拐回去找，但是半路上遇到了爸爸。我问他见到我的围巾没有，他说没有。我还要去找，爸爸不让。爸爸说："我过来的时候都没看见有围

上：我背后就是贡嘎山！
下：许多叔叔都崇拜我，嘿嘿。

巾掉路上，你去找不到的，说不定在没到日地之前就掉了，谁让你非把围巾挂车头上的。"说完之后让我跟他走。我不知道为什么，走在路上才知道，原来，爸爸教育我不要乱放东西，这是不好的习惯。我继续努力地走，遇到了一个上坡，我走到半腰的时候，实在走不动了，停下来才发现姑姑也在那里，我看见她在吃什么，过去一看，原来在吃一个香喷喷的东西——香肠！我立刻向姑姑要了一包，啧啧，味道真不错！

我又努力地走了大约五公里，实在没劲了，就躺在爸爸的怀里睡着了。醒来的时候全身都是力气，像一头牛似的往前冲，不知不觉追上了一个叔叔，听爸爸说这个叔叔叫黄瓜（网名），也是元旦叔叔那一队的队员，他走川藏的故事可有趣了。我就和这个叔叔比赛骑车，我以为肯定是我先支持不住下来推车，谁知道，这个叔叔竟然比我先推车，黄瓜叔叔太不厉害了！我又骑了一会儿，看见那个叔叔还在推车，我就停下来等了等他。

我和黄瓜叔叔又推了一会儿，见一个阿姨在一辆大卡车下面坐着，爸爸说："去那个大卡车边休息一会儿。"我们到了大卡车那里，停了下来，那位阿姨立刻给了我一些牦牛肉干，我立刻谢谢她。吃了一会儿，跟阿姨做伴的叔叔又给了我李子、面包、桃。我不忍心让黄瓜叔饿着，就把面包给了他。我吃完了食物后，顿时变成了一头发疯的牛，疯狂地骑着。（可是我没有想到，到了康定后，没有见到给我东西的那个叔叔和阿姨，一直到拉萨参观西藏博物馆时才又相见了。）我在路上疯狂地骑呀骑，不一会儿，就没劲了。我就慢慢地骑呀骑，最后，骑不动了，就下来推，推不动了，就歇歇。爸爸说过，不可以不走，我就推推歇歇。

上：说实话，我很累。
下：休息一下，山真高啊！

最后，我觉得这样实在太慢了，就又骑上了自行车，慢慢地走。坚持，我的目标是——康定。

我这一走，就大半天没歇。就这样，时间一点点地过去了，路程也渐渐地缩短了。我终于到康定了，元旦叔叔替我们找了旅馆，住下了。待在旅馆里很无聊，就想起进门时看到店长的儿子在玩电脑，我就下去和他一起玩。我先登了我的"赛尔号"，他直夸我"赛尔号"上的精灵厉害，他的"赛尔号"比不上。"赛尔号"玩得差不多了，就开始玩"红色警戒"，这个游戏我也很熟练，他甘拜下风。我们玩完"红色警戒"之后，就听他的意见玩"黄金眼"，这个游戏我就不太会玩了。在他的一番指导下，我终于学会了，而且玩得有模有样。我们一直玩到了晚上，在爸爸再三的催促下，才依依不舍地回房间了。

爸爸说,我该练练字了。

七

叔叔让我签名,我成明星了!

[时间:07/20]

　　爸爸说上午不走,要去跑马山玩,我当场就拒绝了,因为我热衷玩电脑,想在旅馆玩一上午电脑。爸爸说:"好吧,在家玩电脑也行,你要是去的话,下午就走不动了。"我下楼去找店长的儿子玩电脑。可是,他今天没有玩电脑,我也不好意思自己玩,就上楼看电视。电视在播《一起又看流星雨》,我很爱看。可

上：康定在我脚下。

中：啊啊啊，我不推车。

下：这就是传说中的舞蹈？我跳，我跳……

是不一会儿，演完了，我生气地换节目，没有一个适合我的节目，我只好很无奈地看我最不喜欢的动画片《樱桃小丸子》，很无聊。正在这时，元旦叔叔他们回来了，当他们打开房间的时候，我也钻了进去，看见桌子上有巧克力，而且是很贵的巧克力，好多钱一盒，我偷偷地把它给拿走了。有一个叔叔发现了，啊，竟然是阿飞叔，这盒巧克力是他的。我赶紧趁他没弄明白的时候溜之大吉，生怕他把巧克力要走。但被阿飞叔发现了，就开始追我，我赶紧跑。终于，阿飞叔叔没有耐心追我了，就说："等你爸爸回来让他再给我买一盒。"这当然是叔叔开玩笑呢。我高兴地看着电视吃着巧克力，巧克力在嘴里一点点地融化，可好吃了。不一会儿，爸爸回来了，他坐在床上歇了一会儿，就说："走吧？"我没意见，我姑姑也没意见，我们就出发了。

开始的时候我像疯子一样地骑，路上一个接着一个上坡，但是我却一点也不累，可能是心理作用吧。终于，爸爸说歇会儿吧，我点头表示同意。然而歇的时间太长了，再走的时候蹬不动自行车了，我只能推车了。走着走着，突然有个叔叔喊我，他迅速地跑了过来，拿出一个本子，说让我签个名。爸爸问那个本子是什么，叔叔说是护照。"什么，出国的护照！"我爸爸喊道，"不行不行，会把护照弄坏的。"那个叔叔说："没事，请你儿子给我签个名吧。"我就拿着笔在叔叔的护照上签了个名。我们继续出发了，我还是走不动，就和爸爸推啊推，突然，我有了一个想法，说："你给我讲故事吧？"爸爸就给我讲了一些关于藏族宗教信仰的故事，我听得入了迷。这时，我们看到路边的电线杆上有一个铁牌子，上面写着：折多塘宾馆，欢迎光临，据此向前500米。"什么，还剩500米就到折多塘了？"爸爸还有点不相信的样子，但是马上就看到了房子。我们俩刚进折多塘的时候，遇见了许多阿姨和叔叔，他们都很崇拜我，都把我拽过来照相。正走着，姑姑从前面走过来，说："住宿地在上面。"我们走了好大一会儿才走到了住宿地。"为什么住宿地找得这么远！"我抱怨道。我喊姑姑陪我打台球。一会儿，该吃饭了，我期待着藏族人家的"佳肴"。饭来了，啊，只是普普通通的面条，还有萝卜丝掺辣椒，我们家就有。但是，还有一样是我们那里没有的酥油茶。我赶紧吃完了面条，啧啧，那个难吃呀！我爸爸却说好吃。我看了看一个火炉里的然（燃）火料。"呀，这是什么啊？"我问道。爸爸说："可能是牛粪吧。"当我听到牛粪的时候，差点吐出来，我问："那不会飘出来牛粪味吧？"我爸爸笑而不语。

八
难忘的折多山
[时间：07 / 21]

我们该出发了。由于我骑得太慢，所以爸爸让我先走，他们随后跟上。吓死人的折多山，翻死人的折多山，我们开始翻折多山了……我慢慢地走在路上，不时想冲刺一下，可是每一次都以失败而告终。我车上有杠包，杠包里有蓝色的水性笔，我在旁边的路栏上签了我自己给自己编的一个绰号"追风贡嘎"。（现在已经改成了"追风米拉"，米拉山是川藏路上的最后一座山。）我签好名之后，看到叔叔在下面努力地骑着自行车，我怕叔叔上来超过我，就急忙收起了笔，又出发了。

一会儿，一个叔叔在我身边擦肩而过，我赶紧跟在这位叔叔后面，但是最后失败了，叔叔把我给甩了。为了保证下一个叔叔不超过我，我赶紧快速地骑，但是，我还是一次又一次地失败了。最终，还是落在了爸爸的身边，我无奈地和爸爸走着，不时地想着，为什么我跟不上叔叔呢？我把这个疑问说给了爸爸，爸爸听后，哈哈大笑说："你现在还太小，论劲，你没叔叔劲大，论毅力，你没叔叔毅力坚定。这个道理你长大才会懂。"

我和爸爸在后面慢慢地走，不一会儿，我就不耐烦了，让爸爸给我讲故事，他就开始给我瞎编，这就是他的好处，瞎编也编得挺美。我不耐烦地听着爸爸编故事，想快一点爬到山顶。这时，过来一个叔叔，给了我一板巧克力牛奶片。我爸爸说："上等牛奶片啊，你要省着点吃。""我不爱吃牛奶片，我爱喝牛奶。"我不好意思地说。爸爸说："吃一片，试试感觉。"我吃了一片之后，说："没感觉，难吃。"爸爸只好无可奈何地说："走吧。"我把牛奶片一片一片抠出来，又一片一片地装在我吃完的巧克力盒中，就出发了。

我们走了一个弧形的坡，就停在这里休息了，我这时有些"高反"了，再走就只剩推车的劲了。我勉强地把车推到了二道台道班（好像叫二道台道班）就立刻倒下，睡着了。我醒来的时候，爸爸正在我身边，见我醒来了，他连忙说："你的自行车丢了。"我原来想着爸爸是跟我开玩笑的，但扭头一看，"咦？我的自行车呢？"我问爸爸。爸爸

上：腿疼，身上没劲。
下：不许超过我！

上：没精神，"高反"！
下：第一座高山，耶！

说："赶快往前找啊。"我就急忙地去前面找车，走了一会儿，隐隐约约地看到了我的自行车，但又不能确定。我就走过去看，越近看着越像是我的自行车，我笑眯眯地想："是不是爸爸给我推了一段路？"我确认这就是我的自行车，这时爸爸赶过来了，说："我再给你推一段吧？"我说："好呀。"爸爸就把自行车给我推到一条小路旁边，说："歇会儿。"我答应后，爸爸歇了一会儿，然后说："我有了个想法。""什么想法？"我问。爸爸说："我们能抄近路到山顶上去。"我看了那周围的青山，那么高，坡那么陡，就说："坡那么陡，不可能抄近路的。"爸爸指了指旁边的一条小路，说："这里可以。"我站了起来，看看这条小路上都有什么，我一看立刻制止了爸爸的想法，因为这条小路上有小溪，大约有十几厘米深，而且流得很急。爸爸说："没事，我们能上去。"经过爸爸的一番劝说，我终于同意了。走在那条小路上，时不时就出现小溪流，弄得鞋都湿透了。由于我很累，所以被爸爸甩了，我在后面痛苦地走着，说："都怨爸爸，非走这条路，害得我被甩了。"我上去之后，爸爸又下去了，说让我先走，我却头痛得厉害，躺在地上睡了。爸爸上来之后，看见我在路边睡觉，急忙把我喊了起来，吵了我一顿，然后看我实在不行了,就说:"你搭车吧。"我没说什么。刚好过来了一辆小汽车,爸爸立刻招手,让车停下。车停了以后,我就上车了。这是我第一次搭车,而且是川藏路上的第一座高山,我没翻过去,真丢人。

我坐在车上,一位漂亮的阿姨给了我一瓶药,让我喝下去,果然很有效果,头部不怎么痛了。不一会儿,就到了折多山的山顶,在姑姑的帮助下,我下了车,坐在姑姑的包上,感觉头又痛了许多。我终于忍不住了,哗地一下就吐了出来,就像把脑袋掏空了一样,感觉好多了。我把姑姑的手机要过来玩,玩着玩着,头又开始晕了。这时,爸爸上来了,我又哗地一下吐了出来,爸爸看见了,连忙掏药给我。这时旁边的一位爷爷给我了一瓶叫作红景天的药。爸爸赶紧打开给我喝下去,喝了之后,脑袋又清醒了过来。向爷爷道谢之后,我就和最高点的海拔石碑照了相,这时我觉得脑子又痛了起来,赶紧和爸爸下山了。我在下山的时候,脑袋渐渐地好了起来。(这一次"高反"之后,我在川藏路上一直都没有再"高反",可能是习惯了吧。)

我们下山了,走了很长时间还没到,我就开始抱怨。不过风景也挺美的,我硬撑到了新都桥,很晚了,和叔叔们打了电话之后,就很快找到了旅馆,这个旅馆还挺大的,前边是休闲的地方,后院是客人的房间,还有一个大餐厅。我到了我们的房间,一下子躺到了床上,跟我爸爸要过来手机,开始练我的《武神传》。我玩了会儿手机,就去吃饭了。吃饭的时候,爸爸要了两罐啤酒,让我陪他一起喝。爸爸竟然让我陪他喝酒,他这是怎么了?

现在我经常被人拉着照相。

九
两个姐姐不想骑车了
[时间:07/22]

　　我起了床,看到一位叔叔在外边,他身上穿的衣服全是字,我问他这是什么,他说这是川藏路上很少有的女生的签名。这时他刚好看到了姑姑,于是让姑姑在他衣服上签名。爸爸问:"我不可以签吗?"叔叔说:"不可以,男生不让签。"那个叔叔问我:"你骑自行车来的吗?"我说:"是啊。"叔叔马上说:"小孩也可以签名。"我爸爸立刻"晕"了过去。我们计划在这里修(休)整,但是由于这里太贵了,爸爸打算去前面的一个地方住。我们出发了,要4公里才能到,去新都桥的时候,一路上就像下坡一样,很轻松。我刚进新都桥,不小心撞到了一辆轿车上面,链子掉了,幸亏没有造成更严重的后果。元旦叔叔费了九牛二虎之力才把我的自行车修好。我们找到了旅馆,元旦叔叔队里有两个姐姐支撑不住,不想骑了。她们到邮局往家里邮寄车子。到了邮局,我们劝呀劝,终于劝回了一个姐姐,另一个姐姐不听,把车寄回了家,坐车走了。真可惜,如果这个姐姐不放弃,一定能骑到拉萨的。

我回旅馆看电视时,发现有影碟机,就放电影看。第一个是《寻找成龙》,我看完后,又开始看谢霆锋和成龙演的《新警察故事》……

我终于骑上了高尔寺山

[时间:07/23]

我们要出发了,我说:"再休息一天吧。"爸爸开玩笑地说:"行呀,你在这里,我们走。"我只得踏上了去高尔寺山的路,本来是好路,可是发生了泥石流,冲毁了道路,路上很多泥土,但还能骑。我看见工人们正在挖山洞,就想:要是我晚来一个月就好了,因为就可以钻隧道,不用翻山了。我坚持了一段时

歇一下，看看我走过的路。

间，又泄气了，很无聊，就开始给爸爸讲《穿越火线》。一会儿，就看见假垭口了（我们以为是真垭口），就来劲了。我们停到一个地方，爸爸指着离我们很近的两个石碑之间的空隙，直盯着我说："有一个人当年骑车路过这里时，不知道为什么，差点一下子从这里栽下去，兴（幸）好他及时地刹住了闸。"我们继续走，一会儿就到了假垭口的下边，我非常疑惑地说："怎么没有风马旗呀？"

然后我就不走了。爸爸大声地说："呀，垭口怎么在上边！"经过爸爸的劝告，我终于肯走了，走到了垭口的下边，仰视着垭口，鼓足勇气冲了上去，一会

儿，就没劲了。当我走到第三层的时候，姑姑来接我，我就一下子冲到了垭口。垭口上有花，有草，还有牛粪。我为了回去让多年欺负我同时又帮助我的哥哥李秋寅看看，我特地多拍了几张海拔牌，让他看看我爬上了他没爬上的高山。

我下去的时候先下了两个大坡，然后是上上下下的小坡，我走到一个上坡的时候，开始等爸爸，但是等了几十分钟还没等到，我就开始急了，只看到一个个叔叔。"咦，那不是爸爸的包吗？"但这些包的主人过的时候，都让我很失望。终于，一个叔叔说："你爸爸的自行车出了毛病，说让你先走。"我不想先走，又走了回去，当我走到那两个下坡的时候，已经变成了上坡，我费了九牛二虎之力才上了这两个坡，上去后，

上：我胜利了，耶！
下：高尔寺山上的草原

大声地喊爸爸，只隐隐约约地听到："在这儿。"好不容易才找到了爸爸。原来姑姑的自行车爆胎了，旁边的几个藏族叔叔来帮助我们。自行车修好了，可是爸爸的手机又找不到了，爸爸用姑姑的手机拨通了自己的手机，旁边响起了爸爸的手机铃声，然后，爸爸在他照相的地方找到了自己的手机，原来是照相的时候坐下掉落了。我们下山了，开始还是两个大下坡，然后是上上下下的小坡。我有点不耐烦了，就说我累，但爸爸不信，不理我，最后，他终于不耐烦了，说："累了就吃点东西吧。"我坐下开始吃东西，爸爸在旁边等我。这时，天正阴着呢。吃完东西，我不耐烦地骑上车，转过一个弯，看到了一个小孩，不，有四五个小孩。其中一个小孩拿着斧子，看着我，爸爸说："加快速度，那几个小孩想抢东西。"爸爸先冲过去，引开了他们，爸爸过去以后，小孩又朝我进攻，我先往左一点，小孩也跟着往左，我又猛地向右，跑了。但是还不知道姑姑在后边怎么甩

开那些小孩的。我们稍微慢了一些，等姑姑。姑姑过来之后，我们问她怎么过来的。她慢慢地说："我停下来，让他们过来，然后一人发一颗糖，就解决了。"结果姑姑被我们一顿"暴揍"。

当我们走到一条在白云里的路（像在白云里的路，周围全是雾）时，我们遇见了一个河南开封的车，就和他们说话。见到老乡就是美，临走之前，他们还送了我们很多好吃的。一会儿，路竟然变成了陡峭的下坡，这时，天也晴了。我们在欢声笑语中下坡。一直下坡，手都麻了，我们不得不下来揉揉手，再舒服地享受着这愉快的时光。我们下了好长时间还没下到雅江。我又开始想着上坡了，但是，老天只给了我一上一下的一条路，路慢慢地变坏了，由柏油路变成了水泥路，由水泥路变成了干泥路，由干泥路变成了湿泥路，由湿泥路变成了湿泥混石子路。不时一个大上坡，不时一个大下坡，这就是攻略作者说的"下坡"。我怨恨他们提供的错误资料，赶快下岗吧！

当我们走到离雅江十几公里的时候，制定了一个计划，每走5公里，就歇一下。果然，我们按照这个计划，很快就走到了雅江。到了雅江，我们已经成为"泥人"了，因为路上的泥太多，溅到身上了。爸爸对着前边的路犹豫了好大一会儿，明显是在看去巴塘（应为理塘）的路，他肯定在想明天会不会还把我们溅成泥人？正在这时，有人碰了碰我，我猛地一转身，看到一个阿姨，那个阿姨伸着一只手，拿着十块钱，意思是给我的，但我不敢随便收别人的钱，就大喊了一声："爸爸！"爸爸一扭头，说："干什么？"我犹豫着说："看看这儿。"爸爸一看，说："不要，我们不收人家的钱。"我又对那个阿姨说："我们不收你们的钱。"我们给元旦叔叔打了个电话，问他旅馆在哪里，就急忙赶到旅馆了。一会儿，我们去洗澡了。晚上，我甜蜜地进入了梦乡。

十一
今天不骑车，真好
[时间：07 / 24]

　　思佳姐姐终于坐车走了，还有黄瓜叔陪着他。黄瓜叔真坏！元旦叔他们骑车也走了，只剩下我们三个了。本来我们也要晚点出发，但是在吃饭时有一个人说用车拉我们到相克宗，我们同意了，只是下午才能拉，让我们等他。爸爸考虑了一会儿，说："好，我们等你。"我们闲逛没意思，姑姑就带着我去上网了，但是网管不让小孩玩，我不罢休，就坐在姑姑身旁，不时地玩一会儿，直到时间用尽。我和姑姑在回去的时候下雨了，害得我们又跑了回来。我们还没吃饭，又吃了碗抄手，就回去睡觉了。一醒来，头晕。这时，那个说拉我们的人打来电话了，说："今天下午没人，明天能把你们送到。"我爸爸气得一下子就把电话给挂了。说："明天我们自己走！"

十二
我的腿很疼
[时间：07 / 25]

听爸爸说今天的路程只有 17 公里，但我感觉腿一直在疼，于是哼哼哈哈地走到了相克宗。有一个藏族小孩一直跟着我，我问他干什么，他吱吱呀呀地说："我想骑你的自行车。"我说："看情况吧。"我走到了旅馆，看爸爸在刷车，就把自行车往那儿一扔，对那个藏族小孩说："骑不成了。"（我太不懂事了，现在后悔了。）我就上旅馆去了。我躺到了旅馆的床上，忽然听到有人在喊我，我趴在窗口往外看，看到了那个藏族小孩，大声问他："干什么？"他说："出来玩吧。"我就慢吞吞地出来了。我看见旁边有好多的藏猪，小巧玲珑，就上去偷偷地抓它们，但是它们跑得太快了，我抓了几次都没有成功，最后，只好放弃了。我扭头一看，咦，那个小孩呢？我又回到了旅馆，开始玩爸爸的手机，哎，没意思。这时，一位叔叔穿着藏族的衣服，还是裙子，一位叔叔也穿着藏族的衣服，摆出一对情侣的架势照相，笑死我们了。

十三

剪子弯山真难骑

[时间：07/26]

我们又出发了。由于有些累，我在路上不停地抱怨，有时甚至赖着不走。正巧遇到了两个叔叔，一个叔叔还帮我推车，推了一段后，叔叔们走了。爸爸边陪我推车边说："曾经有个和你一样大的孩子，骑上这座山再返回，再上，再返回，再上，再返回。直到第四次才走过去。"我突然有劲了，一下子骑到了离山顶两公里的地方。这时候，我不想走了，又开始抱怨，爸爸一下子就把脸扭了180度，不理我了。

我不再抱怨，拿着爸爸的手机，听《改变自己》。我边听着音乐边走，上身压在车把上，努力地用脚蹬车。我骑到了山顶，几乎快崩溃了。姑姑说她在半山腰的警务站等我们，我立即下到了警务站。我在里面看电视，爸爸在外面喊车。里面的警察叔叔挺好的，拿东西给我吃。终于，爸爸喊到车了，我们把自行车拆了，装在后备箱里面。上了车，开始向理塘出发。到了理塘，我开始找元旦叔叔，后来，在一家豪华的宾馆找到他。我们也想住那里，但那里已经客满了，看来这家宾馆很有名。我们又找了个旅馆，住下了。

十四
游览长青春科尔寺
[时间：07 / 27]

元旦叔和阿飞叔走了，我们的队伍一下子缩小了。爸爸因为我昨天的表现太糟糕，决定不走了。我们出去逛了逛，到了长青春科尔寺，哇，许多东西都是由金子镶成的。我们还看见一群僧人用砖头摆一个长方体，里面放一些能烧着的东西，用火一点，就着了，小火渐渐地变成了大火，然后，喇嘛们把金色的杯子扔到里面，渐渐烧黑了。我和爸爸进去了，姑姑在外面等我们，她说她不想进。

一进大门，就看到有很多僧人，都在嗡嗡地念经。我们转到了一个地方，看到摆着不知是谁的照片。另外的一个地方，看着很像是捐钱的地方，我捐了一块钱，他们感谢了又感谢，还给了我们平安绳，让我们喝了"圣水"。真激动！我们出去到了一个窄小的地方，通过一条小隧道，

隧道的尽头很亮，到了隧道的尽头，我们看见一个小孩，拿着一个玩具枪。他很黑，很像非洲人。我们出去了，看到了一个叔叔，爸爸去跟那个叔叔说话去了。最后，那个叔叔决定跟着我们，加入我们的队伍。啊，这真是老天爷帮助我们！元旦叔走了，又一个叔叔加入了我们的队伍。对了，这位叔叔叫风子（网名）。我、风子叔、姑姑又进去了。这次，是我爸爸在外边等着。我们发现了一个新的地方，那里有一个很大的弥勒佛，还有一个佛相（像），是一个将军，满身被人们贴上钱。我们出去了，风子叔决定明天找我们，分别后，我和姑姑买了牛奶喝。不骑车的日子真美。

爸爸拍的海子湖

十五
海子湖真漂亮

[时间：07 / 28]

　　风子叔来找我们出发，可是我们还没吃饭，爸爸找了个饭店吃了点东西。今天不累，我还有些兴奋，因为有了风子叔叔，连路上的坡都觉得不陡了。走着走着，我们上了一个稍微陡一点的坡，遇到了一个大门，爸爸说这是理塘的大门，这个大门真漂亮，金碧辉煌的。出了大门就是下坡，接着又是上坡，没完没了的。我们在路上走着走着，遇到了周易叔，周易叔人很好，他跟我们分手的时候没记他的电话号码，连QQ也没记。就这样，我们失去了联系。　走到中午，吃过

我和新认识的周易叔

东西，我感觉撑不住了，就搭车走了。到了海子山顶，我一直等爸爸，但是等了好长时间也不见他上来，我就骑自行车返回原来的路去找爸爸。到了半路，一个叔叔过来了，到了我身边说："你爸爸遇到了逆风，让你先跟我们走。"我当然不肯，但是听到叔叔又说要等好几个小时，我只好同意了。我们又爬了上去，上去之后，我们又歇了一会儿，就开始下山了，下山有89公里。我们在路上看见了海子湖，那个漂亮呀！我就想把它拍下来，可是我没相机，真希望爸爸把它照下来了。我们继续出发了。不知不觉中，我们穿过了无数条隧道，无数块矗立的里程碑，无数个小村庄。到了剩余30多公里的地方时，下坡变成了上坡。我跟着叔叔可有劲了，没抱怨过一句。可是在爸爸身旁，我就没劲了，一直不停地抱怨。我和一个穿迷彩军装的叔叔比赛，他总是先到坡顶，还说："快一些，加把劲，快上来！"终于，我到了巴塘。因为我一个小孩子走川藏，老板还送给了我一瓶冰红茶。大约过了半个小时，爸爸来了，问还有没有房间，老板说："爆满。"我说："怎么办？"爸爸想了一会儿，无奈地说："我们换个旅馆，不跟你周易叔住一个旅馆了。"我们找了半天，终于找到了一个旅馆，还没电，房间很小很小。

十六
进入西藏喽!
[时间:07 / 29]

看那青黄相接的地方。

我们出去转了一圈,回到旅馆,爸爸寻思了一会儿,我们走不走啊?巴塘没电,玩着也没意思。于是,爸爸下了决心:出发!说走就走,这一次是到温泉山庄。出了巴塘,爸爸骑得较慢,我的速度很快,伴随着巴河轻轻的流水声,加上路大部分都是缓下坡,心里有说不出的愉快。这时,下雨了。我和爸爸停下来披上雨衣。路边有几个叔叔过来,问:"怎么啦?"爸爸说:"没事,先走吧。"我一看见有叔叔,就来劲了,急忙追上他们,和叔叔们一起走。我快速地蹬上了一个很陡的坡,看见爸爸和姑姑被我甩得远远的,就歇了会儿。歇够了,继续跟叔叔们出发。上坡后,又有了很长很长的下坡,因此爸爸被我甩得远远的。

我自己在前面走啊走,感到自己独立了,自由了,就全身是劲,一刻也不停。直到了金沙江大桥检查身份证的时候,我没有身份证,就在那里等爸爸。一会儿,姑姑过来了,她拿出身份证让武警检查后,就先走了。我急忙(焦急)地等爸爸,怕姑姑比我先走到温泉山庄。许久,爸爸才慢慢悠悠地过来了,他不慌不忙地拿出身份证,检查完后就跟我走了。(其实警察检查的时候我很急的。)

我见姑姑已经走远了,就跟着爸爸慢慢悠悠地骑。一路净是上坡,我又没劲了。爸爸也没办法让我走快些,只好跟着我慢慢地骑。爸爸给我讲故事,我也听不进去。后来我们停到路边歇息。突然,我看到了一块里程碑,上面写着G3370,那只剩一公里了!但是看不到温泉山庄的踪影呀!我们往前走了走,看到了红色的瓦砖。再走走,温泉山庄露出来了!这让我们大吃一惊。我们高高兴

兴地走进了温泉山庄。温泉山庄分两个庄，一个小庄一个大庄。我们住的是小庄，因为大庄没有房间了。不过我对大庄的游泳池念念不忘，爸爸知道了，就让我自己去大庄的游泳池游泳，我很高兴地就去了。大庄的游泳池很大，我脱光衣服就跳进去和几位叔叔一起玩了起来。游泳池里的水很暖，玩着很美。后来，那几位叔叔出去了，只剩我自己一个人了，我玩了一会儿，感觉没有意思。正在这时，一个十三四岁的姐姐看到了我的光屁股，我感到很害羞，就赶快出来穿上衣服，然后在大庄里玩。这时，下起了雨，而且越下越大。我本想雨小了就回去，可是老天爷下个没完，我就顶着雨回去。走在路上，突然看见爸爸和姑姑向我走来，到我身边，说："你先回去吧，饿了就吃拌面。"说着姑姑又给我一根火腿肠。我自己先回去了，觉得很饿，但我只知道有泡面，不知道什么是拌面，就把拌面当泡面泡了。我正吃着，爸爸和姑姑回来了，姑姑吃惊地说："你怎么把拌面当成泡面吃了？"于是她就教我怎么做拌面。我学会了，吃到了很多花椒，就说不好吃。姑姑也赞成我的说法。这时天还很亮，大概下午 5 点了，觉得没意思，就去玩姑姑的手机，一直玩到了 9 点。该睡了，爸爸再三地催促我睡觉，我恋恋不舍地放下了手机。

十七
姑姑气哭了我
[时间：07 / 30]

上：到山顶了，我还在哭。
下：好累，我走不动。

我早早地起了床，因为有个阿姨没自信，想要跟着我，我当然很高兴，心想："大人也会没自信？"我找到那位阿姨就出发了。出了温泉山庄的大门，我看到一辆面包车上写着：芒康专用车。我想："怎么不起名叫芒果呢？"有人陪着就是美，可是没骑几十米，我的刹车就出问题了，那位阿姨追了上来，问："怎么了？""没事。"我说，"只是刹车出了点小毛病。"然后那位阿姨就走了。为了修这个刹车，我浪费了不少时间。心想那位阿姨一定走远了，但我仍不灰心地去追她。果然，功夫不负有心人，我追上那位阿姨了，阿姨很吃惊。我没用几分钟就把阿姨给甩了。谁知道阿姨马上追了上来，慢慢地消失在前面。之后，一直到拉萨都没再见过她。我慢慢地骑着，这时，后面来了两个叔叔，我非常高兴，二话不说就跟他们走了。走了约五公里，我感觉肚子有些疼，就钻到旁边的草丛里大便。两个叔叔在路边等我。等一会儿，爸爸过来了，也停下来等我。我大便完，然后骑上车，爸爸刚要一起走，我说："爸爸，你不许走，我们走几公里你才能走！"爸爸无语，只能停下等我们先走。又走了 5 公里，我和一位叔叔把另一位叔叔给甩了，后来我们歇了一会儿，那个叔叔也过来了。这时，爸爸过来了。那两个叔叔一看我爸爸过来了，就说："我们先走了。"我开始不让叔叔走，可是叔叔还要快点走到目的地，就先走了。我和爸爸走着走着就到了海通兵站。我们在这儿吃了鸡蛋面，10 元一碗，味道还不错。

吃完午饭，我和风子叔走在前面，爸爸和姑姑则慢慢地走在后面。走到了第 N 个上坡，有藏族小孩帮我们推车，一直推了有 300 米；第 N+1 个上坡，我和风子叔抄了一个不用走 50 米的近路；第 N+2 个上坡，爸爸赶了上来，我又没劲了。风子叔说如果我一直骑到山顶，就给我 70 元。爸爸说我超过一个叔叔让我玩 30 分钟的电脑。往前一看，啊！晕死，有一群叔叔。我不愿待在我爸爸身旁了，我要去秒杀那些叔叔啦！我和风子叔看到了两个叔叔，我快速地把他们秒杀了。接着又遇到了三个叔叔，他们正在气喘如牛地蹬着自行车。我和风子叔正在讨论着怎么秒杀他们，前边的一个叔叔听见了，说："不用谈了，秒杀吧。"我和风子叔加快了速度到了那个叔叔身边的时候，那个叔叔看了看我们，叹口气说："唉，秒杀也不用这么快呀。"但我和风子叔没搭理他就把他秒杀了。对了，忘说了，我和风子叔打赌在途中只能歇两次，不能推车。我们在快到山顶的坡下面歇了一次，爸爸和姑姑来了，谁知，风子叔和姑姑走了，让他们停下都不停下。我泪眼朦胧，从自行车上摔了下来，我又骑上自行车，又摔下了车。爸爸不忍心看到这样的事情，就说："骑不成还不推？"但我没忘和风子叔的打赌继续骑。终于，我上到了山顶。

我们在山顶待了一会儿，就开始下坡了。但是我们下了 3 公里就到了平路。我们到了平路上，看到了一个小城。爸爸怀疑这里不是芒康。他认为不可能只下了 3 公里就到芒康，应该还有 6 公里呢。他刚要走，我就说："找个人问问吧。"于是，我就找了个阿姨，很有礼貌地问："对不起阿姨，请问这里是不是芒康？"那个阿姨说："嗯，这里就是芒康。"我们就找了个旅馆住下了。住下之后，我们都饿坏了，就找了个饭馆吃饭，吃完饭，我先回了旅馆。过了一会儿,爸爸、风子叔和姑姑也回来了。由于我超过了许多叔叔,爸爸就让我玩电脑。到了网吧,老板不让我玩,只好回来玩店老板儿子的电脑,玩到了深夜,我恋恋不舍地上楼睡觉了。

十八
拉乌山骑行记

[时间:07 / 31]

今天要翻拉乌山(又称拉鸟山)。和店老板告别之后,我们就出发了。

走了一段水泥路,不知从哪里开始,路慢慢变成了石子路。这时,我突然记起了一件事:我没有看看滇藏路。可已经晚了,只能慢慢爬山。我和爸爸说了这件事,他说将来还会来,我很高兴。我骑着自行车,想快些到山顶。可骑了许久,还没到山顶。我骑着骑着,感到肚子有些疼,想拉肚子。风子叔说:"还能不能忍些时候?""嗯,还能忍一会儿。"我说,"不过,快忍不住了。""这里没有地方。"风子叔说,"到前边的草丛里吧。"我说:"哪里的草丛?"风子叔说:"跟着我。"我就跟着风子叔,到了一条小溪边,风子叔说:"快些吧。一会儿你拉完了咱俩从这儿抄近路,抄到上面。"我想:"我先看看这里能不能拉,别人看见我咋办?"我就看了看,还挺隐蔽,我二话不说就过去了。这

上：我抄近路了，害羞，嘿嘿。
下：我和风子叔抄过的路。

时风子叔推着自行车就去抄近路了，我这下可急了，心想："坡这么陡，我推不动啊！"只能盼着爸爸来，不一会儿，爸爸和姑姑就来了。我大声喊："爸……"爸爸听见了，就说："干什么？"我说："抄近路！"爸爸停下车跑了过来，说："怎么抄？"我指了指风子叔上去的那条路。爸爸想了想，又看了看，二话不说就推着我的自行车上去了。快到公路的时候，有个叔叔喊我，还有个阿姨，带着两个孩子。一个跟我差不多大，（另）一个只有五六岁的样子。我看他们不像骑川藏的，因为他们后面还有辆车。还有，不是今年就我一个十岁以下的小孩子骑川藏线吗？所以我以为他们不是骑川藏的。那个叔叔给了我一些巧克力，但我全给了爸爸。到了这儿，我以为就快到拉乌山垭口了，觉得前面拐过弯就是。而此时的爸爸呢？他不抄近路，又下去了，继续从大路上骑。但我没看到垭口，后来才知道，转过了那个弯还没到。我没有灰心，终于，转过十几个弯，我到了拉乌山垭口。

此时，几个叔叔骑着自行车，浩浩荡荡地上来了。他们看见我，都拉着我照相。我看了看风子叔，他瞪着我，似乎在说：臭美什么？爸爸也上来了。我在旁边玩，突然，我听到爸爸在嘻嘻地笑，我跑过去一看，原来，爸爸看见了几只山鼠，非常可爱，看它们那机灵样，笑死人了。该下山了，风子叔下得快，我们怕找不着他，就让他再在山上待会儿，我们先下。我们下了一会儿，姑姑有点饿了,爸爸就停下来拿些吃的,我不愿意停下来,因为吃东西会占用太多的时间,我就继续走。走着走着,我感觉手越来越疼,终于,承受不住了,就下来歇了歇。歇完后,就继续走。这时,前面有两个和我差不多大小的男孩儿,我感觉他们没安好心,就防备着。果然不出我所料,那个大一点儿的男孩命令那个稍微小的孩子去拦我,我也早已胸有成竹。我试了试刹车,迅速向那个孩子撞去。那个孩子一看,我真撞过去了,连忙闪到一旁,我就趾高气扬地过去了。(其实我哪敢真撞啊!)我走着走着,又有一群四五岁的小孩子拦车。他们怪可爱的,我就把口袋里仅有的几块巧克力给了他们。这时,我走到了一

叔叔们排队来和我合影,我美得合不拢嘴。

| 九岁,我骑单车去西藏

个两三米长的小洞(隧道)里面，就在那里歇了一会儿。

我歇完之后，正准备走，姑姑过来了。我们到了一段有石子的泥路上，我骑得比较快，姑姑在我后面，我一握刹车，由于刹得太急了，我一下子就从车上摔了下来。幸好没什么事。我上车继续出发，大约又走了一个小时，我就把姑姑甩了。但是我的手特别疼，就不停地休息。这时，爸爸和姑姑都追了上来，还带着一群叔叔。我的手又开始疼了，叔叔们问我怎么了？我说手很疼，叔叔就给我喷了些药，但还是疼，看来伤得不轻。

我趁着爸爸给姑姑收拾行李，就随着叔叔们向前跑了。下雨了，雨点打在我们的身上，此时我已走到了澜沧江边了。雨越下越大，路上的水足足有一尺深，都快淹没车轮了。快到澜沧江大桥的时候，爸爸和姑姑追上了我，4点多的时候，我们走到了如美。住下来后，我发现风子叔有个智能手机，于是就偷偷地玩了起来……

十九
征服觉巴山

[时间：08／01]

爸爸告诉我，今天我们要翻觉巴山。我的鞋早让爸爸用电吹风烤干了，于是就出发了。到觉巴山有8公里的路程，但我还没有走8公里就骑不动了。爸爸生气了，假装不要我就先走了，我赌气停下不走了。过了好大一会儿我才走到觉巴山下的小村里，发现爸爸正在那里等我。站在觉巴山下，感觉觉巴山好变态啊！觉巴山的路分为三大层，一至二大层之间还有四五个小层，三层一直升到白云上，那个变态啊！我又开始推车了，爸爸一直陪着我，我一直推到了第二层，觉得实在不能再推了，刚好第二层的路稍平了一点，就勉强骑上了车。

骑着骑着，看见前边有一群叔叔正在吃东西，那些叔叔和阿姨非要拉着让我歇歇。我就停下车，拿着爸爸给我的方便面开始吃。吃完之后，我想跟着叔叔走，但叔叔们都是大人，所以刚上第三层的时候就把我甩了。我只好跟着爸爸推车。推着推着，就发现风子叔和姑姑在前面歇着呢。他们身边还有另外两个叔叔，叔叔的附近还躺着一个

我和风子叔在讨论,从这里掉下去会不会摔死。

我在艰难地推车。

毛茸茸的白东西,不知是什么。我走近一看,原来是条小狗!我觉得我连狗都不如了:狗上来都有精神,而我都快累趴在地上了。但是,小狗——叔叔介绍说它叫"小白",哦,是小白,小白也搭车,不过小狗,哦,不,小白是下坡搭车,因为下坡主人下太快它会跟不上。所以它下坡只能搭主人的自行车。而我搭车就搭上坡,还搭汽车。人类的科学进步是强化了人类,还是弱化了人类?对了,忘说我风子叔了。他呢,像猴子一样躲在树上,不知是为了凉快还是怕小狗。我们继续出发,带小狗的叔叔很快就不见了,风子叔和姑姑也慢慢消失在前方。

这时，我看到一辆吉普车向我开来，到我跟前就停了下来，上边坐了两个人，对着我竖起大拇指，然后和爸爸说起了话。他们问我们是哪里人，爸爸回答说河南人。那人又问我们从哪里骑过来的，我们回答说从成都。他们很佩服我，说我一个小孩儿骑车去拉萨，不得了。不知为什么，我随口说了一句："我很饿。"车上的叔叔很不好意思地说："我们也没有饭，只有这些零食，给你吧。"说着就递给我一些小面包和饼干什么的。其中一位叔叔说："我拉你上去吧？"我还没有回答，他又说："还是别坐车了，你骑上去才叫厉害，我崇拜你！"爸爸对他们说："谢谢你们，我们慢慢骑吧。"吉普车走后，我就把那些东西吃了。然后我们继续走，风子叔和姑姑不一会儿就把我和爸爸甩了，小白他们也在前面。走在第三层，心里好急，急着到垭口。突然，我看到了垭口，就对爸爸喊："爸爸，垭口，垭口！"爸爸看了看说："快点骑，快到垭口了。"可是我没有劲儿啊，就吵着要喝爸爸驮包里的红牛。（红牛太贵，我们舍不得买，这是路上开汽车的叔叔送的。）爸爸看我走不动，就从包里拿出一瓶红牛，说："喝吧，但是要少喝点，对儿童不好。"我一喝，就喝下去了大半瓶，爸爸就把剩余的给喝了。"红牛真是名不虚传，我现在好有劲！"我说道。

"当然了，红牛很有名

上：我骑我骑我骑骑骑……
下：走川藏线的小狗——小白

啊，有些骑不动的人就靠红牛来翻山。"爸爸说。"为什么红牛这么厉害？"我问。但是这个问题爸爸也不知道答案。到了垭口，什么也没有，没有风马旗，没有海拔牌。再往前一看，还有4公里呢，我晕！顿时我的力气就没有了。这个时候，爸爸就给我讲《2012》，爸爸讲得很精彩，镇住了我。我又有了力量，快到山顶了，大约只剩几百米了，我实在没劲儿，就停下来，想推车上去，后边刚好骑过来一个叔叔，看我想推车，就鼓励我说："就剩这一点儿路了，我陪你骑上去。"这时，我发现前边姑姑也下来接我，于是就用尽全身的力气向上骑，爸爸给我录像，那个叔叔跟着我给我加油，姑姑也给我加油。终于，我骑上去了，变态的觉巴山被我征服了，心里真爽！姑姑这时和风子叔又在笑嘻嘻地看着我们，我真想去打他们一顿。开始下山了，坡很陡，我也小心翼翼的，生怕栽下悬崖。下了几公里，路又变成了一上一下的，我开始埋怨修路的工人，埋怨他们只修上坡，不修下坡，还在心中把风子叔的脸想象成修路人的脸，一边打他，一边想着自己吃着好吃的。好不容易到了登巴，终于可以休息了！

二十
东达山搭车记
[时间：08 / 02]

今天要翻东达山，我们早早地起了床去吃饭，可是只有鸡蛋炒饭和面条，我不爱吃面条，就要了炒饭。结账的时候老板知道我骑川藏路，就没收我的饭钱。我们省了 10 元钱。该出发了，一开始走我就没劲了，但还是勉强推着自行车往前走。走着走着，突然看到两个小孩儿正高高兴兴地背着书包去学校呢，我看了

心里别提多激动了。这时,我想起了爸爸在觉巴山上跟我说的话,他说:"龙儿,你今天表现得不错,明天可以在东达山搭车。"我就凭着这句话,跟爸爸耍赖。其实我心里也知道,爸爸是跟我开个玩笑,但是我实在不想走了,就拿这句话将爸爸的军。爸爸只好跟我推着车等车过来。推着推着,有一辆车过来了,我和爸爸急忙招手,那辆车停了下来,里边坐着一个阿姨和一个叔叔,那个叔叔把我的自行车塞到了后面,让我坐上车。我坐到了前面。路上看那山清水秀的景色,真的喜欢上了这里。叔叔和我爸爸说过,他们还有事,只能送10公里。爸爸就答应了。到了10公里,车停到了一个小村里,叔叔先让我下车,叫我站那里别动,等着爸爸。爸爸没来,姑姑倒是来了,我跟那个叔叔说这是我姑姑,我要跟她走。叔叔考虑了一番,终于说:"那行吧。"我、姑姑和风子叔又在等爸爸。过了半小时,爸爸也到了,说:"走吧。""好!"我无力地回答了一声。我们又开始走了,风子叔和姑姑又把我们给甩了。我很无奈地推着自行车,时不时地往后看一看,看看有没有车可搭。爸爸很生气,批评我就不会坚强点。我也开始报(抱)怨,来反抗爸爸。过了许久,有一辆车停在了我们的身边,爸爸一看,还是拉我的那个叔叔,他的事显然已经办完了。这时,那个叔叔说:"孩子怎么样?""还是骑不动。"爸爸说。"那快点让孩子上车。"叔叔又说。"又给您添麻烦了,您记住我的手机号码。"爸爸说,"你们到了左贡之后和我联系。""好。"叔叔回答道。车开动了,我盯着前方,看风子叔和姑姑在哪里。过了一会儿,风子叔和姑姑出现了,他们正坐在那儿歇呢。我让叔叔把车停下,我把姑姑的手机要了过来,就又坐车走了。我不知不觉睡着了,等醒来的时候,已经过了垭口,下到半山腰了。我看到许多叔叔都在骑车,心里也想骑,可是叔叔不让我下车,说你爸爸让我看着你,就要看好你。到了左贡,叔叔把我带到了一个修车的地方,这里不仅是修车的地方,而且也是个住宿的地方。叔叔去修车了,我到了楼上,看到有许多门。我推开了一间,看见有两个叔叔正坐在床上吃着瓜子看电视呢。我走进了他们的房间,他们也是骑车的。他们很欢迎我,请我吃瓜子,请我喝可乐。他们问我是干什么的,我说是骑川藏的。他们惊讶地说:"你这么小骑川藏?""是呀。"我说。他们该吃饭了,说:"你也跟我们去吃饭吧。""好呀。"我高兴地说。叔叔带着我,又喊了几位叔叔。在去饭店的路上,有个叔叔问:"这是你儿子?""怎么,不服?"带我的叔叔说。"你真牛。"那个叔叔说。"那当然,不然怎么混成队长?"带我的叔叔说。到了饭店,饭店对面有个便利店,我和叔叔进去买了雪碧和瓜子。回到饭店,我就坐在那儿等饭,但是等了半个小时,还不见饭上来,就四处乱窜。我跑到了另一个房间里去玩,看见一群叔叔阿姨正在等饭呢,看样子也都是骑车的。其中一个女孩子我在温泉山庄见过,就是看到我光屁股游泳的那个女孩。后来我才知道,她十三岁,大家都称她十三妹。其实,在温泉山庄我不是第一次见到她。还是在海子山下山的时候,我正下着坡呢,突然,一个黑影子在我左边飞驰而过,哇,这不是跑得太快,这是飞得太低!我看了看她马上就要消失的背影,嗯,是个女孩子,大约十三四岁,奇怪,她这么小,怎么没人跟在她身边?要是摔了下来怎么办?我挺喜欢和小孩子交朋友的,就和她比赛看谁快,可是我无论怎么放闸就是追不上她,我只好放弃。这才是我第一次见到她。

  我从那个房间里走出来,还不见饭上来,就坐在椅子上吃瓜子,叔叔们也等不及了,就喊服务员过来,问还有多长时间上饭。那个服务员说:"对不起,饭炒坏了,请再等一会儿。""好,快点儿。"叔叔说。一会儿饭来了,我要了一碗馄饨,吃掉了半碗,觉得不好吃,就剩下了。叔叔们还没吃完,我就说:"爸爸从山上下来找不到我怎么办?"一个叔叔拿出手机,给了我,意思是让我打电话。我拨通了爸爸的电话:"喂!爸,你在哪儿?""龙儿,你在哪儿?我已经下山了。"我把电话给了叔叔,叔叔告诉了爸爸饭店的名字,然后把我带到饭店门口等爸爸。不一会儿,爸爸来了,他向叔叔们连声道谢,就带着我走了。我们走着走着,我想到了叔叔们住的那个旅馆,就跟爸爸说了,爸爸说他们去过了,全满了。我没有办法,只好去找姑姑。爸爸把我们带到一个饭馆,我已经吃过了,不过一听有汤圆,就又要了一碗,把爸爸气得要命。我们找很多旅馆都满了,直到左贡街头才找到了一个旅馆。

二十一
今天不骑车，爽！
[时间：08 / 03]

我们又去了叔叔住的那个旅馆，因为我们今天不打算走了。我赶紧去了昨天进的那个房间，一看没有人，就把爸爸喊过来说就住这个房间。爸爸把服务员叫了过来，让她换一下床单，再打扫一下，服务员整理完，我打开电视，看《篮球

火》。里面虽没有我的偶像胡歌,但我还是看得津津有味的。看了一会儿,演完了。爸爸就让我去向那个用车带我的叔叔要自行车。不一会儿,我就推着自行车回来了。晚上,我去厕所,看到满墙都是字,都是骑自行车的叔叔们写的吧。有说这个旅馆好的,有说坏的(我觉得挺好的),还有写"××到此一游"的。我真后悔,没拿笔。

二十二
半途而废的邦达骑行
[时间:08/04]

我在勉强坚持。

风子叔在昨天就走了,今天却下起了雨,真后悔没跟风子叔走。出发了,走了十几公里,我就感觉走不动了,手3℃,身子1℃,脸0℃,脚2℃,真冷得受不了,但爸爸还坚持让我走。我又走了几公里,看到一个藏族小孩,好像五六岁的样子,他骑着一个车轮都快掉的自行车,看见了我后,就想和我比赛骑车,可他的旧自行车怎么和我比呀,我轻而易举地就赢了他,他一看他输了,马上掉了头,意思是谁和你比了?我也不生气,就不理他。又走了几公里,爸爸看我走不成了,给我带上了手套,穿上了雨衣(雨衣既能防雨,又能保暖,嘿嘿)。可是又走了一两公里,手套淋湿了,还是很冷。这时,过来一位叔叔,他说他的一个儿子在前面,十几岁。我听了,赶紧就去追了,可是追了半天,还是没有追到,我只好

放弃了。手又开始冷了,我跟爸爸说,爸爸只好让我搭车。

好不容易拦到了一辆车,坐上去没一会儿,我就睡着了。醒来的时候已经到邦达了,司机叔叔正在找风子叔的旅馆呢,费了九牛二虎之力才找到。叔叔把我送下车,自己走了。我独自进了风子叔住的旅馆,在一个房间看到了风子叔的自行车,就在那个房间里玩。我在房间里到处翻,翻到了风子叔的零食,我一下子就快吃完了。这时,我听到有脚步声,我觉得是风子叔,马上就躲到了门后。门一开,果然是风子叔,他无力地坐在床上。我突然从门后窜出来,把风子叔吓得够呛。风子叔见我的裤子湿了,马上拿出吹风机让我吹,可我哪有那闲工夫呀,吹了几下,就跑出去玩了。傍晚,爸爸来了,我们出去吃了饭就又回来了。又能和风子叔一起骑车了,真高兴!

二十三

业拉山，我来了！

[时间：08／05]

我们又出发了，今天要翻业拉山，下山有七十二拐。我很兴奋，不是因为能看到壮观的七十二拐，而是觉得能好好地下一阵子山了！但不开心的是，还要先爬上业拉山。出发了，刚开始我感到骑着好困难，不过，一会儿就适应了。这个业拉山表面上看着很好骑，可是还有个假垭口，关键不是假垭口，而是假垭口后面的那一段，特别难走。好不容易到了假垭口，这时候却下起雨来。我和爸爸穿上雨衣，雨就停了，我们脱下来，雨又开始下了，我们又穿上，雨就又停了。我

哇,七十二拐!

们恼了,穿上雨衣一直走了。爬上了一个又一个的坡,拐了一个一个又一个的弯,还是上坡,但已经隐隐约约地看到垭口了。我无论怎么拼命蹬就是骑不快,但最后我还是爬上了业拉山。

然后一直下坡,我们看到了一个反骑川藏路的叔叔,我跟他说:"垭口就在上面,加把劲儿。""好!"那个叔叔喊道。我一直下坡,见了一个牌,上面写着:此地死亡13人,注意安全。我吓了一跳,想:"我必须慢些,不然也会摔下去的。"我特别小心,然后就顺利地通过了这个地区。走了许久,周围全是白雾,什么也看不清,所以我们就特别小心。到了一个位置,我从雾中隐隐约约地看到了七十二拐,但是雾太大,我们看不清楚。我们失望地到了七十二拐,哦,不对,是爸爸和姑姑不高兴,但我却很高兴。我想:"终于到了七十二拐,我要好好地下一阵坡了。"我急忙骑上自行车,就冲下去了。爸爸看到我下去了,就拼命叫我,可我装着听不见,就是不停车。爸爸急忙上车追我,可是追了半天也没有追上,但是他依然拼命地追我,终于,在一个拐弯处追上了我。爸爸很生气,说:"以后下坡必须跟在我的后边,不准超过我!"我答应了。然后一直下坡，下到了一个村庄，这个村庄还挺大，走了一公里还有人。又走了几十公里，到了怒江边，又开始上坡了。

我很饿，爸爸说："再走一公里有个道班，我们到那里去吃。"骑了许久，才到了那个道班，我赶紧找了个地方躺了下来休息。又出发了，前边就是怒江大桥，听说把守得很严密，不让照相。到了怒江大桥，我看到一个武警叔叔拿着枪，好威风啊，多想摸一摸枪。走过怒江大桥，是一个很陡但很短的小上坡，再走几百米，还有一个很长的吊桥。再走，就成了坏路。我骑上坏路，开始不停地抱怨，不知不觉中，我竟然静静地连续骑了15公里，这让爸爸很惊讶。再走几公里，我见到了风子叔，我就停下来，边走边说："累死了，歇会儿。"歇完之后，我们又出发了。我和爸爸玩找路碑游戏，规则是谁先走到下一个路碑就让对方把这个路碑搬走。结果我先找到下一个路碑，但是爸爸耍赖就是不背，我就气得先在前面走了，不想再与他一起走了。我疯狂地蹬，经过了一些藏族人身旁。又走了几百米，见几个藏族小孩，一个个手拉手，看样子是想拦我，我不怕他们，加速地冲向他们，他们见状，连忙散开。不过，还有几个待我冲过去之后追我，但我比兔子还跑得快，他们只好作罢。又走了一会儿，看到了一个大上坡，我把车调到2-7挡就向上冲，这个坡太大了，只好把速度往下降。走过这个大坡之后，基本没有什么坡了，但骑着还是累。到了八宿，我们找了个旅馆住下了。

午休地　　　　　　　　　　　　　我和怒江

二十四
我不想轻易搭车了，但是……
[时间：08/06]

吃了早饭，我和爸爸还有姑姑先出发了，风子叔说他有事先留在那里。我和爸爸一上一下地走，走到了一个烈士陵园，爸爸讲这里有很多修路牺牲的烈士，他们为了西藏的发展献出了宝贵的生命。又走了几公里，我见了小白，就是觉巴山上的那条狗，真活泼，我们走到哪里它就跟到哪里，有时还趴在路边歇一歇。

我们又走了几十公里，刚爬上了一个大坡，又要下坡，我说要歇会儿，爸爸假装说不要我了，但还是在坡下等着我。一会儿，我就追上了爸爸。又走了两公里，我走不动了，就开始推车，爸爸就先走了。我推了一会儿，发现叔叔们都在吃桃呢，我就把车推到了那里，拿了一个桃吃，哇，好凉啊。我问这是什么桃，爸爸说："是从雪山上摘下来的。""什么，你怎么去的雪山？"我问。

我努力骑车，但风子叔步行就能跟上我!

"不是我，是这两位姐姐刚从山上摘下来的，我们就买了几个。"爸爸说，"再吃几个吧。""好。"我说，"挺好吃的。"我们吃完桃，又走了几百米，见风子叔在前面躺着，我们走到他身旁，风子叔看了看我们，说："怎么这么慢啊？我都睡了一觉你们才来。"爸爸没理他，给了他一个桃。风子叔一见，高兴得不得了，像个小孩子一样。

又走了几十公里，我们到了吉达乡。午饭吃的饺子，我觉得一碗不够，又吃了一碗。出吉达乡，天下起了雨，我闹情绪不想骑，于是爸爸就给我拦车，但车不停下来，只得作罢。爸爸为了让我前进得快些，开始和我玩猜路碑的游戏，规则是：猜出下一个路碑在什么地方。结果我胜了三局，爸爸胜了两局，我赢了爸爸两瓶雪碧。我们骑了一个大上坡，又下了一个小坡。心里就想："为什么不一路下坡下到拉萨去呢？"又走了几十里，我已经不行了。这时，过来一个徒步的叔叔，他对爸爸说："你这样不行，会把孩子伤到的。"我爸爸说："那让他搭车吧。"我们和那个叔叔说完之后，就继续出发，路上还时不时地拦一拦车，结果拦了两三辆，人家都不拉。到了安久拉山口，雨下大了，我们站在那里不走了，一连拦了七八辆车，人家还是不拉，我们只好慢慢地走。走了不大一会儿，有一个藏民开着面包车向我们驶来，他说他可以把我们带到然乌，爸爸说："我们没钱呀。"那个藏民只好放弃。但是，我们走了一会儿后，他又跟来了，爸爸又说我们没钱，那人又停下了。我们走了几百米，那个藏民又开车过来了，爸爸说："我们真没钱。"那个人也不再说什么。走了几百米，有一个姐姐坐在石头上，她看见了我，急忙给我推车。我爸爸说："看，你多受人崇拜。"走着走着，我回头发现后面有一辆小汽车开了过来，我喊了喊爸爸，爸爸立刻招手，那辆车停到了我们的前面，下来了一个阿姨和一个小孩，那个小孩子好像也九岁多的样子，后来一问，比我还小几个月。他们把我的自行车装到了后备厢。我上去之后，发现还有一个叔叔，可能是那个小孩的爸爸吧。汽车走着，我发现了一个有趣的东西——导航仪。我左看看，右看看，与走的路完全相同，好神奇啊！到了然乌，我才知道那个小孩叫赵毅。赵毅拿出了一个苹果电脑。我一看，哇！高级啊，我要有个该多好呀。赵毅碰了碰正在发呆的我，说："来玩游戏吧。""好！"我非常高兴地答应了。赵毅点开了一个游戏，我们玩得别提多开心了。玩到晚上，爸爸给我打来了电话，让我赶紧回去，赵毅的妈妈非常好心，把我送到了爸爸那里。

二十五

轻松骑到波密

[时间：08/07]

我们出发了，走到了赵毅住的地方，就见到赵毅正吃饭呢，我和爸爸跟他们打个招呼，就又走了。我们边骑边看风景，然乌真漂亮啊！我们在一个河的岸边玩。姑姑说："拿几个海螺，到波密炒炒吃。"我说："你吃吧，我不吃。"

和风子叔一起发呆。

"要珍惜生命。"爸爸也插嘴说道。我也附和着说:"是啊是啊,要珍惜生命,如果你是这海螺,待在油锅里也不好受吧。"旁边的叔叔(就是带小白的那个叔叔)碰了我一下说:"来,照一张。"没等我回答就拉着我去照相了。不一会儿,赵毅一家也来了,又来了十几个骑车的叔叔。赵毅一家把车停到了河边,拉着我去照相。我和赵毅很投缘,像是分散几十年的好兄弟一样。我和赵毅照相的时候,我一把把阿飞叔送给我的帽子戴到了赵毅的头上,赵毅开怀大笑,我也愉快地笑了。结果,这个情景就被拍下来了。赵毅家临走的时候,还给了我一大包牛肉干和两瓶饮料。他们要走了,我很舍不得,就问他们今天走到哪里,他妈妈说走到通麦。我听了这句话,恨不得也一天走到通麦,但是我没能力。赵毅一家走了,看着他们的车渐渐消失,我心里真的不好受。

又该出发了,我洗了洗手和脸,就骑上自行车出发了。走着走着,就骑不动了,下车推了一会儿,想着这样也不是办法呀,就又勉强骑上了车。突然,小白那一队人追上来了,我很高兴,把车调到2-7挡就冲到了叔叔的队里,跟着叔叔一直走了七八公里。这时爸爸叫住了我。原来这一段是危险区,我的头盔没戴紧,爸爸让我戴好。带小白的那个叔叔把我的头盔给戴紧了,就出发了,走了两三公里,我们还见到了一条很大的瀑布。中午,该吃饭了,叔叔们就把各自的东西拿出来给我分。"哈哈",看着面前的食物我美得笑了起来。爸爸追上了我,

喂你点东西,悄悄跟我走吧!　　　　　　　再合照一张吧,赵毅,或许以后永远不会再见了。

看我在吃东西呢,就喊我过来照相,我一脸的不情愿,但终究还是照了。照完后,我还想和叔叔们吃饭,但爸爸让我再走一小时到前面吃。我虽然死活不愿,但还是被爸爸拉走了。

被爸爸拉走之前,我毕竟吃了些东西,所以还有力气,不一会儿就把爸爸甩了。我自己快速地蹬着自行车向前走,这时,看到前面有一处急流,我想了想,用力地蹬着自行车,冲入水中。啊!快冲出去了,再加点力呀,但就在这时,车子停在了水中,我知道危险了,再不快点就要被冲到河中间了!我赶紧翻身下车,用力把自行车推出去,然后我又骑上了自行车。骑上之后,我并没有走,而是看着刚刚过的急流,水太急了。看着看着,有个摩托车过来了,上面坐了一男一女,那个男的用看傻瓜一样的目光看我,然后走上一条土路过了那处急流。原来这里有路呀!难怪人家用那样的眼光看我呢。

鞋湿了,裤子也湿了一小半,感觉特不好,但可能是我太兴奋,一点不觉得累,还觉得自己在下坡。不一会儿,就到了米堆冰川,远远望去,米堆冰川就像一个大年糕,真想上去咬一口。后来,我还追上了姑姑,她正在采路边的花

今天骑车一点不累。　　　　　　　　　　　额……我把它拔出来了！

呢。我看了看那些五颜六色的花，也下车开始采。奇怪的是，为什么没采的时候那些花还威风凛凛地立在那儿，但是走了一会儿它就弯了呢？想弄都弄不直了。我想："既然都成这样了，还要它干什么呢？"只好把它给扔了。又走了两三公里，我们见到一个开车带着家人来的河南老乡，他们听说我们也是河南的，忙给了我们一瓶红牛。又走了几百米，我突然想去厕所，爸爸和姑姑就停下来等我。我便便完了之后，就从草丛里钻了出来，爸爸又找了个地方吃饭。吃完东西，我又被路边的花吸引住了，于是我又采了几朵。正走着，我突然想到把头盔忘到拉便便的地方，爸爸无奈，只得回头去拿。我等了一会儿，就回去找爸爸，走着走着看见爸爸拿着头盔回来了。我掉转车头跟着爸爸继续向前走。树越来越多，但路还是缓下坡，骑着很轻松。爸爸问我："你知道今天我们沿着的这条河叫什么名字吗？"我说："这哪是河，这是长江。"爸爸又说："这不是长江，这是帕隆藏布江。"我看到这条江里的水流得好急啊，撞着石头飞溅出许多水花。它的可怕之处是，人如果掉进江里，肯定会没命。不但没命，估计连尸体也找不到吧。所以爸爸提醒我，别靠近江边。我不耐烦地回了一句："行，你别管了。"平常，我在路上都是很累，只管使劲儿不想看什么风景，今天我觉得十分轻松，边骑边看风景，我发现今天雪山特别多。风子叔和爸爸时不时地还停下来照几张相。路上见到了许多磕长头的人，他们要磕到拉萨。我本来想我骑着自行车去拉萨就够难了，看到他们我才知道什么是真正的困难。他们不但大人磕头，而且比我小的孩子也磕，他们真辛苦。

走到了K4000的公路碑处，爸爸让停下来休息。我扔下自行车，看了看那个路碑,开玩笑地说:"爸爸,我把它拔出来吧。"爸爸说:"你拔不掉的。"我跑过去就装模作样地拔,晃了几下,咦,还真出来了!爸爸大吃一惊。我想肯定是叔叔们走到这里都很激动,抱着路碑摇啊摇啊,结果摇过的人太多了,路碑就被拔出来了。天快黑的时候,终于到了波密,我高兴地玩起了"大撒把"。波密真小啊,所有旅馆都住满了,老天想让我们睡大街啊?最后,风子叔找到了一家旅馆,价格太高,一人都要40元钱,但是比较高级。爸爸不愿意住这么贵的旅馆,和风子叔闹别扭了。我坚持要住,爸爸也没办法。

二十六
被爸爸强行拉着骑车
[时间:08/08]

我想多待一天,但是爸爸不同意。爸爸生风子叔的气了,不愿停留,非要我走,我虽然不愿意,也只好出发了。我走着哭着,爸爸还吵了我一顿。出波密,有一个大上坡,我哭得更厉害了。终于没力气了,下来边哭边推,爸爸又数落了我一顿。上坡后是一个下坡,我哭着不理爸爸继续向前骑。走了几公里,风子叔发来短信,让我们住在前边一个叫"古乡"的地方。爸爸想想就同意了,我马上不哭了。走到一半的时候,我们见了一个叔叔,他说他叫"逍遥","李逍遥,李逍遥!"（李逍遥是《仙剑奇侠传》中的一个主角）我高兴地大嚷。告别了叔叔,我们走过了一座大桥,前边有一个乡,我认为那就是古乡,但是爸爸没停,我也不敢问。又走了几公里,有一个大上坡,我用力地骑了下去。然后有一个下坡,我趁机开到2-7挡冲了下去;突然前边又出现了一个上坡,现在我已经不怕它,继续上,然后就是平路了。拐过了一个90度的弯路后,路边出现了一个牌子,

上边写着"古乡",我们找了旅馆住下。一到古乡,我就向爸爸要手机,一直玩到了下午。风子叔来了,问我爸爸去哪里了,我说和姑姑出去玩去了,风子叔一听,也没说什么,转身就出去了。我呢,继续玩我的手机。玩了许久,爸爸和姑姑回来了。爸爸看我还在玩手机,说:"别玩了,出来看看风景吧。"我想玩这么长时间游戏了,要歇歇眼睛了,就出来了。这时,过来一辆汽车,下来三个人,他们在这里待了一会儿,对我们说:"前边有一个地方水很大,你们怎么过去啊?"我爸爸听了,说:"什么水啊?"那三个叔叔说:"前边的水冲毁了公路,你们的自行车过不去啊。你们打算怎么办?"我爸爸说:"脱了鞋过去。"他们说:"明天我们用车拉你们过去吧?""好!"我爸爸高兴地答应了。后来,风子叔回来了,我们又能在一起走了。

二十七

魔鬼附身

[时间：08/09]

吃过早饭，我就坐叔叔们的汽车走了，但爸爸他们不愿意搭车，在后边拼命地追赶。我坐汽车过了水，那三个叔叔让我在路边等爸爸。我等了一会儿，爸爸他们终于过来了，我们向通麦骑去。这一天，下坡路很多，很轻松，只要方向不错，怎么走都可以。路边的树叶很绿很绿，天很蓝很蓝，看着就让人舒服。路上见不到什么动物，除了一些忽飞忽落的鸟。到了一个下坡，我想快一些，就开到2-7挡向下冲，但爸爸阻止了我，让我慢一点。又走了许久，我们到了修路的地区，这个地区规模庞大，到处都尘土飞扬的，有许多武警在干活。前边出现了一个长上坡，接着就又是陡下坡了。爸爸说："前边要注意一点，K4081出过事，K4083也出过事，所以要小心。"到了K4081我停了下来，看里程碑上写了许多"兄弟安息"，就拿出来笔，写了一个"叔叔安息"。到了K4083，我没有停下来，也没有签字就走了。又走了一会儿，到了102塌方区，已经快到通麦了。我在102塌方开始推车，而 位叔叔，和他们合了几张影，就小心翼翼地过了102塌方区。走了一两公里，我开始推车，而爸爸在前边一直骑着。我推一会儿，就再骑上去，继续前进。没骑多久，爸爸回来接我，我问他干什么？他说帮我一

把，说完就推着我的自行车，推了几百米。我拐过了一个弯，走过了一个桥，看到了红色的房顶，我以每小时15公里的速度冲了过去。我到通麦了。

风子叔正在一个饭店等我，我要了酸辣粉，又要了一瓶花生牛奶。吃完饭，爸爸对我说："要不要走到排龙？明天你可以少走一点儿。"我说："行！"于是我们就出发了。到了一座大桥，有武警战士把守，还拿着枪。过了桥，还有一个武警战士，也拿着枪。车很多，路很窄，甚至都无法通行，我们只好从车的缝隙中钻了过去。到了一个很陡的坡，爸爸他们都下来推车了，而我没有，我用力地蹬车，终于骑上去了。又拐过了一个弯，又看见了一个上坡，我开到1-1挡又骑上去了。在这一段爸爸他们一直推车，我一直骑车，在上了一个坡后，爸爸终于说："儿子，别骑了，下来推吧。"我说："没事，我魔鬼附身了！"说完我继续骑着走。骑到了一个坡顶，旁边有一潭水，爸爸这时也追上来了，我说我很渴，说完用手捧起了路边的水喝。爸爸说："别喝，水里灰很多。"但我已经喝完了。我又出发了，爸爸问我为什么这么有劲，我回答说："可能是我喝了那潭

水，水里有汽车流下来的汽油吧。哈哈!"走到了老虎嘴（老虎嘴是个桥），离排龙就不远了。我一口气就冲到了排龙。到了排龙，我和爸爸去泡温泉。在路上，有一只马蜂趴到了我的脖子上，我吓得不敢动，然后不停地喊爸爸，但是爸爸已经走远了，听不到我的声音了。我在那里站着动也不敢动，仔细想了一下，这样站着也不是办法啊。就轻轻地把脖子一扭，马蜂就飞走了，但它好像生气一样又向我追来，我吓得不知所措，脑子一片空白，就在这紧急关头，腿给了我一个提示——三十六计，跑为上策，于是我撒腿就跑，跑着的时候还缩着脖子，不停地把脸扭到后边去看那只马蜂。那只马蜂依然紧追不舍，比以前更加气势汹汹。我跑着跑着还不停地用头巾驱赶着它，它在我身边转了几圈，终于飞走了，唉！真吓人。

这个温泉真独特，一边是江水，一边是温泉。江水是从雪山上来的，我摸了一下，真凉啊！我再一摸温泉，真热啊！泡了一会儿，我觉得没意思，于是就拿着用瓶子做的瓢当船玩。正在这时，一个叔叔拿了一条管子，把一个水池里的水吸到另一个水池。我拿着那条管子不停地冲我的船，边冲边喊："大浪来了，掉转船头，撤退！撤退！"玩得很开心。泡温泉真舒服啊！

二十八
我觉得骑行不累了
[时间：08／10]

今天我们的目标是鲁朗。告别排龙，继续沿着山路向前走。路上灰尘很大，走了几公里，突然看见后边有两个人慢慢追了上来。我看着那两个人，他们一个大人，一个小孩儿。那个小孩儿不是我吗？难道出现海市蜃楼了？我再仔细一看，他们停了下来，那个小孩儿还在哭呢。我掉转车头就过去了，见那个大人正在吵那个小孩儿。我说："怎么了？"那个大人说："他骑不动了。"我看那个小孩儿比我大，就问："哥哥几岁了呀？"叔叔说："十四了。"我说："哥哥，别哭了，哭很羞的。加油！我支持你。"我说完，叔叔说："走，找你爸爸聊聊去。"然后就一起走到爸爸身边。爸爸和他们说了一会儿话，他们就慢慢走了。我们正好（要）走，我向左边一看，看到了一座巍峨的雪山。这个雪山太美了，我一下子愣在那里，同时嘴里喊着："爸爸，雪山！雪山！"爸爸往左一看说："哇，真美的雪山啊！"我看了好久，才依依不舍地走了。走了一会儿，坏路消失了，变成了好路。

不知为什么，我今天一直没感觉到累。到了中午，我们到达了东久，准备在那里吃饭，有好多叔叔都买了泡面，我也买了一桶，吃得有滋有味的。从东久出发，我们遇到了逆风，骑着很困难，但我还是走了下去。后来在路边，我们看到了一个豪华厕所，风子叔去参观，我也去了。闻到了一股强烈的松树味，我连忙出去了。快到鲁朗兵站了，我感觉有点累，就跟爸爸说我想歇歇，爸爸

说:"你歇吧,我先走了。"于是我就停下休息起来。歇了一会儿,已经大约下午3点了,不能再歇了,就继续出发了。走了一会儿,到了鲁朗兵站,我看见爸爸和姑姑在兵站门口等我,就过去让姑姑陪我一起走。走了一会儿,我和姑姑发现路边有许多树莓,我停下来摘了一个尝了一口,哇,好甜!口水都流下来了。姑姑也过来摘了起来,正在这时,后边过来了一辆白色的小卡车,车上有一男一女,他们把车停到了路旁,向我们走来,对我说:"我拉你走吧,把你拉到鲁朗。"可以吗?我心里非常乐意呀,但要同意的话就证明我不是男子汉呀,所以我就说:"不用了,我自己能骑到鲁朗。"可他们一个劲儿地说:"拉一拉你吧,我们到鲁朗。"这时,姑姑说:"不用了,他自己能骑到鲁朗的。"经过了好一阵子争执,他们终于走了。我们又走了一阵子,还有7公里就到到鲁朗了。我加快了速度,一口气冲到了鲁朗。到了鲁朗,我们去吃了石锅鸡,没有传说中那么好吃,浪费了一百多,早知道就不吃了。

二十九
骑上色季拉
[时间：08/11]

我们吃完早饭，就告别鲁朗，开始向八一进发。走了一公里，就进入了山区，坡很陡，走了两公里，我们停下来在一个收费的观景台旁休息。爸爸看了看那个观景台，那是个用木材盖成的大房子，很豪华。爸爸便说："龙儿，你能不能钻进去照几张相？"于是我就从旁边绕了进去。里边有个客厅，还有藏族姐姐在那里跳舞。我上了楼，发现那里很好玩，还有几张老虎皮。在我的记忆中，好像还有几个外国人。我照了相，就下去了。正准备走的时候，一个叔叔骑车过来了，他的自行车上别着一把刀。爸爸看到那把刀，就喊了一声："停一下。"叔叔问干什么？爸爸说想看看他的藏刀。那个叔叔同意了。他从车上解下刀给爸爸看。爸爸看完之后，说："好刀！在哪里买的？"那个叔叔说了个地名，可是我没有听说过。我也把刀拿来过来看了看，不停地耍着。我练完之后把刀还给了叔叔。我们又向前走了，路边的松树茂盛得不能再茂盛了，像一把把绿伞把黑色的土地给遮住了。天已经不是那么蓝，有些发灰，看着就让人黯然神伤。又骑了一会儿，我突然肚子疼，于是就跑到路边去上厕所。过了几分钟，我突然发现小白追上来了，就急忙出来跟着小白走。可是没走多远我就被小白甩了。又骑几公里，我累了，就和爸爸坐在路边歇息，正望着远处的林海发呆的时候，有一队人马过来了，我骑上自行车就跟他们走。原来他们就是十三妹那一队。骑了一会儿，有几个叔叔下来推车，我也下来推车。叔叔们一看，也都下来推车。还不停地喊着："我们是著名的推车团。"有一个叔叔对我爸爸说十三妹在排龙天险摔伤了。我爸爸问："怎么摔伤的？"叔叔说："不小心在自行车上摔下来了，他爸爸在前面一直骑着。摔伤之后，我们把他们送上车，他们去八一治伤了。"后来我们一起在路边吃了东西，然后继续前进，他们速度快，我们追不上了。分手之后，我又骑不动了，只好一步一步地推，我一直快推到了色季拉山顶。

到山顶了，真爽！

正要骑上山顶时，爸爸说："来，我把你最后冲刺山顶的情景给录下来。"然后我骑上自行车，做最后的冲刺，终于冲上了山顶。天气变得冷起来，所以我们很快就下去了。下了一会儿，我感觉很冷，就跟爸爸说了。爸爸拿出了两件雨衣，全给我穿上了，爸爸说："这下不冷了吧？"果然暖和多了。我继续带着爸爸往前冲，没骑一会儿，就到了陡下坡地段，爸爸很快就被我甩掉了。我正糊里糊涂地下着坡,这时有一辆车对着我过来了。那时我走在路中间,车上的人直按喇叭,我仔细一看,原来是个老外。也不知道他嘴里在喊着什么,手不停地向自己的左边挥着。看他的意思是让我靠右行,我急忙把车骑到右边,那个车走后没多久,林芝镇就要到了,爸爸也追了上来。到了林芝镇,我们买了两包方便面吃,然后就又出发了。

我看攻略书上说,林芝到八一还有14公里,我悄悄地把变速调到2-7挡,便冲上了这段路。到了那个上坡,爸爸说歇一会儿吧。我说不歇吧,再歇我又没劲儿了。结果我没歇就走了。我这时异常的兴奋,我的车子快速地前进,不一会儿,就追上了"推车团"里的几个叔叔。我和叔叔们走着走着,就看到了几幢大楼,再往前走,又出现了许多大楼。我欢呼一声:"八一到了!"我兴奋地加快了速度,爸爸已经不知被我甩到哪里去了。到了八一,叔叔们说要去医院看十三妹,我们就分手了。我等了好大一会儿爸爸才过来。风子叔和姑姑已经找好了旅馆,我们就去找到他们。然后我就和风子叔打台球。不料,天下起了雨,打不成台球了,我就回旅馆玩手机去了。

看我手势——八一。

三十

轻松到百巴

[时间：08／12]

　　我们去吃德克士，晚了一会儿才出发。我在路上已经走得烦了，爸爸带着我们到了一个镇，买了个西瓜吃，还听说这个老板也是河南人。告别这个镇，我们又出发了，走到了下午，到了百巴镇，我们住下了，风子叔也来了，我们就去尼洋曲玩。到了尼洋曲，我和风子叔比赛打水漂，我最多一次打了8个，风子叔最多的一次才打了5个，我战胜了风子叔，哈哈，爽！爸爸和姑姑去别的地方玩了，我和风子叔去了百巴大桥。百巴大桥上有很多风马旗，风马旗五颜六色的，被风吹得啪啪直响。桥下的水很急，也很清，成了碧绿色。风子叔先回旅馆了，我还在百巴大桥玩，我看到了一个房子，就走了进去，看看里面都有什么。我看到了一个藏族小孩儿和一个藏族老爷爷。看到了我，那个藏族小孩儿跑了出来，那个老爷爷也慢慢走了出来，看样子是管理这个桥的。那个小孩子问我："你是哪里的？"我说："我是河南省的。"他又问我："河南省的来这里干什么？"我回答说："我要骑车去拉萨。"那个老爷爷问："你一个人吗？"我说："还有我爸爸呢。"我和藏族小孩儿玩了一会儿，就回去了。走着走着，碰到了爸爸和姑姑，我们一起回到了旅馆。然后找了个地方开始打台球，我和姑姑、风子叔一直玩到天黑才回去睡觉。

三十一
工布江达真好玩儿

[时间：08 / 13]

我们离开了百巴镇，开始去工布江达。走了不远，就到了一个古堡。古堡里游客很多，我们停了下来。我走进古堡里的一个塔楼，遇到了一个藏族小朋友，我们一起在一个很大的转经筒旁边玩。又该出发了，我正走着，突然听到有人喊："小孩儿，小孩儿，过来！过来！"我扭头看了一下，没人啊！于是我就继续向前走，没走多远，又听到有人喊："小孩儿，小孩儿，快过来，我们在你的左边。"我又扭头看了一眼，还是没人啊！难道我今天累得出幻觉了？我正要把头扭回来，却怔住了，原来我的左边有一群叔叔在喊我。他们正在尼洋曲边野餐呢。我立刻骑了过去，他们是开汽车来的。我爸爸也过来了，原来他们是河南老乡。他们看我过去，马上给了我一桶泡面，很热情地说："吃吧，吃吧。"我们河南老乡真好啊，什么好吃的都给我拿了出来。我吃完了，又过了一会儿，叔叔们带我去漂流。他们拿出来一个汽船，用打气筒给汽船充满气，把汽船放进了水里。我二话不说就跳了上去，叔叔说："你不能玩这个，太危险，快上来。"叔叔边说边把我背上岸。爸爸过来告诉我要出发了。我只得恋恋不舍地跟在爸爸后边走了。走到叔叔的汽车旁时，我看到了里面有一把精致的小铁锹，很想要，车边的一个叔叔说："你想要？以后骑车扛着它吗？"我想确实也带不动它，只得跟爸爸走了。

　　今天的路全是柏油路，虽然有些上坡，但是我感觉到我很有劲儿，爸爸不停地夸我表现得很好。路旁时不时冒出红屋顶和蓝屋顶的房子，看着真漂亮。但最有个性的是我们遇到了一个船形的房子，还在一个小湖里。离工布江达不远了，上坡也多了起来，我很努力地骑着，终于到了一个牌子下，我本以为牌子上会写着：前边就是工布江达。但我隐隐约约看到上边有个"500"的数字，不会是500公里吧？我对爸爸说："前边的牌子上怎么写着离工布江达还有500公里呢？"爸爸往那个牌子上看了一眼，说："不会吧？"我们走近一看，原来上边写的是"500米"。我的心情轻松起来，冲到了工布江达大桥。大桥那里有个岔口，左拐过大桥，平路；右拐是一个上坡。爸爸说向右拐才是正确的路，我非说要走大桥。但是爸爸不理我，直接就骑上了那个坡，我非常生气，但也无可奈何，只好随着爸爸走。上了坡，爸爸正在等我，我埋怨爸爸带错路了，爸爸还是不说话，直接向前走了。

　　我们走了一会儿，最后到了南方宾馆，风子叔已给我们订下房间了，我们就住了进去。里面还有一个小网吧，风子叔请客让我玩了两个小时，玩完就上去睡觉了。

三十二
被迫搭车
[时间：08 / 14]

又该出发了，但姑姑今天有病，走不动了，我们只好搭车。其实我已经有能力自己骑着走，不想搭车了，但是爸爸非让我搭。好不容易拦到了一辆车，还是小拖拉机，司机说："我只到前面的金达镇。"爸爸想了想，说："行，到金达镇也行。"车上的人下来帮爸爸把我和姑姑的自行车装上去，拉着我和姑姑就走了。对了，爸爸呢？爸爸他不愿意搭车，在后边跟着骑，时不时还拉一下拖拉机。有时候爸爸跟不上，很多次被甩掉。后来，就彻底被我们甩掉了。我坐着坐着，觉得很困，特想睡觉。但是拖拉机没有车厢，我是坐在木板上的，睡着了就会掉下去，这可怎么办呢？我突然想到了一个办法，我把绑木板的绳子绑在了我身上，这样就不会掉下去了。很快我就睡着了。醒来的时候，已错过了 K4444 路碑。还没到金达镇，那个司机说他该拐弯了，只能让我们搭到这里了。我们下了车，原来他是去太昭古城的。下了车之后，我们等爸爸。爸爸搭车了，不一会儿就过来了。我们一起骑车，走了几公里，就到了金达镇。到了金达镇，天还亮着。我们吃了饭，姑姑的病不见好转，只有在金达镇外搭车。天说变就变，不一会儿，就暗了下来。等了几十分钟，还没等到

上："搭我们的好心人的面包车
下："丐帮新村"松多的床

车，我有点不耐烦了，刚起身要走，就过来了两辆车（一辆警车，一辆面包车）。我们急忙招手，两辆车同时停下了，我们选择坐面包车。我不知不觉就在车上睡着了，醒来的时候，已经快到松多了。

三十三
追风米拉
[时间：08/15]

我骑出了松多，开始向川藏路上的最后一座山——米拉山进发。没走几公里，我说饿了，爸爸就给我找东西吃。找来找去，找到了一包花生，我尝了几个，觉得不好吃，就继续走了。我一路哼着小曲，今天我特别开心。因为风子叔虽然先跑了，但是他说会在拉萨等我，请我吃德克士。脚下的路虽然是缓上坡，然而我觉得一点都不累。没多久，我们就到了米拉山下，然后我们找了个地方坐下来吃东西。吃完之后，我们继续出发，我觉得这一段路坡开始变陡了，骑着很艰难。我拐过了一个弯，见仍然是上坡，骑上去后，开始有一段小下坡，正在这时，有个叔叔超过了我，停到离我大约一百米远的地方，然后他躺到路边的地上休息。我急忙骑了过去，躺在他旁边，也开始晒太阳。

过了许久，那个叔叔起来了，对我说了一声："继续走吧？"于是我站起来，跟着这个叔叔向前骑。但很快，我就跟不上他了。爸爸这时跟上了我，见我骑得比较慢，就掏出一根绳子，一头绑在我的车把上,一头绑在他的驮包下面,拉着我就走了。我很高兴,但是又怕爸爸累着,就努力地往上骑,争取把绳子弯下去,不让爸爸用力。快骑到米拉山口的时候,爸爸说:"儿子,剩最后一段路了,你一定要自己冲上去。"我点点头,把绳子解了下来,然后用全身力气冲了上去。"耶!我终于骑上了川藏路上最高的一座山,同时,又是最后的一座山。"我高兴地喊。

米拉山上,有一座很大的牦牛雕像,我坐了上去,爸爸给我照了几张相。这时,有一个藏族小孩子围上我,说:"我想骑一骑你的自行车,行吗?"虽然他的发音不标准,但我还是听懂了。我问爸爸:"让不让他骑?"爸爸说:"这是你自己的事情,你自己决定。"我想了想,最后同意了。他骑了一会儿,几次都撞在了路旁的石头上,我真担心他会不会摔下悬崖。他骑够了,把自行车还给了我。我们也该下山了,就在米拉山顶告别了。我们下了一阵子,还没到墨竹工卡,我下坡下得手都发疼了。我开始讨厌下坡了。到了日多,我们在波密饭馆吃了饭,又开始下坡。不知什么时候,我发现路已经是缓上坡了,屁股都被磨疼了,还起了痘痘。走了不知道几个小时,天渐渐暗了下来,但风子叔已经到拉萨了,我也非要走到拉萨。爸爸劝我,我不听。我被劝了N次,终于吐出了两个字:"好吧。"到了墨竹工卡,我们找了好久都没有找到一个合适的旅馆,最后,在墨竹工卡街西头,我们找到了一个旅馆住下了。

三十四
拉萨,我来啦!

[时间:08/16]

  我们的心早飞向了拉萨。终于开始向拉萨进发了,我今天特别高兴,哼着小曲骑着车,爸爸和姑姑早被我甩到不知什么地方去了。到了松赞干布的出生地之后,就站在那里等爸爸,但是左等右等都等不到,我开始有点着急了。过了好久,爸爸终于来了。我和爸爸本来想去松赞干布的出生地看看,但是天气不好,后来就决定不去了。又走了一会儿,天下起了雨,还很大,我们不得已穿上雨衣,还是继续赶路。不知走了多久,我骑不动了,而且还下着雨,但是没办法只

好继续骑。到了"K4567",雨还一直下着,但已经能看见前方是晴天了。又走了一个小时,爸爸和姑姑又被我甩在了后面。天晴了,但我还穿着雨衣,想脱下来,却不知道放在什么地方,只好坐在那里等他们。等了不知多久,爸爸和姑姑过来了,我二话没说,把雨衣一扔,就继续走了。又走了几公里,我们看见了一座很大的铁桥。又看到了一个牌子,上面写着:达孜2公里。我骑着车继续走,嘴里依然哼着小曲。到了达孜,我们吃了饭,又出发了。我记得到拉萨的里程碑是 K4632。我把速度调到每小时 15 公里以上,开始冲刺!K4625,K4626,4627,K4628,K4629,K4630,K4631……坚持啊,就快到拉萨啦!

K4632!我到拉萨啦!我高兴地喊……

我们找了一家旅馆住下了,之后我们去了布达拉宫,爸爸还买了一把尼泊尔军刀。

最后一天,在拉萨的饭馆里吃了最后一顿饭,我们该告别拉萨了,我很舍不得,但是……再见了,拉萨!

走完川藏路,我感觉自己变了许多。还没走川藏路的时候,爸爸问我愿不愿意走川藏路,我说愿意。但是在路上时,我说我是被爸爸骗来的。到了拉萨,我又想着这是我自己愿意来的,我开始怀念川藏路了。另外,我变得不偷钱了,不在夜里偷偷去网吧了。我很怀念川藏路,心里想着如果我还能再走一次川藏,我再也不搭车了,要自己把川藏线骑完。我还要骑青藏线、新藏线、滇藏线……总之,我要把通向拉萨的十条路全部骑完。我还要去尼泊尔,如果可以的话,我还要翻越珠穆朗玛峰……

拉萨，我还会回来的

梦想生处即天涯……
转山，转水，经幡飘动
那是一个已久的梦想
那是一个令人神往的地方
……

这是一个真实的故事
这是一场疯狂的行动
这是一次没有答案的旅程
彩幡飘荡……
在远方……

带着儿子去远方
Take my son to travel

梦想生处即天涯

巫红杰 [Wu Hongjie]
一位普通的教师，一个平凡的爸爸

"爸爸，你小时候都玩什么游戏？"
"玻璃球、捉迷藏、玩纸牌……"
"还有什么？"
"没有了吧？"
"就这些？你再想想。"
"真的没有什么游戏了，儿子。"
……

和儿子的这种对话进行了许多次，儿子总感觉我在骗他，怎么可能没有电视呢？更让他不可思议的是，我小时候怎么可能会没有电脑游戏呢？那还有什么意思！在儿子的世界里，没有电脑的世界是一片空白，他无法理解。

是啊，我是怎么长大的？突然间我也感觉到了迷茫，我似乎已忘记了自己当年如何长大了，好像弹指一挥间，我就老了。小时候的事情，显得那么遥远，仿佛睡了一觉，我就顺利地长大了，但儿子呢？

实际上儿子是我目前最大的问题，哪一个孩子不是父母心中的骄傲呢？望子成龙也是我心中的梦想。然而梦想总是太完美，等我从美梦中惊醒，才发现龙儿离成才很远，离毁灭很近……

龙儿从小身体不好，鼻炎让我揪心了许多年，鼻炎没有痊愈，又发现他眼睛弱视了……但比起儿子心理方面的毛病，身体上的问题实在算不上什么。龙儿上学早，现在九岁已经是小学四年级的学生了。我一直不太干涉孩子的成长，但回过头来却发现他迷上了电脑游戏，有了网瘾。甚至于半夜偷偷出去上网吧，等天明再回来，然后装模作样地躺到床上等我喊他起床上学，就这样骗了我好久。当我初次听说儿子半夜出去上网，我还以为别人开玩笑呢，事情得到证实后，我几乎要崩溃。到了最后只好不让他一个人睡，我一直"陪睡"。

由于上网，龙儿又学会了偷钱，家里的钱一不小心就可能失踪，只要没有证据，龙儿就死活不承认。每天就是和儿子作斗争，感觉活着真累！但斗争不但没有使事情向好的方面发展，反而越来越糟。在刚刚结束的这一个学期，龙儿的学习全面退步！我也曾对儿子抱有很大的希望，但是现实几乎已毁掉了我的全部信心。

暑假就要到了，如果让龙儿就这样待一假期，可能迎接我的是更大的打击。所以，我希望把他带出去，让他多看一下大自然，去接触更多的人。也许感受过苦难，认识了更多的人，听了更多的故事，转过身来，他会发现一个崭新的世界。

我的目光向四方延伸，我看到了东北的茫茫林海，我看到了内蒙古的青青草原……去哪里呢？这个地方要接近大自然，最好没有网络什么的，这个地方还要比较大，最少能让我们停留一个月左右，思来想去，最终目光落在了西藏。青藏高原是我早就向往的一个地方，那里是"世界屋脊"，我想带着儿子站在这个屋脊之上，放眼望世界。我想去西藏！去寻找我的梦想，我的天堂。

火车已通到了拉萨，但是坐着火车去拉萨，总觉得味道不够。我突发奇想：为什么不能骑车去拉萨呢？

进藏的公路有滇藏线、新藏线、青藏线、川藏线(分南北两线)等，其中数川藏南线风景最佳，号称中国的景观大道。

我决定走川藏南线带龙儿进藏！

但我的这个想法毫无疑问遭到了反对。我母亲哭着说："孩子那么小，你带他去那么远的地方，万一孩子有个什么好歹，你怎么办？"但是我意已决。幸亏我有个开明的父亲，无论我干什么事情，他都敢让我去尝试。于是在4月27日，我和儿子每人买了一辆山地车，开始了川藏之行的准备工作。

儿子听说要去美丽的西藏，非常兴奋，我为儿子的这种态度而兴奋。但是我没有把这件事情告诉除家人以外的任何人，怕别人听说后，会感觉我的脑子有点不正常。

说实话，我心里也是十分忐忑：川藏线2000多公里，途中要经过海拔4000米以上的高山十多座，其中还有两座海拔5000米以上的高山，龙儿行吗？有这么大的孩子走过吗？骑车走这条路会对孩子的身体造成损伤吗？……

所有的问题我都没有答案！

正在上大学的妹妹失常，听说了这件事，也要一起去，劝不住，只得随她。

就这样，我们来到了川藏线的起点成都。成都是一个来了就不想走的地方。我们来了，却不是终点。我的目光越过成都的高楼大厦，仿佛看到了一条路。这条路，连着遥远的拉萨，那里有佛光圣景；这条路，走着一对父子，他们身影单薄，不知前路有多少坎坷……

70后的爸爸和00后的儿子在成都站合影,以纪念以后不知吉凶的日子。

九岁,我骑单车去西藏

一
争骑，争骑，我们一路向西

[时间：07 / 14 / 晴]

虽然仍然忐忑，但出发的日子还是来了。8点半，开始从楼上向下运行李。捆扎好驮包，周围的人听说龙儿要去拉萨，都围了上来，惊叹不已。出发了，没有鲜花，没有掌声，只有坏消息。朋友牛志通在成都上大学，这次我们到成都，受到了他的热心款待，本来他也要去西藏的，但学校还有事，只能陪着我们走几公里。他告诉我的第一个消息是听说有两队车友在康巴段被抢，一队十一人，一队七人，什么东西都被抢光了。第二条消息，雅江段泥石流，路断，不知几天能通。唉，出师不利！但只得暂时走一步是一步了，希望八九天后到雅江时，情况能好转。

我们是从成都温江区出发的，找到了去崇州的路口，牛志通转身回去。要单独上路了，我一下子感觉肩上的压力大了起来，看着身后的龙儿，心中实在不知道能不能带着他顺利地走到那神圣的拉萨。路上虽然车水马龙，十分喧哗，但我的心中却静得不起一点涟漪，静得让我能听到自己心中的提问：我真的要带着儿子去拉萨吗？这是不是一场还没有睡醒的梦？拉萨远在天边，而我，我九岁的儿子，真的能走到吗？

龙儿很兴奋，不用我催促一直跑在我的前边，顶着火辣辣的太阳，快速地前进。如果不是迷上了网游，虎头虎脑的儿子，该是多么棒的一个孩子啊！我仿佛又看到过去的时光……对于他迷恋上网吧的问题，我一时之间束手无策，被我抓到，他就保证说再不去了；我看不见时，就又溜进去。终于，在又一次逃学被我在网吧找到后，我选择了让他在家待着，这一待就是一学期。整整一个学期，

我不再让他去学校,而是天天陪着他,他不再提网络,但只要我不注意,就会溜到网吧去,只是行动更加隐蔽。当我感觉完全断绝他和电脑的接触是一个既不可能又不科学的方法时,有时,我会允许他玩一会儿电脑,可是他会得寸进尺,每天都可怜巴巴地看着我,希望我"开恩"让他多玩一会儿。如果达到了目的,就会眉开眼笑,百般讨好我;如果达不到目的,就如同犯了毒瘾,走路有气无力,学习无精打采……现在看着龙儿脸上兴奋的表情,我多么希望这种状态能永远延续下去啊!

过崇州后,开始沿着高速公路的辅道前进。到了道路的分岔口,有时会找不到正确的方向,但四川人甚是友好,每遇我问路必热情讲述,生怕我没听懂(其实我还真的就只能听懂一部分),心里暖暖的。在大邑附近,由于修路,前边的国道不能通行,我拦住了一个骑电动车的大叔向他询问去邛崃的路怎么走。他指着前方,告诉我们在前边路口左拐然后怎么怎么走……可惜我听不太懂。大叔走后,我们就开始寻找拐弯的路口,正在犹豫要不要再找个人来问一下,就见那个大叔停在前边,走近了,他手一指,说:"从这里走吧……"原来他怕我们找不到正确的路口,骑到这里就停下来等我们,等我们按他说的拐到那段临时路上后,他才离开。感动!四川人真好!

今天的路几乎没有上下坡,只是由于修路,灰尘有些大。气温虽高，但是由于心中有了挑战的目标，丝毫感觉不到热，我关注的是龙儿的情况，毕竟是第一次长途骑行，更要命的是没有进行过专门的骑行训练，我甚至感觉自己是在开玩笑。如今气势尚足，道路较平，但进山后怎么办？那时龙儿还骑得动吗？更关键的是，这样的行动能达到预期的效果吗？我一次次地问自己，一次次地想找到答案，但每一次都陷入更大的迷茫。过大邑时，看到了有穿骑行服的车友，对比他们，更衬托出了我们的业余。龙儿刚见到车友，特别兴奋，就想追上去一起走，但人家是训练有素的小伙子，哪能跟得上？只能一次次地看着他们绝尘而去。我也不敢告诉别人我们要去拉萨，偷偷摸摸地感觉像是在做贼。有从后边追上的车友问要去哪里，龙儿总是抢着说去拉萨，看人家不相信的表情，我就赶快说带儿子去泸定看看铁索桥。午饭时候，龙儿蹦蹦跳跳地进入大邑的一家路边店，大声叫嚷着："毛血旺，回锅肉！"看来一切还好，小小地舒了口气。从手机 QQ 群里又得知，今天折多山下雪了。(折多山是川藏路上第一座超过四千米的高山，虽然常下雪，但也不至于在七月下雪吧？难道真的临近世界末日了？)

下午的路还是沿着高速公路的辅道前进，有人说从温江出发不容易找路，但是我感觉找路是很简单的事情。我们几乎没向几个人问路，沿着路标就一直朝着邛崃方向挺进。对比上午，龙儿明显有点累了，但让他休息，他总是说自己还有力量。我对他的情况仍然很纠结：既怕龙儿不向前走，又怕他太过兴奋，拉伤肌肉。问他的腿疼不疼，回答说没感觉。好多次都是我强行让他下车休息，他才跳下自行车。我告诉他，川藏路很长，不是一天就能骑完的，一口是吃不成胖子的。但总体上看起来还一切正常。16 点 30 分，至邛崃。

进入邛崃，公路就分岔了，右拐入城，左拐继续前进。我犹豫了一下，选择了左拐向前走，不出所料，走了一两公里，公路的左边出现了旅店，条件还行，就住了下来。我暂时松了一口气，把行李从自行车上解下来提进房间，我马上给龙儿的腿喷上了云南白药，又给他按压肌肉。听到龙儿说基本正常，才稍稍放下心来。吃过饭，龙儿想出去转转，我告诉他必须休息，哪儿也不能去，他就躺在床上玩手机。从晚上10点的中央电视台新闻中得知，前方的雅江爆发了泥石流，路断，雅江完全成了灾区，许多人滞留在那里。我心里很紧张，看来雅江泥石流不是传说，怎么办？我又一次问自己，有那么一瞬间，我甚至想到转道云南从滇藏线入藏。无论怎样，现在不能轻易放弃，幸亏我离雅江有几天的路程，现在不急着赶路，先观察几天再说吧。

二

邛崃城的那场爱情

[时间：07/15/晴]

早晨起来我第一件事就是去买了份报纸，不出我所料，上边详细报道了雅江的泥石流情况。俗话说：秀才不出门，便知天下事。哥也算个秀才吧。只是这话还有下半句：既知天下事，再也不出门。报上说雅江泥石流非常严重，那怎么还能向前走？停下来休整！我为自己的这个决定而得意。我认为理由还相当充足，虽然不是有了什么伤病，但前面太险恶：雅江路毁、折多山大雪。大批骑友滞留雅江、新都桥，连康定都滞留了许多骑友，住宿都困难。如果骑过去，还不如留在这里呢……但是后来我却为当时的这个决定而后悔：离雅江还有那么远，为什么就不能慢慢向前走一段呢？可是无论什么原因，只要不向前走，我就没有了赶路的压力，心情自然十分地放松，于是就决定带着龙儿去看看邛崃城。

邛崃是一个有名的地方。汉朝时卓文君和司马相如的爱情佳话就发生在这里。现在到了文君美女的老家，怎么说也要在街头追寻一下文君的遗韵啊！希望司马相如先生别生气，我只是一个过客，匆匆而来，明天就走。来时骑着自行车，走时也不拐带邛崃的美女。我们也不知道哪里是邛崃的繁华之处，于是就在邛崃街头信步东西。首先带着龙儿品尝了邛崃特色小吃奶汤面、钵钵鸡。奶汤面汤色洁白，很是好看，但吃完后，龙儿的评价是味道一般。难道初来乍到，还不太适应？但我也感觉这面只能给个"凑合"的评价，感觉甚至不如河南的面。(后来一路走来，终于不再迷信：四川做的面的确不如河南。)

邛崃城很整洁，但早已找不到文君的气息，虽然大街上没有一个认识的人，但两千年前那场轰轰烈烈的爱情，让这个城市在国人心中，特别是文人心中，有了一丝不一样的感觉。有人说，司马相如与卓文君郎才女貌，是令人羡慕的一对儿。又有人说，司马相如这厮就是个流氓文人，骗了卓文君，这还不够，后来又瞄上了卓父的财产，流氓不可怕，就怕流氓有文化。嘿嘿，古今多少事，都付笑谈中……

这一路走来，发现邛崃城中许多饭店都写着"豆腐花"，我们都很好奇，什么是豆腐花？真的很好吃

吗？终于，感觉逛累了，也该吃点东西了，同时也禁不住诱惑，我们走进了一家饭店。邛崃的饭店都很干净，让人心情很好。给儿子点了他爱吃的毛血旺和回锅肉后，我和失常不约而同地说，来一碗豆腐花。美女老板笑眯眯地说："对不起，卖完了。"唉，早知这样就不在这儿吃了。敢情这豆腐花真的很畅销啊！

吃完饭出了饭店，虽然已经基本饱了，但没有吃到豆腐花，心中还是多少有点遗憾。几经犹豫之后，我们又进了另一家饭店，服务员过来问我们吃什么，我们答豆腐花。又问大碗还小碗，龙儿说大碗，那就大碗吧。服务员问要几碗，我和失常对了一下眼神，要了两大碗。然后说其他的什么都不要了，那个服务员很奇怪地看了看我们，就走了。看得我心里直发毛，感觉像上了贼船一样。豆腐花端上来了，我一看，这不就是我们河南的嫩豆腐吗？不过我们河南的嫩豆腐还要加很多的调味酱，很好吃的，而邛崃的豆腐花就是两碗嫩豆腐，我尝了一口，果然是原汁原味的豆腐。不出我所料，失常和龙儿尝了一口后就坚决不吃了，本着不浪费的原则，我就硬着头皮，在店员复杂的目光之下，一个人"贪婪"地把两碗豆腐花一口一口地吃完了。吃得我差点站不起来了。这可恶的豆腐花！

三
元旦是个帅哥，阿飞不是流氓

[时间：07／16／晴]

虽然还有些犹豫，虽然仍然不知道雅江什么时候才能通车，但我们必须要出发了，如果再在邛崃住一天，那么这次川藏之行的开端就成为一个笑话了。

出发之前没吃早餐，本来想着能在路边找一个吃早餐的地方，但一直走出邛崃也没有见到一个早餐点，这一下悲剧了！龙儿开始嚷着说饿，失常虽然没有说话，但从她的脸色可以看出她在坚持，当然我也饿，可是找不到吃饭的地方啊！正在胡思乱想，眼前出现了走川藏路以来的第一个上坡——笔架山。骑川藏就是来挑战上坡的，第一天的路根本没有上坡，弄得心里像丢了什么一样，今天坡来了，耶！初骑川藏不怕坡，我们都兴致勃勃地向上冲去。这样的一个小坡对于成年人根本不成问题，但龙儿的表现是最关键的，我一直偷眼看他，龙儿也很兴奋，努力地向上骑着，终于骑上来了，还炫耀似的　　　白了我一眼。情况正常，我心中暗自高兴，这是　　　龙儿战胜　　　的第一个上坡，虽然小，但值得纪念。

上到坡顶，路又平　　　　　　　　　　　　　　直着向前延伸，失去了挑战，感　　　　　　　　　　　　　觉肚子更饿了，我们都东张西　　　　　　　　　　　　　望地寻找饭

店,还别说,真找到一个,不容分说,把自行车一扔就扑过去。店里的老板和老板娘正在准备着午餐吧?因为很明显这时早饭已过,午餐未到,他们两个显然对我们的出现没有思想准备,我们像要抢劫一样告诉老板:"我们要吃饭!"老板让我们看原料,然后让我们自己报吃什么饭。桌案上菜呀、肉呀摆了一大堆,不过这时候的我们对食物不会挑剔,只需要最快吃到嘴里就行,至于做什么,让老板做主。最快的当然是面了,面刚端上来,早已饥肠辘辘的我们就是一阵风卷残云。一碗面下肚,这才缓过神来。公路上不时有三三两两的骑友经过,龙儿见到总是兴奋地对着人家喊,我总是赶紧制止他。填饱肚子继续上路,龙儿愈发神采飞扬,遇到车友经过,还跟人家打个招呼。我默默地走着,心中却一刻也不停地在想着心事。

你说这骑行川藏能带个90后的女生吗?这一路走来,发现女生特别少,平均十个男生,可能会有一个女生。你说带个90后女生也就算了,但也不能平时都没有骑过自行车,到了成都买个山地车,就地学会变速,转了两圈,然后第二天就骑上出发了,干什么?去拉萨!这不是开玩笑吗?仅仅带着个90后的不会骑车的女生也就罢了,关键是我还带着个九岁的孩子!不是说孩子不行,可你总要在家先锻炼一下吧?锻炼过吗?真实的情况是儿子听说要去西藏,兴奋得去练跑步,二百米的跑道能跑两圈,两圈也行啊,关键是只坚持了七八天。其余就是周末的时候带儿子去骑一下车,最远的那次骑了60公里,其他的

开始爬坡了，儿子一马当先。

也就 40 公里左右，这样的锻炼也就不到十次。这样的一个 00 后的小孩子能骑川藏线，可能下一步牛就能飞上月球了！可悲的是我也没有骑行经验，对于骑车中会出现的问题也没有把握。哪怕是最基本的修车，我也只是在出发的前两天，到门口的修车摊前，让修车的大爷给我讲了一下如何扒胎，如何补胎，其他的修车问题我基本不会。就这样的一个我却带着一个九岁的小孩子去拉萨，这能行吗？作为这支队伍的带头大哥，诚实地说，我是一个疯狂的不负责任的骑行者。作为领路人，我压力很大。所以别人骑行都会住在武侯区一带，找尽可能多的同伴，然后互相探讨骑行川藏的梦想与计划，我不能，我特意选择住在车友稀少的温江，因为我怕见到川藏的同行者。遇到年纪大的，怕他们批评我的思虑不周；见了年纪小的，人家一见我这种要锻炼没锻炼，要技术没技术，也许当面不说，回去已开始打赌：这个白痴想带着自己的儿子去西藏，咱们猜一下他走多远会回来？……

所以我只有躲避：走自己的川藏路，按自己的特点设计行程。现在路上车友多起来，仍然有许多车友好奇地问："你们也是去拉萨的？"龙儿总是想抢着作出肯定的回答，然而我总是打断他的话，摇摇头说："哪能啊？我们就是骑一下短程罢了。"川西盆地的气温还是挺高的，所以我不时要求龙儿喝一些水，但龙儿显然还处在初骑川藏的兴奋中，速度很快，我由于带着沉重的行李，走起来甚至有些追不上他。拐过了一个弯，突然发现路边有一男一女正在收拾自行车，前边不远处还有另外两个人在等着，也是一男一女。见到我们骑过来，那个男生马上喊道："停下！停下！"我以为他们需要帮助，于是就停了下来，龙儿比我更迅速地跳下自行车。那个男生问："也是去拉萨的？"龙儿说："是啊！是啊！"我犹豫了一下，点了点头，因为我发现面前的四人队伍中竟然有两个女孩子，龙儿和那些二十岁左右的男生完全不能比，但如果是两个女生，那可能还跟得上。那个男生很兴奋地说："那咱们一起走吧，行不行？"龙儿很兴奋地答应了，这样的话走起路来能有更多的人和他做伴。我也同意了。这个男生叫元旦，前边的那个叫阿飞，他们是湖南老乡，现在一起在西安读大学。他们刚好有我所缺乏的骑行和修车经验。两个女生，一个叫思佳，在北京上大学，她和元旦、阿飞是在网上约好，一起骑川藏。思佳在学校专门买了一辆自行车，课余就练习一下，但据我后来的观察，骑起车来也就比龙儿强一点。另一个是一个杭州的老师，经常徒步旅游，这一次入川是想去稻城亚丁，但在武侯祠遇到了元旦、阿飞他们，元旦一番描述骑车走川藏的妙处，这个姑娘就动心了，于是临时买了一辆山地车，决定骑车去拉萨。你说这都是什么事儿？元旦他们称她为大姐，我不知道她的名字，也随着大伙跟着叫，也不怕吃亏。其实她根本没有我大。

骑上车继续出发，我们的队伍壮大了，已经有七个人，走起来有一点浩浩荡荡的感觉了。我的心中放下了一块石头，如果说真的要和别人一起骑的话，元旦的队伍是再合适不过了，不可能还有更慢的队伍了。何况我也不用担心车子出问题了。看来我昨天停在邛崃，就是为了等待元旦他们啊，这**真**是缘分呀！

这一段路虽然风景一般，但我们初次相遇，还是走得兴致很高。龙儿很快和阿飞成了好朋友，休息的时候龙儿也是缠着阿飞不放。在我的印象中，"阿飞"这个名字是电影中"流氓"的代称，但这个阿飞可是一个好孩子，脸上总是笑眯眯的。但"人善被人欺",龙儿马上就摸透了阿飞的脾气,于是阿飞就惨了,零食会被龙儿抢走,连帽子都被龙儿抢走了,悲摧的阿飞只得又找出来一顶戴上,脸上仍旧一副笑眯眯的样子。这里已经是在名山县境内,过了名山第三中学后,我们骑过了一座桥——玉溪堰桥,然后就遇到了骑川藏以来第一个大上坡,看得出来思佳和大姐的体力很一般,失常比较轻松地向上骑去,但思佳和大姐就显得有些吃力了。龙儿也不甘落后地向坡上冲,但他最终没有一直骑到坡顶,到最后实在骑不动了,就下来推车。这是龙儿在川藏路上的第一次推车。后来我才知道,这是今天最大的一个上坡,龙儿的表现基本合格。大姐最后一个上来,我对她能不能骑后边的大山充满疑问。上了大坡,感觉该吃午饭了,刚好路边有个饭店,大家一拥而入,进行队伍组建后的第一次合伙饭。龙儿大声嚷嚷着:"回锅肉,回锅肉!"元旦于是点了回锅肉,从此阿飞就叫龙儿"回锅肉"。吃饭时大家有说有笑,多希望这样的情景一直能延续到拉萨啊!吃过饭结账,原来元旦那一队的会计是思佳,我算出来我们应付的饭费,然后交给思佳,这小姑娘还挺不好意思的,元旦对她说:"这是规矩,AA制,以后我们经常在一起,这样的事情还多着呢。"然后思佳才收下钱。看来元旦也想和我们能一起走到底啊,但是我们到底能相伴多长时间呢?

元旦义不容辞成了我们的队长,兼任技术总监,只要有车出了问题,元旦都是毫无怨言地帮忙修理,我乐得省心,跟着大部队就是有好处啊。本来我今天的住宿地选在名山县城,既然加入了元旦的队伍,那么就要赶到雅安了。骑行川藏见到什么最激动?当然是下坡了!午饭后,离名山县城还有十公里,正想着还要努力一番,不承想下坡突现,还以为是一个小坡,不料转过一个弯,仍是下坡,下坡,下坡……一路直冲入了名山县城,让你心里不爽都不行!

这个下坡一直下到出了名山城外才结束,到雅安,还需要爬金鸡关下面最后一个大上坡。据说这个上坡是一个标尺,如果不能顺利上去,就要好好考虑一下自己的体力能否胜任骑川藏线了。但是龙儿没费多大劲儿就上去了,我心里多少有点放心了,看来龙儿的体力还能够应付这次远征!其他的人也基本顺利骑了上

来，其实我感觉这个坡还没有玉溪堰桥那个坡难骑呢。坡顶上是金鸡关隧道，穿过隧道，一路下坡就冲到了雅安城外的中国旅游标志前。中国的旅游标志是著名的马踏飞燕，这样的标志，邛崃也有，但没有雅安的著名。因为从金鸡关隧道出来，远远地就能看到这个标志。许多车友都是一天从成都赶到雅安，经过了千辛万苦的骑行，当看到马踏飞燕时，说明今天的任务就要完成了。于是这个标志下也成为骑友们宣泄感情的场所，大家走到这里，都要拿出签字笔，在标志底座上写两笔，写的内容五花八门，然后就是站到标志下合影留念。马踏飞燕下边车友来来去去，几乎就没有断过人。我们也在这下边玩了一会儿，我心中挺高兴，毕竟我成功地带着儿子骑到雅安，也是一个小小的胜利。

告别马踏飞燕，本来我以为雅安就在不远处，谁知完全不是那么回事，又走了十几公里的样子，才终于进到了雅安市中心。雅安曾是民国时期西康省的省会，也是进山前最后一个繁华的城市。来到雅安，我发现了跟着大部队还有一个最大的好处，就是不用我亲自去找住宿地了，这些事情由元旦、阿飞来搞定，我们在街上停了好长一段时间，元旦终于来接我们了。元旦他们俩几乎跑了半个雅安，他们找的旅馆很偏，但条件很好，并且价钱不贵。

不过，福祸相依，随之而来的就是不好的消息。龙儿因为车座高度没有调好，路上又兴奋得和阿飞飙车，等到了雅安，才发现龙儿的屁股都磨破了，流着血。我给龙儿的屁股涂上药，他大喊着："疼！疼！"没有办法，我抱住他不让他动，儿子半天才缓过气来，然后他一步一挪地进到房间里，眼里满是泪花，不知道是疼的还是委屈的。吃过晚饭，发现门口就是网吧，我考虑了一下，主动让儿子去上了两个小时网。戒网瘾，我感觉应该循序渐进，不能急于一时。

四
追击，追击，青衣江依依
[时间：07 / 17 / 晴]

　　我不愿意今天走到新沟，这是一个几乎不能完成的任务。当然对于我来说，这完全不成问题，我担心的主要是龙儿，雅安至新沟87公里，还是上坡，他行吗？然而元旦他们想一天赶到，只得咬咬

青衣江江水依依，儿子你在哪里？

坡，坡，坡上还是坡，儿子是怎么走过？

牙试着走了。昨天晚上发现相机出了问题，按下快门总是没反应，拍不成照片。这相机已陪了我多年了，如今该它大显身手之时，却出了毛病。饭后我让元旦他们带龙儿先走，我用手机上网寻找修相机的地方。费了好大力气，才找到了一个修相机的店铺，但不幸的是老板还没上班，只得等待。川人的生活总是优哉游哉的，节奏较慢，街道两边打麻将的特多，很是壮观。好不容易等到了修理相机的地方开门，那位小师傅一听我说的故障情况后，立马说需要换个零件，要一二百元。然后熟练地打开相机，最后把相机擦了下灰尘，发现故障消失了，由于我一直在旁边，小师傅也没办法再换个零件，于是他夸自己的技术多么过硬，如果送别的铺子里可能会被修坏云云，最后狮子大张口，要120元，好吧，人在江湖漂，怎能不挨刀？没办法呀！

出雅安，群山立现。入山之前，雅安城外，有茶马古道群体塑像。初，藏人多食肉食，油腻难化，汉地多茶，藏人饮之，称善！遂茶马互市，商者沿崇山峻岭，西输茶叶，归则换马。其道，曰茶马古道，今之国道，大体同向而修。自雅安西去，群山连绵，几无缺处，幸而山中有青衣江，G318即沿江而修。路起伏不定，下视江水碧绿，湍急奔流，上望青山流翠，绿意盎然。奋力踩踏，昨日遇一上坡欢呼尝试自己的能力，今天坡太多了，多得每遇一个上坡我就担心着龙儿会在坡上骑不动等着我，但一路都没有看见他的踪影，我感到非常惊讶，难道跟

着元旦他们龙儿的骑行功力就大增吗?肯定是太过于兴奋,忘了疲倦。小孩子不知循序而进,等晚上住下,腿疼之时,悔之晚矣!想到这里,心里纠结无比。当然路上也有下坡,那时就是爽快之际,元旦他们踪影皆无,但慢慢追上了部分骑友。观骑友模样,遇下坡,皆欢呼飞驰而下。遇上坡则面目各异:咬牙切齿者有之;张口吐舌者有之;紧锁眉头者亦有之……由于海拔一直在升高,总体是上坡多而下坡少,每遇一个下坡,肯定会有一个更大的上坡在前面等着。

这一天,我和失常一直在追赶元旦一行,但终究因为落后太多而没有追上,反而因为失去节奏,被无休止的爬坡弄得几乎崩溃,路上也错过了吃饭的地方,所以一直饿着肚子在赶路。过了午后终于饿得有点受不了,边赶路边寻找吃饭的地方,下午三四点钟终于碰到一个饭馆,里边只有面。到这个境地,不会再挑剔了,我和失常一人要了一碗面大吃了起来。一碗面下肚,饿意稍消,立即骑车又出发。追人最累!天近黄昏,新沟仍然没有踪影,此时肚子又饿了,饥饿几乎让失常失去了最后一丝力量,只得慢慢地陪她推车,不知离新沟还有多远。转过一个弯,暮色中突然发现有一个人骑车飞驰而下,心想这是谁啊?此时向山下骑去,要骑到哪里去?

儿子你今天很棒！

近了，那人只听来人大喊一声："爸，是你吗？"是龙儿！原来他早就走到新沟了，一直等不见我，怕我出什么事，偷偷地跑下来接我。龙儿的这个行为我是绝对想不到的，此时，心中那个感动啊！泪水差点流下，龙儿知道关心人了！

转过山头，新沟终于出现了。整整87公里啊！我不知道龙儿是怎样坚持下来的。问元旦，说龙儿一天都奋力向前……我听后，既惊讶，又担心：一个没有经过骑行训练的孩子，这样骑行，能长久能坚持吗？慌忙把龙儿膝盖及腿部涂满药水，心中对于参加队伍前进再次充满了疑虑：如果单独前进，今天住在天全就好了！这样的骑行，打乱了我边走边练、循序渐进的计划，前途未卜啊！问龙儿累不累，他还满脸豪气地回答："不累！"唉，小孩子，知道什么是累什么是不累？今天的骑行，应该受到批判：随意改变计划，简直就是乱弹琴！

我无意中摸了一下自己的耳朵，哇！耳朵后面竟然是细细的盐粒。今天太热，出汗太多。太累了，匆匆吃了点饭，又抓紧时间给龙儿按摩腿部，龙儿仍然不知累，又跑到老板房间去看电视了，在我千呼万唤后终于回来睡觉了。我累得连澡也不想洗了，我要休息！休息！

大渡桥横,如果当年的红军面对的是这样的一条铁链,长征还能胜利吗?

五

大渡桥横?铁锁真寒!

[时间:07/18/晴]

　　如果没有川藏公路,新沟可能永远会被人遗忘在深山之中;如果只有川藏公路,新沟也许只能是一个小山村。但近年来川藏线骑行之风甚盛,新沟夹在雅安和泸定之间,慢慢成了骑车人重要的一站,新沟也因此发展起来了。许多车友的安排是这样的:第一天从成都骑到雅安,第二天住宿新沟。所以新沟几乎成了普通骑行者必须的一个住宿地。当然骑友中也有牛人,晚9点多,竟然见几个车友

左起第二个龙儿的，第三失常的，最后……我的。

儿子热得受不了了，用路边的水洗脸。

打着手电骑上来，原来是早晨从成都出发，一天杀到了新沟。佩服之余，我不禁想到：像这样匆匆而骑，完全没有时间看路边的风景，这样的骑行还有什么意义？难道就是为了骑到拉萨，去创造一个个人纪录？不过每人都有自己的活法，都有自己的想法，外人不可妄测。

早晨起床后，我把昨天失常在天全路口扎破的内胎拿出来练手。这是我平生第一次补胎，于是找了个没人看到的地方，脑海中回忆着修车师傅补胎的程序，先找到被刺破的小洞，然后用锉子锉，再涂胶水，最后按上了冷补胶。虽然我始终小心翼翼，但补好后一打气，漏气！只得撕掉重来，幸亏第二次成功了（从此我也学会了补胎），心中那个爽啊！7点多，元旦来催着出发，我吃饭耽误了几分钟，美女帅哥就都不见了踪影，其实即便同时出发，我和龙儿也不容易赶上大部队，由他们去吧。果然不出我所料，龙儿昨天太过于兴奋，不知不觉间已拼尽全力，今天一开始就喊着累。我因为包太重，上坡也是吃力无比。今天要骑到泸定，难点是前20公里，只要走完，后边基本上都是下坡。如果说昨天骑了大上坡后，还有个下坡作为小小的奖赏，今天20公里的上坡，像样的下坡却没有——累！看来川藏线不是随便就可以骑完的，也正因为这样，龙儿成为了川藏路上绝对的风景，如今遇到骑友询问我们的目的地，龙儿都会非常自豪地说："我要去拉萨！"

九岁，我骑单车去西藏

当骑友们听说龙儿只有九岁半时，都失声惊呼，纷纷与龙儿合影留念，见证这一骑行川藏的小小奇迹。私下里龙儿悄悄问我："爸，我是不是成名人了？"看着驶过的汽车中不时伸出的镜头，听着不时响在耳边的加油声，我只能对龙儿说："也许是吧……"其实内心深处，我不只一次地骂自己："你这个禽兽爸爸！你真不是人，让这么小的孩子来川藏路上受这样的罪……"但生活也许本就如此，如果真的能够成功地让儿子去掉那些坏毛病，此时受点苦也是值得的！

不得不承认今天路上的风景很好，虽然后边的风景也许会更好，但眼前已经非常不错了。骑了十几公里左右，后边追上来父女两人，那个父亲一看到龙儿，马上停下来给龙儿拍照。这个父亲是四川达州一个骑行俱乐部的负责人，女儿十四岁，那女孩子显然在家也进行了充分的训练，骑起车来龙儿根本赶不上。我们骑得很艰难，只得不停地休息。在龙儿千百次的念叨后；在我们千百次的思念后；在心中千百次的咒骂后，二郎山隧道终于到了！隧道前暂时单向放行，聚集了许多汽车等待通过，但对于骑车一族，可以随时通过。我和龙儿刚接近等待的车龙，就被几个卖水果的人包围了。买点水果吧？从哪里来？孩子多大了？去哪里啊？……我语无伦次地解释着，当听到我们的目标是拉萨时，一位大姐回头对她身后的男人说："把李子给娃儿一个！"我赶紧说："不要，不要，你们也不容

上：你的背影，始终我放不下。
下：你的笑容，总是让我待期。

易……"但那位大姐大声说："快点！"那个男人从篮子里拿李子递到龙儿面前。面对李子，龙儿不知道该怎么办？我只得让龙儿接着，不能让好人失望！告别了卖水果的人群，我又回头看那位大姐一眼，心中默默地祝愿他们多卖一些水果，多赚一些钱，祝愿好心的大姐生活越来越好！

元旦一行已经过去了，失常在二郎山广场等着。二郎山隧道全长四千一百多米，门前有块儿大石头上刻着那首曾响彻全国的《二郎山之歌》："二呀嘛二郎山，高呀嘛高万丈……"虽然二郎山肯定没一万丈那么高，但作为川藏路上需要翻过的第一座山，所有的骑车人都会印象深刻的。我和龙儿在广场上玩了好一会儿，龙儿说口渴了，于是我就让龙儿找值班武警讨些水喝，但是那个武警战士很不好意思地告诉我们他那里刚好没水了，让我们去找值班室要。进到值班室，里边只有一个领导模样的人，刚好他烧好一小壶水，很热心地倒给了我们，我们连声感谢。出了值班室，我又让龙儿向值班的战士问了声好，就和失常一起进了隧道。隧道里面有灯，非常凉快，还是小下坡，

上阵父子兵，儿子，我们一起努力！

为了表示抗议，龙儿拒不骑车。

超级爽啊！钻出隧道，风景为之一变：有一些高原的味道了。但不幸的是隧道这边还有三公里左右的上坡，更加不幸的是还在修路，车流拥挤，路面很烂。龙儿说："爸爸，你是个骗子，你不是一直告诉我隧道这边全是下坡吗？"我告诉他川藏路我也没有走过，谁知道还有这么个上坡呢？我说我也被骗了，但龙儿显然没把我当成同一战壕里的人。我指着左前方的那个高点告诉他，那里就是下坡的地方。前边的路太烂，我们只有推车前进。但过了这一段路后，明明能骑了，龙儿为了表示对我这个骗子爸爸的抗议，一直推着自行车，令我哭笑不得。在我委屈的解释中，在龙儿的抗议中，下坡终于来了，泸定也出现在脚底，放眼望去，只见南北两列东西走向的大山紧紧地夹着小小的泸定城，两山相隔不到千米，谷底的人渡河如一条土黄色的布条，穿城而过：太壮观了！太险要了！

龙儿问："爸，我怎么看不见泸定桥？"是啊，泸定桥在哪儿？我想可能是离得太远了吧。下山是绝好的水泥路面，有两个地方可供停留观赏：日浴高原和远眺大渡。日浴高原那个牌子已被车友涂上了各种留言，龙儿也题上了自己的大作——一群小傻瓜。他想说谁是傻瓜呢？是说这些骑车人吗？感觉孩子的心真是难以捉摸。题完字，龙儿刷地一下就跑远了，那速度快得让我有一种想撒尿的冲动。这么高的山！敢这样冲吗？拼命赶上龙儿，命令他必须跟在我后面，一起下山。龙儿表示抗议，抗议无效！我坚决不让他走到我前面，于是龙儿就站那儿不走，然后我向下骑去，龙儿则等我骑远后，再高速骑下，追上我又停下不走，等我走远就再来一次冲刺……搞得我很崩溃，头都大了。久而久之，只得装作没看见。三十多公里下山路，走得惊险、刺激。

到了泸定城，元旦已订好房间，简单地洗了下澡，然后我们一队人马就杀奔街上，在二郎山，元旦同学又收留了两个走不动的兄弟——黄瓜和博物馆。我们的队伍更大了。

泸定，这座红色名城，因为当年红军飞夺泸定桥而一举闻名，"大渡桥横铁索寒"，来到泸定，当然首先要看看泸定桥了！我们一队人马找呀找呀，终于找到了，只见桥头被钢管丝网密密地遮盖着。湍急的大渡河上，一根铁索横挂江面。我确信自己没有看错，真的只有一根！原来泸定桥因维修已被拆除，唉，泸定桥，我和龙儿不远千里来看你，你竟然化为一个传说！面对水势湍急的大渡河，我理解了红军夺下泸定桥的喜悦，也理解了石达开渡不过大渡河的悲哀。

新结识的博物馆同学特能说，特别是对博物馆很有了解（其实他的网名不叫博物馆，但是我们不约而同地称他是博物馆），一听说我是河南的，马上就问我知不知道河南博物馆的十大镇馆之宝，我当然不知道了，然后他就一个一个说了出来，令我们在吃惊之余，对他的敬佩如大渡河水滔滔不绝。

晚上我主动让龙儿去网吧玩了两小时游戏。现在是信息时代，想把一个人与网络隔断开来那简直是逆社会潮流行事，我何不顺应潮流，和他一起玩游戏，在共同玩耍的过程中把握他前进的方向呢？这样既可以防止他沉溺于网络，又能够让他接触网络社会。唉，可怜天下父母心，面对路上迷人的景色，我还要为儿子的"网瘾"费心！

六
怎么没有一"滴"下坡?

<small>[时间：07/19/晴]</small>

自泸定西行51公里到康定，前23公里为缓上坡，后28公里为上坡，川藏路真正的考验其实是从今天开始的。

出泸定城，左转，一座美丽如彩虹的大桥出现在面前，我们要从桥上过去到大渡河对岸。前边正在施工，工人正走向工地，他们见到龙儿，好奇地问："娃儿，去哪儿嘛？"龙儿回答说："拉萨。"那工人很不相信的样子："拉萨？开啥子玩笑嘛？"我微笑着从他身边骑过，现在有元旦等兄弟姐妹帮忙，我对于骑到拉萨信心暴涨。过桥以后，开始沿大渡河南岸西进，未几就进入了隧道，隧道挺长的。不知为什么，别的隧道总是很凉爽的，可在这个隧道我竟然骑出了汗。好不容易出了隧道，外边正在修路，尘土飞扬，向远处看去，坡度还挺大，我不禁暗想，这能算缓上坡？简直是坑爹啊！谁知骑过一段路到了坡顶，龙儿大叫："下坡！"我对他说："别激动，肯定是个小下坡！"谁知道，这个坡是那样

长,虽然有起伏,虽然路面很烂,但下坡骑起来还是很愉快的。由于修路,有时要走临时修建的便道,大渡河就在路边不远处,对岸的山上不时出现曲折的小路,通向未知的高山深处,很想不被生活所累,背起背包,沿着这些游人都不去的小道,信步走去,累了就歇,渴了就喝口山泉,忘记红尘,忘记纷争……

烂路在一个叫冷竹关的地方结束了。踏上冷竹关的好路,正要疾进,突然发现前边的博物馆停了下来,回头看着天空,天空有什么呢?赶过去一看,哇!雪山!雪山!这应该是蜀山之王贡嘎山!这是我第一次在夏天看到雪山,当然龙儿也是这样。龙儿对着雪山笑容满面,的确,雪山对内地的孩子还是很有吸引力的。(贡嘎山在儿子的脑海中留下了深深的痕迹,他后来甚至把自己的网名改成了"追风贡嘎"。)

我突然发现,这次川藏行一直挺幸运的,刚到成都时细雨绵绵,可是刚一出发,天就晴了。虽然前边的川藏线仍然阴雨不断,甚至雅江遭遇泥石流,可我们无论走到哪里都是阳光高照,到了新沟,新闻里说成都又一次为暴雨所淹。这让我如此庆幸,晴天骑行,虽然有些热,但比起阴雨要好受太多了。

过了冷竹关,很快地到了下瓦斯,上坡开始来了。自上瓦斯起,我们告别大渡河,公路左转,开始沿折多河进发,坡度大起来。从这里开始,一直要上坡走到折多河的源头,然后翻越折多山才能见到真正的长下坡。太阳很好,天空很蓝。

"爸,我从没有见过这样白的云彩,你看像什么?"

"不知道。"

"像棉花糖。"

……

我心中为龙儿的比喻而暗暗喝彩,的确,白云真的就如同洁白的棉花糖。已很久没有见过这样纯净的白云了,心情也被感染得一片纯净。坡一个接一个,骑起来十分吃力。刚好路边一棵树的枝叶直伸到公路上,我让龙儿下车在树荫下休息。由于坡度甚大,坐在地上,伸手就能碰到树叶,不时有经过的骑友停下

别人都在努力骑车，儿子推得好悠闲啊。

来和龙儿合照留念。龙儿真成了川藏线上的一个小名人了！过了泸定，已经没有多少人问龙儿要去哪里了。我们的目标很一致——拉萨！我让龙儿起来出发，龙儿看样子有点不愿意，但不能一直歇下去啊，只得勉力前行。应该说龙儿这次表现很好，甚至有点超出我的预料，但龙儿毕竟只是一个孩子，这么大的坡，这么多的坡，就是成年人也吃不消，何况一小孩儿！所以走在去康定的路上，龙儿其实已达到了体力的极限，稍大一点的坡，龙儿就要下来推车，我就只能陪他慢慢走，在一个坡中间龙儿突然痛苦地喊道："这么多上坡，怎么没有一滴(龙儿这个字用得太绝了)下坡呢？"

又热又累，坡又太大，我不停地让龙儿停下来休息。到了一个山崖下，有一个休息的阴凉处，我 看儿子实在吃不消，就让他停下来休息吃东西，龙儿跪在我怀里，勉强吃了一点东西，突然就没有了动静，原来他就那样跪在我怀里睡着了，我就那样坐着，任

一步一步，推车的儿童。

龙儿报怨：怎么没有一"滴"下坡？

他睡。失常、元旦他们早已不知骑到什么地方了，但是我心中突然不急着赶路了，只是静静地看着前边的山，静静地看着天上的白云，静静地等龙儿醒来。天地那么大，我们父子二人静静地依偎在一起。龙儿长这么大，除了在襁褓的时候，已经很少被我这样抱在怀里睡了！不知不觉间，眼中有一些液体，悄然落下。我平时总感觉他非常不懂事，但大人心中的懂事，是否已沾染了太多的世俗？是孩子不知道努力，还是我们的要求太过于苛刻？我突然感觉到也许不能让更多的人知道九岁的孩子骑川藏了，我怕这成了潮流，说不定有些父亲也会如我一样。把孩子带到这山高路远的地方是为了孩子的成长？还是为了出名？这样做对孩子是一种锻炼，还是对孩子的另一种体罚？……

过了一个多小时，龙儿仍旧不醒，只得叫醒他继续前进。坡仍然很大，他骑的时间少，推的时间多，我慢慢地陪着他推。骑友从后边过来，有的会邀请龙儿一起走，他会骑上车走得快一点，然后慢慢落后，仍旧是我陪着他推车……这次骑川藏路，除了要让他戒掉网瘾，我其实还想培养他和陌生人的交往能力。龙儿一直比较腼腆，到如今已改善不少，见到车友们他能主动地打招呼了，别人和他合影他也是高兴地配合。看来,古人说得好,"读万卷书",更要"行万里路"才行呀!

骑了半天,带的水早喝光了,龙儿口渴,刚好看到前边一户藏家民居。我就鼓励龙儿去讨些水喝。这户藏家没有院子,门口停着一辆卡车,卡车阴影下竟然有一男一女两个骑友在休息。我们骑过去,也坐在他们身边休息。这两个骑友立即把正吃着的牛肉干、蛋黄派、桃子什么的一股脑儿地往龙儿怀里塞。龙儿顿时来了精神,兴致勃勃地大快朵颐,作为川藏路上最混蛋老爸的我,也趁机占了点便宜。这时我就看到黄瓜一路推车到了这里,赶紧让龙儿把东西给黄瓜一些。这黄瓜是从哪里冒出来的?总不会连龙儿都不如吧?我们一路上没少吃别人的东西,基本上只要在一起休息,就会得到别人的馈赠,谢谢全国各地的车友!这两个朋友一个黑龙江的,一个还是河南焦作的老乡。他们也骑不动了,于是我们就组成了一个推车团,缓慢地向着康定进发。其实距康定只有不到两公里了,可是这两公里是如此漫长,以致看到了康定的楼房,仍然感觉是那么遥远,顶着逆风,我和龙儿在情歌大道上三步一停,五步一歇……

如果说泸定是因为一座桥而名闻天下,那么康定就是因为一首歌而天下闻名。桥是泸定桥,歌叫《康定情歌》。在泸定我们没看到泸定桥,在康定我们也没有听到《康定情歌》,但是那首歌的旋律仍然响在我的耳边:跑马溜溜的山上,一朵溜溜的云哟……找到了大部队,把行李放进房间。等我下楼一看,发现龙儿已和老板家的孩子凑在一块儿玩上电脑游戏了,也许只有游戏才能使他暂时忘掉无穷的上坡,还有上坡时的辛苦。

店里的女老板无奈地告诉我,她十岁的儿子整天就在电脑前边离不开,是一个游戏迷,她愁得没一点办法。嘿嘿,看来天下的父母都有类似的烦恼啊!我看着龙儿,心里同样有一丝忧虑,不知骑行川藏对整治龙儿网瘾能有几分效果。

七
康定的山，折多的塘
[时间：07 / 20 / 晴]

康定和泸定一样，被两列大山紧紧夹着，这里虽然是甘孜州的首府，但看起来也不大。今天的目标是十多公里外的折多塘，元旦通知说上午大家可以随意，午后出发。随着接近折多山，高原反应也慢慢成了我关注的重点。我们从没有来到高原，不知到了高海拔地区会是怎样的感觉。

康定城结识的朋友——泽仁杜吉堪布（堪布，教师之意）。

我更担心龙儿会不会有"高反"。听说喝酥油茶能预防"高反"，于是早饭后我就拉着失常和龙儿进了一家藏茶馆，里边还没有客人，只有一个喇嘛坐在里边。看到我进来，那个喇嘛对着里边说了一句藏语，然后有个藏族姑娘从里边出来了。我说要喝酥油茶，姑娘问是大壶还是小壶？我从来都对新奇东西很感兴趣，再说这东西传说又能抗"高反"，就要了一大壶，10元钱。茶很快来了，我们每人倒了一小碗，慢慢地喝着，感觉虽不是美味，但也不难喝。龙儿喝了一碗就说不想喝了，我要求他必须多喝点，他不情愿地又喝了起来。茶馆的墙壁上挂着一个喇嘛的照片，感觉气质不

九岁，我骑单车去西藏

儿子！勇往直前！

凡，我怀疑那是十世班禅的照片，于是就小心翼翼地问旁边的那个喇嘛。他很热情地告诉我那的确是班禅的照片。然后我们就谈了起来。原来他是新都桥附近一个寺院的，是一个堪布（教师），名叫泽仁杜吉，这是他一个表妹家。泽仁杜吉堪布最后不让我们付茶钱，坚持了许久才把钱给了他表妹。从此我对这里充满好感，这里的人没有传说中的那样可怕。

一曲《康定情歌》唱红了康定，也让情歌的发源地跑马山出了名。出了茶馆，就想去跑马山转转，刚好碰到大姐和思佳，后边跟着黄瓜，他们也想去，于是就一起向跑马山走去。跑马山就是康定南边的那座山。沿着山下的路走了好长时间，终于看到了一个台阶转向了山上。信步而上，路边山松甚多，密密麻麻，松果遍地，当然松子是没有的，不知是被松鼠吃掉了，还是被人吃掉了，总之都是空壳，也许本来就没有。这条路甚长，曲折向上，树上挂满经幡。从瓦斯看到第一处经幡开始，经幡就成为川藏路上必不可缺的一道风景。猎猎风中，经幡随风飘动，向蓝天一遍遍地诵读着藏民虔诚的信念。大姐他们爬到半山腰就不想再上去了，我和失常一直上到了山顶。跑马山的顶部是一个公园，我到门口时，一个藏族管理员正在审查一个翻进去的游客，嘿嘿，这事儿什么地方都有，只不过那个藏族管理员态度很好，只是让那人补

坡虽陡，车在走，人抬着头！

许多大人都推车了，儿子，你好棒！超越，超越！

票，门票要50元。公园我没有进去，根本就没有想过要进去，"情"是一个令人伤感的字，情歌公园不去也罢。

折多山海拔4298米，是路上第一座真正的高山。依我们队伍的情况，断然难以在一天内翻越，所以决定前行十几公里，到半山腰的折多塘村，这样明天就相对容易一点。从旅馆出来，正式开始爬折多山。坡比康定前更陡了。爬上一个极为变态的陡坡，然后又是一个，变速器从1-3，降为1-2，最后终于成为1-1，速度也在每小时四五公里之间徘徊。龙儿随着阿飞他们跑在前边，二十多分钟后我才赶上。我发现龙儿表现得特别好，许多骑友都开始推车了，龙儿竟然仍在慢慢地骑着，我心中十分高兴。元旦召集人马歇了一会儿，然后又照了一张合影，接着就又出发。陪着龙儿骑，我就发现了一个可怕的事情：儿子只要不跟着我骑，总是很有力量；只要是我陪着骑，就会很快变得没劲儿。看来他对我的依赖性很大！

龙儿的速度越来越慢，终于完全停了下来，只得再次推车。今天推车，心情不是很紧张，因为就十几公里的路，前边至少走了一半，这样的话，就是慢慢爬也能在天黑之前到达折多塘的。龙儿抱怨着说看到我就会没劲儿,我只得说爸爸的脸你太没新鲜感了,勾不起你的激情了。然而龙儿累了的时候,总是要求我给他讲《三国演义》,可是我看书总是一目十行,很少能完整讲完一个故事的,只得勉为其难,免不了胡编乱造,张冠李戴的,但是龙儿照样听得津津有味,这也成了我转移儿子注意力的一种重要方法。

随着龙儿脚步越来越沉重,既便是故事也难以让龙儿快那么一点。龙儿一步只能迈半尺远,有时连半尺也没有,路边景色丝毫也不能激起龙儿的兴致了。唉,川藏线,真不是一个想来就来的地方。后边有一个帅哥追了上来,非要拉龙儿说说话,我也想趁机让龙儿停下来歇歇。于是就坐在路边,那个帅哥和龙儿谈得很愉快,还拿出自己的护照让龙儿签字,写什么呢?龙儿想了半天用签字笔写下了:行川藏。之后又签上了自己的大名——巫龙骧,签完名后儿子脸上一副大明星的表情。目送那个帅哥消失在远方,我让龙儿站起来出发,他仍然是一步一步向前挪,好吧,爸爸陪你。正在艰难之际,远方出现了藏民居,难道这就是折多塘?村口有个卖水果的机动三轮车,心中犹豫着要不要来个西瓜呢?正在东张西望,黄瓜同学骑着车跑了下来。黄瓜告诉我已找好了住的地方。原来这里共有三个小村,都有农家店,可随意选择,我们住的地方是最后一个村,这个选择很合我的心意,毕竟今天多走一步,明天就可以少爬一步。

累了,睡了!

儿子,你在看什么?

我停下来看黄瓜买瓜,龙儿则被住在附近旅馆的骑友围了起来,纷纷拉着他合影。黄瓜买好了西瓜和其他一些水果,就让我帮着拿一下,我只得帮他抱着西瓜,可是我的行李也很多,手忙脚乱之后,到了住的地方,我突然发现一直拿在手里的骑行眼镜没有了。清楚地记得到第一村口之时眼镜还在,看来就是在忙着帮黄瓜时丢失的。回去找,未果,折多山没爬,先丢了东西,是破财免灾还是不吉的征兆?龙儿可不管这些,看到老板家有台球,马上兴致勃勃地玩起来了。找了半天眼镜,回来又和大伙儿抢黄瓜买的西瓜,耽误了不少时间。失常陪龙儿一直在打台球,我感觉让龙儿有新的爱好也很不错,这样也好转移他对网游的注意力,于是就陪儿子也打了几盘。可是我水平太臭,总被儿子打得大败。晚上睡觉时,天又下起雨来,难道老天要让我们明天雨中翻越折多山?如果那样的话,难度可就大了。我给睡梦中的儿子又涂了最后一遍红花油,现在儿子很明显是体力透支,他的腿好像从新沟开始一直有轻微的拉伤,骑车经常喊着疼,压力大啊!

八
折多山上遇"高反"
[时间：07/21/晴]

早晨看天，晴天！看来上天仍然在眷顾着我的龙儿，让我这个变态老爸也跟着沾些光。7点早餐，8点出发，我怕龙儿赶不上队伍，就让先吃完饭的他提前出发了半小时，结果我后来出发不到十分钟，就发现龙儿在前边推车，心中顿时觉得这将是艰巨的一天，后来的情况也证实了我的预感。

折多山海拔4278米，折多塘海拔3222米，从折多塘到垭口还有21公里，应当承认，折多山的坡的确很陡，但在我眼中，远没有网上说的那样夸张，如果是我一个人的话，骑上去应该没有问题，不过有了龙儿，一切都成了问题。

龙儿骑了约五公里，就开始彻底推车，并且步子很快变成以寸来计，就那样挪呀挪呀，快下午1点了，我们才走了11公里，我决定午餐，同时休息一下。龙

折多山上,儿子的脚步好沉啊!

儿停车倒头就睡,我叫醒他吃东西,他也没有任何胃口,只是说头疼。这时的海拔已经将近四千米了,不过我并没有意识到龙儿已经产生高原反应了。有经验的人说:"高反"反高不反矮,反胖不反瘦,反壮不反弱。我一直以为,"高反"肯定会从我身上开始,所以一直没有在意龙儿的反应。一路上我很小心地注意自己的反应,但是我一点感觉也没有,也就没有想到龙儿会"高反"。龙儿不吃饭,我又训了他几句,真不该。出发的时候,龙儿连推车的力气似乎都没有了,我只得采用最笨的办法,先把龙儿车子向上推一段,然后再回来推自己的自行车,并且在第二次的时候,冒险抄近路,帮龙儿把自行车运到了很远的前边,我让龙儿顺近路过去后,能推着或骑着向前走,我在后边慢慢追,龙儿看我手忙脚乱、上蹿下跳的可怜样子,懂事地答应了。我重新又回到下边骑我自己的自行车。但当我过了半个小时赶上去后,发现车子一厘米也没动,龙儿躺在路边,呼呼大睡,唤醒他,他一脸茫然的模样。我一下子就反应过来了:龙儿不是没有力气了,他"高反"了!

川藏路上不搭车,但以我们现在的速度,大约每小时能走两公里,距山顶还有8公里,此时已经下午两点,到山底还要四小时,这还是龙儿能走到底的情况,下山还要

九岁,我骑单车去西藏

有至少两小时，这样可能要走夜路，夜路不到万不得已是绝对不能尝试的。这时后面有辆车驶了过来，我本能地举起了右手，车刷地一声就停在我的面前！我这时才看清是一辆出租车。这是我第一次在外地搭车，不知该怎么说，不知该给多少钱，不知开车的人会怎么对待我……车上共有三个人，司机是藏民，另两个是汉人，一男一女，应该是一对情侣，看样子是这两个人包的车。我说我儿子"高反"，没劲走了……还没说完，那位女的就说，我们拉他。我说他还有辆自行车，他们连声说放后备厢。打开后备厢，龙儿的车虽小，但仍有一小半露在外边，我们又一起拆下我的驮包，然后垫在自行车下边，终于可以了。临走之时，他们问我今天打算到哪里，我说到新都桥，那两个人说，我们今天也住新都桥，让我们一直带孩子到新都桥吧？我说到山顶就行，上边有人在等，争执了半天，最后他们无奈地说，那到山顶让孩子自己选吧。

汽车绝尘而去，自始至终也没有人提钱的事，看来天下还是好人多，川藏路上的好人更多。我第一次不用驮包骑行，兴奋地狠狠踩了几下脚蹬，才发现4000米的山上和平原上骑行完全不一回事儿，马上就气喘吁吁起来，只得慢下来。一会儿，失常打来电话，告诉龙儿到了山顶一定要下车，她已经接到他了。没有了龙儿，我发现征服折多山的山路仍然不是一件容易的事，一个藏民开着一辆小型拖拉机上山，他示意我拉着车上山。我不好意思拒绝他的好意，就用手拉住了车，有几个车友也拉着骑了起来。我等那个藏民不注意，立刻就放开了手，我要自己骑上去！一个小时后，我骑到了折多山垭口，失常正陪着正在睡觉的龙儿。山顶冷，龙儿身上盖着厚衣服，失常告诉我龙儿上到山顶后呕吐了一次，又流鼻血了（坐车快速上山，反而会加重"高反"）。我叫醒龙儿，发现

爸爸，我真的骑不动。

他虽然还是有些迷糊，但症状已经变轻了。不对呀，山越高，"高反"越厉害，到了4298米的山口症状怎么反倒轻了？原来，上车后，车上那位漂亮的女乘客就让龙儿喝了藿香正气水，失常接到龙儿后，正好遇到一些开车上折多山的郑州老乡，又送了龙儿一些红景天等药品，于是失常就赶快让龙儿吃了一些药。红景天较贵，在成都一直没买，没想到在折多山顶有人赠送给我们，并且还是整盒！在外边，"老乡"两个字就是重啊！感谢今天遇到的好人：坐比亚迪的那两个不知名的朋友，郑州那些我未曾谋面的老乡！

我让龙儿吃了一点东西，然后问他能否骑车下山？龙儿很自信地点点头，这时元旦他们早已下山，既然龙儿说能骑，那就赶快出发吧。自上山到现在，我一点"高反"的症状也没有。问失常，她说也没有感觉，看来骑车上来很难发生"高反"！过了垭口，大下坡就来了。向前没多远，出现了一个岔路口，直走去康定机场方向，左拐到新都桥。这里的坡度很大，"之"字形的弯路缠绕在山谷中，折多山垭口越来越远，我让龙儿和失常必须骑在我的身后，失常很自觉，但龙儿时不时想骑到我前边，需不时喝止。下山路修得很好，随着海拔的降低，温度变得温暖宜人，真是骑车的好地方。凡谷皆成河，不知何时开始，一条清澈的小河陪伴在我们身边。河边点缀着藏家楼房，藏楼大多是两层，白壁彩窗，风格独特。起初树较少，但所有的山都被一层绿油油的青草所遮盖，几乎没有地方露出黄土和石块，入眼满是苍翠，真是人间天堂。如果说景色如画，我还没见过如此完美的画！草绿牦牛肥，下坡车身轻，一个又一个的小村在我们身边飘过，树渐渐多起来，远远地看到前边有个小姑娘站在路边，手中提着一塑料袋，见我过来，胳膊平直把塑料袋举起来。等冲过去之后才反应过来这是卖东西的，可是里面装的是什么？多希望她身边能竖个牌子说明一下，或者她喊一声也好呀，然而她就那样静静地举着，如同沉默的雪山……可是不容我多想，自行车带着我就冲过去了，心中留下来的满是后悔。那么可爱的一个小姑娘，怎么没买点她的东西啊？应该停下来跟她说说话，看看这个和儿子一样大的孩子，生活中会有什么不一样的精彩？然而就这样错过，就这样让我回想。后来失常告诉我，小女孩儿卖的是自家产的奶酪。

元旦发来信息，今晚的住宿地选在了藏巴第一藏家庄。说话间前边出现了很多房子，藏巴第一藏家庄是一个很大的院子，有藏楼，也有用铁皮泡沫板建的简易房，我们就住在这样的房子里。由于这里终年气温不高，住着很舒适。这个旅馆兼营饭店，放下东西就赶快过去吃饭。老板听说龙儿要骑车去拉萨，连声地说："我开了十年饭馆了，骑车的人见多了，但九岁就要去拉萨，这绝对是第一个！"我听了，心里不禁有点小小的自豪！

吃过晚饭，龙儿又拿起手机玩了起来，我马上拿出药水往他腿上涂抹，龙儿说有些地方捏起来很疼，那肯定是用力过猛造成的恶果，祈求龙儿的腿赶紧好起来，后边的山多着呢。

九
新都桥镇的悠闲
[时间：07 / 22 / 晴]

在新都桥我们休整了一天。大家很累，我担忧的是龙儿的身体，但是第二天起床后，龙儿又是一副生龙活虎的样子，似乎恢复了正常，"高反"也没有了踪影，但是到下一个山顶会是什么样子？我心里一点儿都没底。从昨天的昏睡路边，到后来的山顶呕吐，龙儿从没有说过要放弃，并且在折多山顶醒过来，嘴里就嚷着一定要骑到拉萨。为了表彰龙儿，我和失常决定带他出去找个商店买些好吃的。走出住宿的地方，我们才知道，这里还没到新都桥，外边草青山绿，可是不但大超市绝对没有，小商店也不见踪影，沿着G318倒走了两公里，终于在一个村庄里找到了商店，但龙儿选来选去，只选了方便面。可爱的龙儿，一直说着爸爸没钱，节省一点……唉，弄得我心中酸酸的。龙儿，慢慢长大了！

昨天找的旅店虽然不错，但一天30元，我们都感觉没有必要住这么贵的地方，所以午后大家一致同意去新都桥再找便宜的住处。从住的地方出来，到新都桥不过几公里的路，大家自由出发，元旦他们先走，我和龙儿、失常随后出发。龙儿听说只用走五六公里，欢呼骑行舍我而去。路边白杨林立，远处山色青青，新都桥，景色果然不错，但比着下折多山后的景色，还是差了一点儿。昨天没有趁机多照一些照片，心中又是一阵遗憾。

元旦已找好了旅店，藏族人家开的。老板家的女儿能和我们交流，但她妈妈汉语完全不流利。我们住的房间内很难得的竟然有一台DVD，放了一些成龙主演的故事片，儿子津津有味地看了起来。后来元旦、阿飞甚至黄瓜都过来看了起来，看来一天又一天的骑行生活，已让我们远离了文明生活，连平时早已不屑一顾的影碟机都能吸引住大家的目光，这样一来，大家围坐一起，真的好似一家人，心中很温馨。

十
二上高尔寺山

[时间：07 / 23 / 晴]

清晨，吃了几个包子，一元硬币那么大的包子，要价一元，真贵！大姐过来告诉我们，经过一夜的思考，她还是要退出。我们无言以对，毕竟人各有志，只是心中难免分别时的忧伤。我们这个队伍相处得一直如真正的兄弟姐妹，这一分

别，也许一生就再无见面的机会了。大姐这次不让我们送，她让我们出发，自己去邮局寄车，只得挥手告别。新都桥，如画的风景，伤感的情怀。

前一段时间，雅江一带暴雨，引发泥石流，冲毁了318国道，交通中断了大约一周才重新开通。泥石流的痕迹，出新都桥马上就显露了出来：路立刻变烂，车辆过后，尘土飞扬。过雅江与塔公草原的分道口，路好了一点，露出了被泥石流掩埋之前的本来面目。原来的路况其实还蛮不错的。目前我不怕路烂，只怕海拔高，龙儿因为严重"高反"倒在了折多山垭口前8公里处。折多山海拔4298米，面前的高尔寺山海拔4412米，龙儿还可以吗？

太阳从背后升起来了，阳光很好，龙儿面貌一新，完全没有了"高反"时的无精打采，我知道，他想自己爬上4000米的山，以弥补折多山的遗憾。我跟着龙儿慢慢骑着，今天的上山路共有20公里多一点，我相信龙儿能完成这个任务。高尔寺山看着似乎不高，因为远方就是垭口吧？上山的路坡度也不大，龙儿的情况还算好，路上甚至超过了一两个车友。有些地方，明明能骑行，但仍有人下来推车，可能是在折多山拼过头了。龙儿问我离垭口还有多远，我告诉他转过前边的山头看看，龙儿把这话听成了转过了前边的山头就是。于是他疯狂地向前骑去，我竟然有点跟不上。到了，到了，那个山头到了，然而转过去后，发现垭口仍在远方。龙儿一下子就泄气了。我看他情绪不对，就让他停下来歇歇，可是再骑上车，龙儿说自己没有力量踩车了，然后一直说腿疼。我想所谓腿疼，一半心理，一半现实。说是心理，是因为面对无休止的上坡，连成年人都会感觉体力不够，何况一个小孩儿？说是现实，是因为龙儿在出发的前几天太过于兴奋，特别是去新沟那一天，龙儿没有跟我一起，骑得太猛导致腿部肌肉可能拉伤，从第二天就开始腿疼，并且一直得不到完全的休息。如今我只有陪龙儿慢慢推车了。高尔寺山虽然海拔比折多山高，但是由于新都桥本身海拔较高，所以爬起来比折多山容易一些。终于可以看到真正的高尔寺山垭口了，垭口的下边，路折返上行，尘土很厚，一辆大汽车超过龙儿，尘土飞扬，龙儿一下子失去身影。我在前边高处看到后边紧跟着又有一辆车跟了上来，我怕汽车驾驶员看不到龙儿碰着他，站在路中间拼命呼喊，汽车驶过，龙儿的身影慢慢从灰尘中重新出现，他仍在推车，我长舒了一口气。到最后一段路，失常步行下来接龙儿，想帮龙儿推车，龙儿拒绝了，反而翻身上车，

其实你比山还高！

龙儿要凭借自己的力量骑上高尔寺山！伴随着我声嘶力竭的呼喊，龙儿骑上了高尔寺山垭口！高尔寺山垭口经幡飞舞，最妙的是山顶有一片很大的草原，上边开满黄色的小花，加上零星点缀的牦牛，骑友们三五成群，唱啊跳啊……尽情享受自然的风光、成功的快乐。

元旦他们已等我们太久，现在我们安全上来了，他们就要下山，龙儿跟着就要跑，我拉着他拍了几张照片，龙儿立刻就没影儿了……我则在草原上陷入了兴奋：龙儿能上4000米高山了，并且没有出现"高反"症状！

山顶只剩我和失常两个人了，正要下山，突然失常发现自己的前车轮没气了，崩溃啊！打气筒都被元旦他们带走了。这时我发现手机也不见了，好像被龙儿拿走了，龙儿拿了吗？用失常的手机拨打我的号码，一直没人接，更加忐忑。但当务之急要帮失常修好车，我站在路边等了一会儿，终于上来了一个掉队的兄弟，向他借打气筒一用，他急着要下山，我们约好雅江送还。边修边牵挂着龙儿，牵挂着手机。人说祸不单行，天上飘来一片黑云，高原上一片黑云就是一阵雨，果然！只得把行李搬入山顶一个还没完工的厕所，周围干活的藏族工人也围了上来，说实话，心中颇不安。没想到其中两个藏民看我忙不过来，夺过我的工具就干了起来，感动！

就要完工时，外边有藏民喊："你儿子回来啦！"我跑出去一看，真的是龙儿！原来借给我工具那个朋友追上龙儿，说我被困山上了，于是儿子立刻不怕上坡爬上来了！这就是龙儿，刚才我陪着上山时，恨不得一步不走，还发誓用氢弹炸平大山，现在听说我下不去了，一声不吭又二上高尔寺山，真是个乖儿子！突然感觉眼中有一阵阵的酸涩：这就是我整天打骂不争气的儿子？这就是我总说他不知道关心父母的龙儿吗？我问龙儿是不是拿我手机了，但是龙儿说他没拿。我拿着失常的手机就跑向草原，肯定是刚才在草原上玩耍时把手机弄丢了。一番寻找，终于在铃声的指引下，在一片花草地上找到了失落的手机。幸亏雨水不大，还能正常使用。塞翁失马，焉知非福？假如不是因为失常的车爆胎，我早下坡了,那手机估计就没了。

高尔寺山下山的路不是一路下山,而是先下一段,再来几公里的平坡,最后才是几十公里的超级下坡。下得坡来,高尔寺山警务站出现了,但这时天又飘起了雨丝,于是就没有进去,谢谢你们保障我们的安全!这是一段稍有点上坡的平路,龙儿照样骑得很艰难。雨停了,我看龙儿骑得太艰难,就让他坐在路边,然后我们三个一起吃了点东西。

路上几乎没人了,前边的路拐过一个弯,缓慢地上到了右方的高处,山后还有没有山坡?我心情凝重地猜测着。吃过饭,龙儿恢复了一点精神,然后我们慢慢骑到了原来看到的地方,转过山,很幸运,前边是平路!龙儿突然兴奋了起来,原来前边出现了几个拦路的小孩子,我感觉这群孩子不但不可怕,反而有些可爱,因为一个小男孩手中竟然拿着一把锈迹斑斑的斧头。只见这六七个小孩站在路上喊着:"给糖!给糖!……"龙儿先佯装往路边走,然后突然从中间骑过,成功!那几个小孩儿向我运动,我大喊:"我是老师,你们想干什么?"那个领头的吓得向后一缩,我趁机骑过。我没糖,有糖的兄弟给几个也不是不可以,但我总是认为这样做似乎不太好,但具体不好在哪里我又说不出来。失常最后骑过,我们看到她竟然停在了孩子们面前,她想干什么?等她过来我们才知道,原来她把仅有的三颗糖分给了其中的小女孩儿。还是女孩子心地善良!

前边就是大下坡了,这时从后边开来两辆车,从摇开的车窗中传来了"加油"声,车瞬间就超过了我,我突然看到了车牌上的——豫B,豫B!我大喊一声:"你们是河南的?"这一喊不打紧,车刷地一下停了下来!里面应该是一家人,对着我问:"你也是河南的?河南哪里的?想去哪儿?"我据实一一回答。又问我:"需要什么帮助?"我还没想好怎么回答,红牛、矿泉水、药品就塞过来了!在外边,你才能感受老乡间的温情。接着这两辆车又追上了龙儿,对龙儿这样小的年纪就敢骑川藏很是赞叹,临走又塞给龙儿巧克力苹果饮料等,车终于开走了,大下坡来了。下坡路整个是从一面山坡上开出的,很是险峻,并且没

　　有护栏，路边有一堆堆清理出来的土石，这是前段时间泥石流的痕迹。路外面古松苍苍，景色甚为壮丽。路被泥石流冲过后，尘土很多，大车过后，后人不见前人影。从这面山岭下来，路转入谷底，仍旧是猛下。高尔寺山正在修隧道，隧道完成后，不知还有几人能骑到山顶去看看山上寂寞的小花。

　　越往山下走，越感觉到泥石流的威力。路边不时可见修路的工人，挖掘机等忙个不停。许多藏民的房子都被冲毁了，走在新铺的石子上，生怕会刺破我的外胎，谢天谢地，这种情况一直没有发生。但是尘土太大了，让人恍若行走在另一个星球。新铺上石块儿的地面崎岖不平，走起来让人很崩溃。路一直在谷底，周围的山坡上，长满了一丛丛的灌木。路边河流水势仍然很急，更多的挖掘机、推土机忙着疏通河道。前一段时间发生的泥石流威力太厉害了。看着一所又一所被冲毁的藏楼，感慨大自然力量的巨大！穿过一个隧道，雅江到了。隔雅砻江相望，小小的雅江就如同挂在江边的山上，让人感觉生存的不易。由于弄不清元旦他们住到了哪里，失常去前边寻找，我和龙儿满身尘土站在雅江城头，活脱脱两个骑车的乞丐。我到旁边打电话,龙儿就被几个人围了起来,这一路上龙儿经常被围观,我也没在意,一直试着让元旦给我讲清楚住宿的地方在哪里。等打完电话,人群已散,突然发现龙儿手中拿着 10 元钱。哪来的?龙儿说有个阿姨问他从哪儿来的,回答从河南来。结果那个阿姨就给了龙儿 10 元钱。晕!雅江,你是可怜龙儿的坚强,还是把我们当成了真的乞丐?

找到元旦住的旅店,放好自行车,做的第一件事就是洗澡,吃过饭,又把衣服用洗衣机洗了一遍。干干净净地躺在床上,长长地舒了一口气:高尔寺山,我和儿子终于骑过来了!

十一
散伙儿
[时间：07 / 24 / 晴]

昨天在新都桥大姐最终离去，我们只有带着伤感，带着不舍继续骑行。翻死人的折多山，让大姐受不了，她重新回到了徒步一族，今天思佳最终也步其后尘。于是，我们的队伍解散了，我对元旦说，思佳他们在时，我还有理由让你带着我们慢慢前进，如今他们都走了，我们也实在没有理由拉着你不放，你们快速前进吧。元旦坚持了一下，后来考虑到我说的是实情，只得作罢。元旦他们吃过早饭就出发了。我没有去送他们，因为我怕伤心。元旦是一个特幽默的人，阿飞和龙儿成了最好的朋友，因此连龙儿都不愿意分开，在背后一直抱怨说黄瓜叔是大坏蛋……元旦说，他们今天要走到158道班，这预示着，我们再也追不上他们了。就此别过。

我不急着出发，因为龙儿一直说腿疼，我没有其他办法，只能给龙儿涂抹红花油，可是心中很忐忑，怕给孩子留下什么后遗症。说实话，在川藏路上，许许多多的骑友叫我大哥，我虽然比他们老，但真的没有什么崩溃的感觉，可能是我把绝大部分注意力都放到儿子的身上了吧。我感觉身上有的是力量，再说我也不能垮啊，我一垮，我这支小队伍就没办法了。只是我实在经受不起儿子受伤这种事情。即使如此，我也几乎没有过搭车的念头，因为走川藏几乎就如一场战争，而战争是很花钱的，以我的财力，我恐怕再也无力发起如此大型的战役，换句话说，也许我只能有一次感受川藏的机会，我很珍惜这个机会。所以我认定只要有一丝可能，就要骑下去。然而坚定之余，还是慢慢观察着儿子的情况，出发只能是一拖再拖。

临近中午，感觉停在这里也不是办法，于是决定仍旧出发，目标是17公里外的相克宗，不过全是上坡。收拾好行李去吃饭，龙儿仍说腿疼，弄得我心慌意乱！找了一个饭店，我们三个一人要了碗面正吃着，突然有个藏族司机从门外伸头问道："搭车吗？"一向坚决的我，脱口问："到理塘多少钱？""大人100，小孩儿50。""便宜一点吧。""那小孩儿25，大人不能少。""那好，搭！"想起昨天我到雅江时，有个司机曾经动员我，那时我多坚决啊！但是话已出口，无法挽回。我恨不得给自己两个嘴巴子，唉……但那个司机说搭车都是早饭后，那时人多，凑够一车人就可出发。此刻已近中午，司机说需要他再去别处看看，找够一车人才能出发。他说到3点会给我打电话，到时人够就走。我心中莫名地希望他找不到拼车的人，这样，我就可以光明正大地反悔，不用搭车了。

看看时间尚早，我和失常就带龙儿回去，可不知去哪里消磨时间，后来就把车放入昨晚住的旅店，告诉店老板我们还在犹豫，不知道该不该走。然后就找了一个网吧，陪着龙儿玩游戏。3点了，外边下起了大雨，这是我们骑川藏来遇到的第一场雨，还是大雨，可是，此时我们却没有在路上。那个司机打来电话，告诉我正下着大雨，也没有找够人，只能明天再走了。我于是告诉他，我再考虑一下，也许就不搭车了。他说，那我明早打你电话再说吧。龙儿听说决定不走了，脸上顿时生动起来。我看着外边的雨，一时陷入迷茫之中。上边的路，真的很难走吗？可是雨仿佛把大地都淹没了，没有人回答我的疑问，只有雨声不停地响彻小城雅江的街头……

十二
爬坡苦行相克宗
[时间：07/25/晴]

泥石流的痕迹还在。

半夜就睡不着了，躺在床上把目前的情况想了又想。问题主要集中在龙儿身上，他从新沟后就一直说腿疼。我感觉他的腿部被拉伤了，因为他那天跟着元旦，骑了87公里，这是他从来没有骑行过的距离，并且那87公里还是上坡，连我都感觉有点吃不消，但是龙儿由于兴奋，胜利地骑完了全程。但恶果也在那天埋下了，从此龙儿就感觉腿疼，推车也成了家常便饭。我甚至以为大姐和思佳后来不想骑，新沟之前的那一天疯狂也是部分原因，何况龙儿是一个九岁的孩子。唉，如果能重来，那天我一定带着龙儿住在天全，那么后边的骑行可能就要顺利得多。但人生没有假设，我只有面对眼前的现实了。我也不止一次地告诉自己，遇到这种情况最稳妥的办法就是搭车，让龙儿歇几天了。但又感觉就这样搭车不太甘心，思来想去，最终还是决定先走到相克宗，然后视情况再定。天色透亮，忍不住叫醒龙儿，告诉他不再搭车，继续骑行。龙儿虽然不太情愿，但也没有太多反对。这时有人给我打来电话，问我是不是昨天想搭车的那个人。那个人？我说是啊，你是谁啊？打电话的那人说他是昨天那位司机的朋友，那位司机昨晚有人包车去理塘了，让我搭他的车。我撒了个谎，说今天不搭车了，已出发在路上了。由于只有十几公里的路，并且为了尽可能地让龙儿多休息一下，所以我们出发得很晚，出旅店时已将近10点。边吃早饭，我边给龙儿做思想工作，告诉他做事情尽量不要半途而废，龙儿似懂非懂地点了点头。我知道他不完全明白我的心思。但我已经很高兴了，龙儿比在家里时已经进步多了。吃完饭刚要出发，有个和我年纪差不多的朋友突然从前方骑回来了。我问他干什么，他说他们队有十个人，出发已走了10公里，感觉前边的路太烂太烂，没办法，就让他下来找车……我听了心里一惊，难道前边真的那么艰难？但我是一个不轻易改变主意的人，不到黄河心不死，我装作若无其事的样子带着龙儿继续向前走。

龙儿初骑尚可，四五公里后说腿疼依旧，只得用最后一招——推车。问题是龙儿推车好慢啊，一步一蹭，走得我崩溃。幸亏到相克宗只有17公里，爬也能爬到。但是龙儿脸上痛苦的表情让我心情很凝重，感觉后边驮包也越来越沉重。看来走川藏，最沉重的不是面前的高山，而是心中的儿子。

走完8公里左右，已是下午两点多，于是就停下吃了午饭：大饼加咸菜。吃过东西后龙儿恢复了一些力气，然后骑着车向前走去。应该走10公里多了，但我看到眼前的路一直很正常，没有出现在雅江时那位朋友说的完全骑不成的路段，心想难道是在后边？但越向后走，路越好，到后边就完全是正常的柏油路了。其实仔细想想就会明白，泥石流当然对山谷下边的破坏力大，怎么可能越向上走路越坏呢？于是我就一直不明白那位朋友到底是怎么回事。也许他们也是不想骑了，所以最终给自己找了一个理由，搭车走了。龙儿时骑时推地向前蹭着，我也在龙儿身边慢慢地走着。失常的功力日渐长进，早已不知道骑多远了，幸亏路边的风景还不错，我就边走边看风景。正看着，突然对面开过来的一辆卡车，正好停到了我的面前，司机给我一张名片，让我去他家住宿，还说有三个男生昨晚住他们家了，今天早晨走的时候告诉他会有一个带小孩儿的过来。我一听就知道是

元旦他们三个，看来昨天他们也没有按计划赶到158道班，他们肯定也在等待一个奇迹，幻想着我们还能一起走。早知道元旦他们昨天只走到相克宗，说什么也要昨天出发来找他们了。走了15公里时，离相克宗已经不远了，于是就扔下龙儿独自前进。未几，路向右一转，一个小村出现在面前，这就是相克宗。我慢慢骑着向前找，一直到村子最西边才找到了失常，她也在路上收到了名片，已找好了房间。阳光很好，旅馆门口有两个自来水管，我就把行李放下来冲车，不一会儿龙儿也骑到了，看到我正在冲车，把车向我一扔，就找和他年龄差不多的藏族小孩子玩去了。冲着车，想到龙儿的腿伤还是令我头疼不已，明天怎么办呢？心中压力越来越大。

到了晚上，我发现失常定的房间太小，于是就找老板想换个房间，老板很为难说房间没有了，后来突然想起有一个来得早的男生独占了一间大房，于是就上去让那个男生跟我们换了一下。这个男生我当时没有见到，后来才知道，他就是风子。风子是湖北人，家里在四川做生意，他本来在网上组织了一个十几人的队伍，但骑起来才发现大家志向不一样，他的队员大多只关心一天能骑多远，可风子却想多看一下风景，如此一来意见就不一样了。作为队长的风子没有办法，就在后边装病慢慢地向前走。风子跟我们换了房间，可以说，在相克宗我们就已经有了交集，但是直到理塘长青春科尔寺，我们才最终认识，那时的风子还在纠结于是不是追上前边的队友一起前进，见了我们，就逐渐放弃了追赶队友的想法，踏踏实实地给我们做起了队长，并一直相伴走到拉萨。真是有缘千里来相会啊！

十三
意料之外的搭车

[时间：07 / 26 / 晴]

相克宗到剪子弯山垭口共15公里，从出发那一刻开始，这15公里就沉甸甸地压在我的心中，生怕龙儿罢工不干。龙儿骑了不到一公里就重新变成推车了，当然，我不得不陪推，这个痛苦啊！

出发后不久，遇到了两个徒步男生，我们就结伴前进，边走边聊。个子高的男生看起来体力不佳，但是他已走了三个月，计划环游全国。其实他们仅仅一部分是徒步，主要是搭车。那天上午他们拦了许多辆车，可是一直没有成功，矮一点的那个男生还替龙儿推了一段自行车。过了90道班，路开始在一面山上"之"字形盘旋起来，我和龙儿推到第二层，两个男生和我们分手，并很快失去踪影。也许是搭上了车，也许是抄了近路。我们有自行车，就只能沿着公路一步一步地走上去，偏偏盘山路很变态，你哼哼哈哈地骑了半天，向下一看，坐标没变，你只不过高了一层罢了。龙儿费尽力气走完最后一层，路一转弯，满以为垭口很近了，谁知龙儿差点崩溃。虽然能看到垭口，但垭口下边路竟然还在盘绕。

上：背包的男生帮龙儿在推车。
下：龙儿害羞地捂住了脸。

龙儿立即就不想骑了，一直嚷嚷腿疼，说得我头痛，看来搭车也不得不是一个选择了。一个小孩儿骑车走在川藏线，本来就很引人注目，所以甚至会有私家车主主动停下问龙儿愿不愿意坐车。龙儿总是很坚决地拒绝了，但拒绝之后，照样跟我诉说腿疼，搞得我的心理压力很大。刚好垭口下边一片草地很好，我就带着他坐下来吃东西，顺带也休息一下。失常从山那边的警务站发来信息让我们快点过去，可是眼看着垭口，我们就是无力冲击，吃完东西，龙儿又有了一些力气，于是我们就重新出发。这最后一段路，龙儿连骑带推，千辛万苦，终于挪到了剪子弯垭口。垭口风很大，吹得经幡啪啪直响，好像在给我们加油。

站在垭口，路就在眼前，过去垭口就是下坡，但下坡只有两公里，那里有一座警务站，然后国道就在山间盘绕，海拔一直在4000米之上，是一段真正的天路！如果全是下坡龙儿尚可支撑，可惜不是，怎么办？按照原计划，我有两个选择：一，最近的住宿地是 112 道班，这里也是我计划中的第一住宿地点。还有十几公里要走，以龙儿目前的状态，多少时间能走到？我心中没有底。况且即使顺利走到，明天最多能走到 158 道班，后天才能到理塘，然后肯定要停下来休整，如果是这样，能否在开学前回到家都成问题。二，搭车到理塘，然后把腾出来的时间用来休息。选 A 还是选 B，我心里很纠结。

先不想那么多，下到警务站找到失常再商量吧。自折多山至海子山，是川藏线上有名的抢劫多发区，所以警方在这几座山上设立了警务站，来保护以骑友为主的游客。卡子拉山警务站让人感觉很温暖，更重要的是让人感到安全。失常正在警务站内等得心急火燎的，但显然失常在这里得到了良好的招待。失常非常遗憾地告诉我，她吃完自带的饼干后，站内的警察做熟了饭，问她要不要吃一些，失常以为他们是随便让让，就没有吃。后来看到别的车友都吃了，有点后悔，不过后来她吃到了西瓜。在这里我感觉警察特亲，真的是为人民服务的好警察。在警务站，你可以休息，求助，到吃饭时间你甚至可以混口免费的饭菜。以蓝白色为主色调的卡子拉警务站在群山之间格外显眼，坐在整洁的警务室，听着温暖的话语，真有家的感觉！这时我突然有了搭车的想法，并且说了出来。听说我要搭车，正要出去巡逻的警察立即帮我拦车，并事先告诉我，搭车要收费。我心说龙儿坐车可从来都是免费的啊！但看着警察热情相助的样子，我不好意思说明，心想若价钱合适就坐吧。车立刻就拦到了，我说明了情况，那个司机想了一下，说每辆自行车 50 元，每个人 100 元，可以拉到理塘。我崩溃啊！真把老子当成落难的了啊！在雅江时，司机和我商量，我们三个 225 元就可坐到理塘。现在我们又走了几十公里，翻过了剪子弯山，竟然要 450 元，有没有搞错呀？我"愤然"挥走了司机，然后退回到警务站门口的台阶前，站着想办法。是骑车还是搭车？这是个问题！不经意间一回头，竟然发现一辆面包车停在我身后。面包车？面包车！我走过去："师傅，能不能让我们搭车到理塘？"

车内共有三个年轻人，都是汉族。他们简单问了下情况，就同意了，当然，也没提钱，那就是免费！和折多山不同的是，这次是连我也搭，不但我搭，失常也要搭。我坐车是因为龙儿到理塘没人照管，失常是因为我们走后不敢独自骑车。川藏路也有许多独行侠，但基本上都是男生，女生绝少(往往一个车队十个人，有一两个女生就顶天了)。即便是男生，若是独行，也要早出发，早住宿。这个法则，整个川藏线都适用，面包车里塞进三辆自行车是很困难的，我把车全拆了才勉强做到。坐在车上，我和失常都很不甘心，本来想一直骑到拉萨，但这一坐车，不完美了，唉！别人坐车都要找个理由："高反"啦，感冒啦，肌肉拉伤啦……而我？"高反"没尝过滋味，感冒不找我，甚至身上也不是没有力气了。相反，感觉再来几座山照样轻松拿下。实际上我到底有多大力量，一直到最后我也不知道。我只知道，我能陪着儿子推上去！但为了儿子，只得搭车，并且连累了失常，她其实很厉害，骑到现在爬山时已不让须眉。从这里到理塘一百公里左右，此时已是下午五六点钟，但是坐在车上，今天到理塘应该不成问题。

车上的三个年轻人是干通讯工程的，他们要到理塘，然后南行去稻城；我们到理塘后继续西行。衷心感谢他们的热心相助！

这段路是川藏南线著名的"天路"。路一直在高处盘旋，藏族人的帐篷、牦牛在脚下的山谷星星点点，间或农田，间或山顶野花，风景甚佳。没有骑这一段，心中很不舒服！几次想下去骑，夕阳西下，算了算了……一个又一个的山头被车轮碾过，终于赶上了还在埋头蹬车的兄弟，一个，一个，又一个……龙儿隔着车窗对着他们大声问好。我只有沉默。弟兄们，大哥先去理塘了，加油！

到了卡子拉山垭口，车停了下来，我们下来活动活动身子。前边看着还有晴天的模样，后边就是黑云压顶了。黑云的下边出现了彩虹，这是我们在路上唯一一次见到彩虹。接近理塘，雨噼里啪啦地下了起来，下着下着变成了冰雹，打在车窗上，叮当作响，然后又变成雨。回头望去，刚走过的路被黑云紧紧盖着，这么高的地方，一下雨就冷得让人受不了，往往身穿雨衣，外边冷，里边汗水排不出，更难受！唉，正在淋雨的弟兄们，非常遗憾我没有和你们在一起！夜色淹没天空的时候，我们终于进入了理塘。雨，仍然很急。这一天，我计划中有许多方案，但没有一个方案是搭车到理塘，结果我竟然鬼使神差地搭了车。是心中因为龙儿压力太大？好像也不全是。后来我才知道，乌云冷雨下边还有一个人，他本来的计划是住在158道班，但莫明其妙地想一天骑到理塘，终于，尘土飞扬中他飞奔向前，到傍晚雨下如注，他已没有力量骑车上坡了，就推车上山。冰冷的雨水冻得他手都肿了，但他终于在晚上9点多冒雨到了理塘。他解释不通自己当时的行为，好像就知道让自己到理塘，别的都模糊了。他的名字叫风子。

因为我鬼使神差的搭车，由于风子莫明其妙的疯狂。在理塘，原本不会同行的我们，有了相见的机会。有些事，是命里注定，你躲不过的。

寺院里的僧人们

十四

寺院里，来了个帅哥

[时间：07 / 27 / 晴]

今天休整，正好可以看看理塘城。我是怀着复杂的心情走进理塘的。理塘海拔 4014 米，号称世界高城。理塘位于毛垭大草原上，四面皆山，但它是入藏路上一个重要的驿站，同时又通滇西北，地理位置十分重要。小小的理塘城，虽是盛夏，最高气温也在 20 度以下，凉爽怡人，人们穿得都较厚，甚至有人中午还穿着棉衣，多数藏族人，都会很友好地对你微笑。

理塘是一座圣城。在历史的烟云中，理塘的影子时隐时现。最早看上理塘的，是三世达赖喇嘛索南嘉措。三世达赖受蒙古部落首领俺答汗的邀请，赴青海传教，双方合作甚为愉快，于是俺答汗赠送索南嘉措"达赖喇嘛"的称号，俺答汗只是一个地方部落首领，此时达赖的地位，还没有经中央政府认可，但从此达

千年的玛尼堆，小小的孩子。

赖和蒙古人关系走得挺近。后来三世达赖就想到理塘建一座寺庙来弘扬格鲁派（即黄教），至于为什么一定要选择理塘，历史没有说明。这个寺就是今天理塘城北边的藏区名寺长青春科尔寺。

理塘的历史就不说了，趁着阳光，去看看长青春科尔寺吧。长青春科尔寺就在城边，而理塘又不大，步行半个小时，我们就到了。失常停在了大门边，我和龙儿进去了。长青春科尔寺里边很大，大殿里边可以参观，可以拍照，但进去后一定记着要沿顺时针方向走动。我进去的时候，正赶上僧人们用餐时间，分发东西的僧人还给我一个苹果，一袋葡萄干，一个像窝窝头一样的东西。出了大殿，在殿前广场上遇到几个藏族小孩子，眼睛就盯着我手中的东西，我拿出不知道是什么的窝窝头，问："你们吃过吗？""吃过。""想吃吗？"沉默。眼睛盯着我的葡萄干，好吧，把葡萄干给他们了。

正在这时，失常随着一个帅哥突然出现了。失常偷偷告诉我，刚才她在门口看到这个帅哥没地方存自行车，就好心想帮他看自行车，让他进去参观，但那帅哥显然不知道失常是什么人，于是就婉拒了。然后他把自行车也推了进来，我告诉帅哥我们也是骑车的，他半信半疑。由于我已经在里边看过了，就让失常陪着

左：阿弥陀佛，贫僧风子，是来西天拜佛求亲的。(那个帅哥说他叫风子，我们约定明天一起走。)
右：一样的岁月，不一样的童年——儿子的新朋友。

帅哥去里边参观一下，我来看自行车，龙儿听了也要再去。那帅哥有了失常和龙儿做"人质"，放心地把自行车留给了我。我手中的窝窝头是什么呢？刚才给龙儿，他闻了一下，不吃。只得我吃了，咬一口，哦，应该是由青稞、酥油、白糖等做成的，超有营养啊，可是也超不合口味。我左一口，右一口地咬，感觉总是不见变小。(回来的路上，还有一小块，我实在受不了，终于鼓起勇气，把它扔进了垃圾箱。)失常他们进去后，那几个藏族小朋友想骑一下自行车，于是就让他们骑了一会儿。失常他们出来后告诉我，里边有一个很大的弥勒佛像，可是我进去的时候没有见过啊？可能这就是缘分吧。

本来以为这一天就这样结束了，但晚上发生了一件让我几乎崩溃的事情。话说前一天因为坐车，我把自行车都拆了，到理塘就直接搬进了住处，但这天晚上装车时，我突然发现，我自行车快拆上的螺帽不见了！这可真要命！螺帽虽然小，但没有它根本别想骑车。

我在地板上一点一点找了一遍，仍然没有，绝望！无奈只得找附近五金店配个螺帽凑合着骑。这时许多商店都关门了，我敲开了几家商店，五金店、修理电机的商店，反正只要是沾边的就敲，可人家一看，都说没有这种类型的螺帽！快拆，快拆，当时我几乎恨死快拆了，若不是快拆螺帽，早配上了。唉，快拆是便于拆车，但现在显出它的缺点了。我站在理塘的街上，束手无策。怎么办？距我最近的专卖店，一个在雅安，一个在八一，都有几百公里啊！哪怕是最快的速度，也要近一周的时间，等不起啊！人说急中生智，这时我的灵感就来了，何不去找那些较大的自行车队，也许有人会带着备用的。这也是没有办法的办法，死马当成活马医吧。我飞速骑着龙儿的车赶到一个住满骑友的宾馆，敲开第一间门，里边那兄弟问了一下情况，很无奈地对我说："你只能回雅安了……"第二间，仍然没有，难道我真要梦断理塘了吗？拖着沉重的双腿，走到了楼梯口，正好遇到前几天在路上认识的一个叫周易的男生，问我干什么，我说快拆上的螺帽丢了，你有吗？周易随口答道，走，给你拿一个去。我几乎不敢相信自己的耳朵，真有人有啊？！周易说，不是我有，是我们队的喔喔（网名，川藏路上，我们大多只报网名）有。上楼进了他们房间，找到了喔喔，果然有。喔喔说他除了没有车架，其他带的东西几乎能组装一辆自行车了！幸运啊，我激动得不知说什么好！只记得不停地说谢谢。出了宾馆，我突然想起来，我是不是没有提给喔喔钱啊？我提了吗？我没提吗？这个问题，纠缠了我一路。后来，我在巴塘请周易、喔喔他们喝了几杯啤酒以表谢意，本来想再请的，但一直没有机会，再往后，他们超过我们，就再也没有见面。借此机会，向喔喔、周易等帮助我们的人，致以真心的感谢！

这个东西我终身难忘……

十五

花海 姐妹湖

[时间：07 / 28 / 晴]

理塘到巴塘，共约 187 公里，其中前 86 公里是起起伏伏的缓上坡，中间 12 公里的上坡到海子山垭口，最后是 89 公里的下坡。理塘城海拔高，不利于身体恢复，再加上心中总是有一种不安全的感觉，我计划今天继续前行。前一天晚上，我就想，这么远的路，龙儿的状态又不好，一定要早走，7 点之前要出发。其实这样的计划我定过许多次，但几乎没有成功过。这次也不例外：龙儿赖床不起，东西收拾不齐，早餐用时太多……到出发的时候，已经是 8 点 40 分左右。如果是我自己，这个时间虽晚，但问题应该不是太大，问题是还有一个九岁多的龙儿，问题是龙儿腿伤仍旧，问题是今晚还要赶到巴塘……出理塘，就见到了理塘城非常个性也是整个川藏线独一无二的城门。理塘的城门共两个，牌坊造型，金壁辉煌，上书"世界高城理塘"，来时进的是东城门，出来经过西城门。出了

城门,我们就钻进了青藏高原上以美丽著称的毛垭大草原。路的两边都是东西走向的山,中间夹着一片草原,草原的中间是一条弯曲流动的河,这就是理塘河,它还有另一个很有江湖味道的名字——无量河。无量天尊,我何时才能到海子山顶呢?

公路沿着河一直西去,出理塘城就见到了K4103的里程碑,然后第一个上坡就出现了,接着又是一个下坡。我以为是个偶然,于是就对抱怨的龙儿说,平路也可能有个上下坡啊,这是偶……偶个头,我一抬头看见前边竟然又是上坡,并且下坡明显比上坡短,又是一个上下坡,又是一个上下坡……晕,这不诚心在孩子面前给我难堪吗?我都无法给龙儿解释了。而龙儿毫不客气地称我为"骗子"。得,我这是自食其果啊,谁让我一直告诉他出理塘都是平路啊!另外,大家都说理塘到巴塘都是上好的柏油路或水泥路,但我们走的是石子路,上好的柏油路在哪里?在哪里?到底有木有?有木有?

由于路烂,上坡更费力,下坡没速度。龙儿速度也就是每小时五六公里,一时之间,我对今天能不能到巴塘充满了怀疑。好在天气还不错,所以我慢慢陪着龙儿,边走边想着怎么刺激着让他走得稍快一点,但是我的忧虑不自觉地浮现在脸上:我担心理塘到巴塘这一段的安全。川藏线抢劫高发区是从康定到巴塘,最严重的就是今天走的这一段路。所以,大家到这里,总是组成大车队,十几个甚至几十人结队通过,颇有些当年客商过景阳冈的架势。我也想跟着大队人马走,这样安全一点,但是我们的速度根本跟不上大部队,往往是出发时在一起,马上就落后,最后总是走到这一天所有的人都超过我们,失去踪影。从折多山开始,莫不如此。所以,我对于跟大部队的事,也基本绝望了。如果遇到抢劫,我准备了两套方案:一,用我如花的笑脸软化他,连我这样带着小孩儿的游客都抢,

又骑过了一个窝。

又爬上了一个坡。

又见到了一堆车。

还讲不讲做强盗的职业道德？二，如果第一种方法不行，我还有杀手锏。用我的相机、手机，还有现金贿赂他们。我相信精诚所至，金石为开，凡事都会逢凶化吉的……正想着，后边过来了一队人，走近一看，认识，就是周易那一队人马。天呐，竟然有比我们还晚出发的人！一问，今天也是去巴塘的。去巴塘的人大多都会在 7 点之前出发，周易这一队怎么也是在 9 点左右出发的呢？九点多出发，还敢说去巴塘，周易他们真是爷们！其实里边还有个女生，算了，也是巾帼女爷们！

周易真是个好人，听说龙儿走不动，马上让大部队先走，他留下来陪我们慢慢走。龙儿一看周易留下一起走，脸上的表情马上就生动起来，周易和龙儿聊起了电脑游戏。电脑游戏几乎是龙儿的精神支柱，一聊到游戏，他的力气马上就满血回归，我们骑行的速度升到了每小时 12 公里左右。危机暂时结束了，照这样的速度，也许还真能赶到巴塘，不过，也许是半夜。真是好事成双。走了一段后，烂路消失了，变成了真正的好路。耶，好路！然后我们追上了等我们的失常、风子以及周易的部分队友，一起向梦中的海子山进发。

龙儿对我说："爸爸，今晚到巴塘咱们去网吧玩游戏吧？"

我说："好吧，无论你夜晚几点走到，让你玩游戏到 11 点。"（其实根本不可能在 11 点之前走到的。）龙儿兴奋地说："真的？那我要是 9 点走到呢？"

一路上周易就是这样陪着龙儿的,感谢!

"只要你不搭车,到了就让你去玩。"我说。

龙儿兴奋地说:"爸爸,那你也陪我玩吧。"

"可是我不会玩啊。"我无奈地说道。

"没事儿,爸,你就站在那里别动,让我用刀砍你就行了。"龙儿一本正经地对我说。

我大声地说:"你这不是坑爹吗?"惹得周围一片善意的哄笑。毛垭草原被称为青藏高原最有美感的草原,果然不是吹出来的。清澈的河水静静地流淌,青青的草原上黄花绽放,天上的白云,蓝天下的牧场,还有远处悠闲的牛群……一时使我忘了何处是故乡,多想在这里有一块草场,放马牧羊,放声歌唱。夏来花开,最好再能遇到一个傻傻的姑娘……可惜美梦易醒,好路难再。前边竟然又是烂路,美梦随着好路也一块儿消失了。本来计划是走60公里左右吃午饭,但到中午1点多钟,我们才走了50多公里,算了,吃饭吧。我们就在路边随意找个地方吃饭,仅有的两盒八宝粥让龙儿和失常吃了,小孩儿和女生优先嘛,我们主要是大饼加咸菜。我边吃边想,这样走下去可不行,到最后会害了大家的。为今之计,只要把龙儿"处理了",就什么都好说了。我决定让龙儿搭车。我把想法跟龙儿一说,龙儿犹豫着说:"爸,我要搭车了,你不生气?"我晕,合着龙儿就是怕我生气才骑车的呀?我说:"如今路还有很远,如果这样走下去,我们今

天都别想到巴塘了,搭车!"龙儿一听,立马站到路边开始拦车。但一直有很多车的 G318 仿佛突然沉寂了下来,半天没来一辆车。好不容易过来一辆越野车,伸手,可是人家没有停顿就过去了。这样不行,是不是开车的以为是一个小孩儿在拦着玩的?我也站了起来,又来一辆越野,我们同时伸手,又没停,不对,开过去二十米左右又停了。我急忙跑过去,车内共有两人,稍长一点的男人是司机,年轻一点的女子看着像是一个游客,是不是这个游客包的车?不多想了,我说我的孩子骑不动了,能不能请你们拉他一段?那司机不想拉,但那个女的坚持说拉着吧。于是司机最后妥协了。我拆掉了龙儿自行车的前轮,然后把车塞进车厢,又把扳手交给龙儿,告诉司机只要把龙儿拉到海子山顶就行。又告诉龙儿等下车后自己把车轮装上,等着我们。

龙儿不在车队里,我们士气大振,速度立马提到每小时 20 公里左右,照这样的速度,我们到海子山顶也就两个多小时,龙儿坐车到山顶也要一个多小时吧?这样他只用等一个多小时,我们就会赶到。但上帝显然不愿意我们

如此顺利，正在兴奋中的我们遇到了骑车人都很害怕的逆风，要知道这里可是海拔四千多米的地方，含氧量本来就不高，一遇逆风，我们立马就玩儿完，速度很快降了下来。风子指挥我们排成一队，后边车轮几乎紧贴着前边队友的后车轮，雁行前进，这样的确可以省一些力气，但也快不到哪儿去，体力下降仍然很快。开始是风子领骑，几公里后，换成我。说实话，整个川藏路，我都没有什么体力不支的感觉，但此时逆风前进，真的很崩溃。但我又不敢停，要知道海子山顶在我们的印象中就是一个土匪窝，这从前辈们写的游记中就能知道，而现在龙儿就在那里，天知道会出什么事？如果龙儿出事了……我实在不敢往下想，能做的只有拼命地往前蹬。

路仍然不好，修路的车辆不时出现，我们超过一个自行车队，他们问我们今天到哪里，我们说巴塘，他们一副不信的样子。后来才知道，他们翻过海子山就住措拉乡了。下午3点，我们赶到了海子山脚下，还有最后的12公里上山路。海拔高，含氧量低，人特容易累，12公里上坡，绝对不是可以随便上去的，再加上逆风，估计还要两个小时，龙儿还在上边，我急得恨不能插上翅膀。现在我们既需要休息，也迫切需要迅速骑到山顶，怎么办？这时，我们追上了周易队伍的尾巴，原来那个女生骑不动了，有个男生留下来陪她。我问他们大部队走到哪里了，他们说过去半天了。我灵机一动，让周易打电话给前方的队员，看他们能不能把龙儿带到巴塘。电话通了，他们马上就要到垭口了，正好可以带着龙儿。过了一会儿，龙儿借他们的电话打过来，确定随他们下山，终于可以松口气了。这时，我才发现，海子山下的这片草原太漂亮了。这里其实已不能叫草原了，应该叫花海。只见周围各种颜色的花开成一片，一直开到远远的山下，然后远处又是雪山，这么多的花纠缠在一起，美得让人几乎忘了呼吸，只记着用眼睛贪婪看着面前的一切。到了这里，自驾游的，骑车的，都毫无例外地把车停到花地上观赏玩耍，谁也舍不得离开。远方，牧民的帐篷散落草原，真羡慕他们有如此美丽的家园。草原上的花五彩缤纷，但同种花又总是聚合在一起，就像一个又一个的大花束。红的花，蓝的花，紫的花，使作为背景的雪山显得更加圣洁，此情此景，真如一个美丽的梦，这个梦，又如花一样，开在我们每个人的心里……大家拼命按动快门，海子山下，我们忘记了时间。好不容易摆脱了这片花海的诱惑，还没走多远，右手边的山坡上又是花海。更妙的是，那里的花是纯色的，就是红的一大片，紫的一大片，再加上低低的围栏，散落的小屋，好一副壮丽的画卷！原来，龙儿在身边时，我总是不能关注周围，因为心里总是以龙儿为中心，失去了许多发现美丽风景的机会。如今龙儿不在身边了，我才发现，真是风景这边独好啊！

　　一直玩到4点钟左右，带着恋恋不舍，带着想停又不能的遗憾，我们不得不向花海说再见，开始爬海子山。这时，被我们超越的那一队人又追上了我们，再次问我们打算住到哪里，我们回答：巴塘。一片惊叹！逆风爬海子山，果然艰难无比，基本上大家都是一个速度，一米一米地向前挪动。我骑了两公里左右，就借口要喝水，停下来喘气。接着又推着自行车向前走，权作休息。然后又骑，骑了又推……我走得好辛苦。每一次看到路在前边转弯，就盼望着转过去后就是垭口，但拼命骑上去以后却仍然是没有顶点的上坡，只得麻木地继续向前挪动。也许含氧量真的太低了，感觉就是用不上力，骑几百米就要停下来，喘得厉害。应该是最后一段了，虽然看起来很平，但就是蹬不动。有一个放牛的藏族小孩儿对着我们大喊："前边就到了！"于是用上全身的力气，拼命向前冲过去。到了，到了，那个挂在半空中的蓝色牌子写着：海子山，海拔4685米。而我，也只剩下站着喘气的力气了。从来没有这么累！短短的12公里路，我们用两个小时，此时已经是下午6点，而我们离巴塘还有近90公里。但值得庆幸的是，这80多公里，几乎全是下坡……海子山顶，遭到逆风的折磨，男生累得趴下直喘，失常生龙活虎，你不是人啊，是神！匆匆在海拔牌下照了几张照片，我们就踏上了下山的路。下山和上山简直天壤之别，上山用尽全身的力气也几乎走不动，下山却如鸟一般在飞翔。刚走了不到十分钟，也就两三公里吧，我们都不约而同地停了下来，川藏路上鼎鼎有名的海子山姐妹湖到了！只见两个海子（藏语"湖"的意思）并排在一起，湖水在蓝天的映衬下，更加蔚蓝；海子的后边，是高高的神山，雪山在湖水的相伴下愈发神秘。能孕育这样的海子，不愧为神山啊！虽然时间很紧张了，但我们所有的人都毫不犹豫地停在观景台上。公路下到湖边，拐了一个几乎180度的弯，贴着湖边悠然而去。两个海子肯定是相连的，但看不到相通的地方。外边的那个海子较小，那她应该是妹妹了；里边的那个海子较大，该是姐姐吧。姐姐的后边，就是神山，山上的雪和天上的云连在一起，让人不禁感叹：此景只应天上有，人间哪得几度寻？除了震撼，还是震撼！此情此景，真应该停下来，到湖边去轻触湖水；真应该在湖边坐着，什么都不干，就对着雪山发呆。

这时已经快7点了，而我们还有80多公里的路要走，虽然都是下坡，但也不敢高速狂奔，十次事故九次快呀！多少事故，都是因为速度太快造成的呀！只得狠狠心，告别姐妹湖，掉头沿着一条山谷向下奔去。妹妹湖开了一道口子，水从里边倾泻出来，就这样，一条河形成了。我们一直顺着这条河下行，由于这条河流经巴塘，暂且称之为巴河吧。我放坡的时候总是小心翼翼的，但风子是此中高手，只要是放坡，总是恨不得让自行车飞起来，一眨眼就没影了。看得我心惊胆战，没办法,高手就是高手。我下坡却不敢大意,一来我的货架设计有问题,驮包在后边不稳定,假如下坡时驮包晃进后轮,估计我当场就会飞起来,然后……没有然后了;二来我带的东西较多,车身重,只要速度上来,前冲力特强,有一种一直下到地狱的感觉。这样一来,风子总是用四五十公里的时速前冲,我只敢用三十多公里的速度跟进,他不时要停下来等我们。

阳光慢慢消失了,到巴塘的路,最麻烦的是还要过五六个隧道,里边都没灯,多长时间能过去?我们都不知道。说话间,第一个隧道到了,它就是德达隧道:459米。看到风子在隧道口等待,我们也停下来,拿出手电筒。风子的手电筒可以卡在车上,我的只有拿在手中了。然后失常、周易在前,风子在后,我在旁边,一头就钻进了漆黑不见光的隧道。德达隧道较短,不一会儿就出来了。然后就看到一座很有个性也很漂亮的桥,桥右转,270度大拐弯,转了一圈,逐渐下降,又从桥下通过,最后进了第二个隧道——列衣隧道。桥下边有一段旧318国道,简陋狭窄,石子遍地,还是现在的公路好啊!列衣隧道2107米,太长了,我几乎不能一手拿电筒,一手握车把,只得把电筒用嘴咬着,时间长了难受得不得了。出了列衣隧道,就到了措拉乡(这个地方能住宿。但我必须在今晚赶到巴塘,因为龙儿在那里),人也多起来。走到波戈溪隧道(2743米),天渐渐暗了下来,没办法,继续走吧。波戈溪隧道出来也很独特,修了一段走廊,以防落石,风子马上停下来照相。我看着光线已经不好,再说还有很多路就没停下来。接着是拉纳山隧道,这个隧道在这几个隧道中是最长的,整整3451米。但这个隧道修得太给力了,如果没有这个隧道,我们将不得不翻越拉纳山。如今,我们疾速穿过拉纳山,虽然天已黑下来,但心中仍对拉纳山隧道感激万分。感谢隧道,感谢修路的人,感谢护路的人……穿过拉纳山隧道是黄草坪1号隧道(2743米),出了隧道已看不清东西了,我们一直开着手电筒,感觉公路有时在悬崖边,有时在河边,可是周围漆黑一片,但是这样反而让我们感觉不到危险。天已经完全黑下来了,这时我们反而不着急了,事已如此,急也没用,放平心态,慢慢走吧。这时发现周易没有跟上队伍,等了一会儿,周易跟了下来,原来他的车是碟刹,怕刹车片过热,就停了一会儿,不想他又遇到两条狗的攻击。嘿嘿,传说走川藏不遇到狗的攻击几乎是不可能的，但我至今竟然一直没被狗咬，真是奇迹！我分析了一下，第一可能是我运气实在太好；第二可能是我比狗还坏，这是人品的问题，估计狗也懒得理我了。唉，不说了，伤心啊。

过了黄草坪1号后，我们一致认为，有1号隧道，就一定有2号隧道，但怎么走都不见2号隧道，当然巴塘更是不见踪影。途中经过一个村庄，朦胧中一群女孩子对我们说："祝你们一路顺风！"终于，千思万想的黄草坪2号隧道终于来了……自海子山到巴塘一路并非完全是下坡，实际上最后还有一部分上下坡，由于走到这里时，早已人困马乏，上这些坡，令人特别累。晚10点半，终于到了巴塘。这一天因为遇到逆风，走得很崩溃，连从来不知道累的我，也感觉有点受不了。唉，能活着到巴塘，真不容易。

周易的队友住在了有名的胖姐背包客之家，我们到时，已经没有房间了，只得和周易告别，又去另外的地方找了一家，刚收拾好东西，正想洗澡，停电了，顿时一片漆黑，凑合着洗了一下，赶快来到胖姐背包客之家。在路上，除了看风景，若说大家都期盼着的事，莫过于安全地赶到驻地美美地吃一顿。大院内人影晃动，语声嘈杂，虽然没电，但烛光之中，别有一番情调。周易他们也正围着一张大桌子搞烛光晚餐，我让老板搬来了一箱啤酒，加入到周易他们之中，我要感谢在理塘他们这一队人特别是喔喔、周易对我的雪中送炭，我虽然不能喝酒，但人逢知己，千杯不多，今晚，让我们尽情畅饮。虽然不知道对方来自何方，虽然不知道明天还会不会再见面，甚至我们不知道对方的名字，但这有什么关系？英雄不问出处，草根更需互助，在这个远离家乡的地方，我们仿佛就是彼此的亲人……龙儿已经在这里玩了好久了，虽然没在这里住宿，但善良的胖姐听说龙儿九岁走川藏，马上赠送一瓶饮料。我们正在欢声笑语，胖姐又端过来一盘花生米，并声明是免费。看来这里总是爆满，并不是偶然的。整个川藏路，就数这里对人最好。

巴塘，因为胖姐背包客之家，让我感觉格外美好，并让我久久怀念。

十六
金沙水拍温泉暖

[时间：07 / 29 / 小雨]

巴塘，是出四川前的最后一座县城，这里离西藏已经不远了。这一段路，进入了著名的横断山脉，山高路险，崎岖难行。金沙江、澜沧江、怒江三江并流，势不可当，浩然南下。我们要一路向西，翻过横断，跨越三江。

昨晚到巴塘累得倒在床上就不想动了，当时心想，明天说什么也要休整一天。风子问我明天还走吗，我说不走了，要休息。早晨起床甚晚，感觉身体完全恢复了，而龙儿似乎也恢复了一些，于是野心又萌动起来，何不继续前行？吃过应该是午餐的早饭，龙儿想去网吧，于是我就带着他东转西找，终于找到了一家，但进去后人家说停电。只得出来。站在街头，我寻思了一下，下一站是温泉山庄，只有四十多公里，并且还有近三十公里的缓下坡，完全可以继续前行。巴塘没什么好玩的，但洗温泉多爽啊！于是和龙儿商量今天再走一

段，去西藏泡温泉，龙儿同意了，收拾行李，出发！那时大部队都早已出发，风子也不见了踪影，但川藏路上最危险的康巴段已经走过，前边还有什么可怕的？所以我们晃晃悠悠地就出了巴塘。

出巴塘，仍然顺着巴河西行，下坡长而上坡短，走起来轻快无比，龙儿最喜欢这种路，并且初生牛犊不怕虎，放起坡来胆大无比，和我的小心翼翼形成对比。在我的叫喊声中，龙儿还是很快在前边消失了踪影。不禁回想昨天找到龙儿后，他告诉我被拉到海子山顶的情景：下车后，那个司机帮他装好车，他就在山顶等我，但我许久不来，最后实在等不及了，就想下山接我，下了一段，遇到了周易的队友，于是回头又重上山顶。下山的途中有一个叔叔陪着他，但是大多时候是他独自一人，出一个隧道的时候，他曾见到一个小女孩儿骑着车如飞而去（估计就是后文中提到的十三妹），他就在后边拼命追，竟然追不上，看来还有更大胆的父亲！八十多公里的超级下坡，龙儿连个头盔都没有戴，今天的下坡比昨天简直算小儿科，由他去吧。此时天开始下起雨来，龙儿没

爸爸，你看这两条河，颜色分得真清。

带雨衣，如果他不知道在前边等我，会被淋湿。正着急时，发现龙儿正乖乖地在等我呢，心中不由一阵感动。感觉龙儿自从开始走川藏，似乎每一天都在进步。正穿雨衣时，有两个车友从后边追来，大声问："怎么不走，有事吗？"我说："没事，穿上雨衣。"川藏路上，大家都是一家人，只要见到有单独停留的车友，必然会有人询问你是不是有什么麻烦了。大家的目标一致，就是相扶相助到拉萨，这种感觉真好。龙儿一看有同路的，激动起来，穿起雨衣就跟着他们跑了。等我穿好雨衣，这小子又不见了踪影。不过我倒不紧张，自古拉萨一条路，也不至于走错。

我不慌不忙地走着，出了巴河，就开始沿着金沙江前进，并且拐弯处还有几个不大不小的上坡。然后就是缓和的下坡，这样一直到下游某处的金沙江大桥。对岸西藏的山看得清清楚楚，这是出发以来，第一次看到西藏。真想早一点踏上西藏的土地，但看对岸山势连绵，毫无缺处，只得随着混浊的金沙江向下游不停地前进。我在寻找，寻找一个能过去的大桥，寻找一个能让我上去的山谷。雨并不大，时断时续地下着，不影响行进。六月至九月，本是川藏路上的雨季，但说来也奇怪，我们的运气特好，基本上是走到哪里都是晴天。嘿嘿，俺的人品大爆发了。沿着金沙江一直走了二十公里左右，终于看到了期盼中的金沙江大桥。这是四川和西藏的界桥，本来传说桥这端也有人登记身份证，但我在四川这一端没有看到武警，龙儿也不在这里，于是赶紧骑过桥去寻找。过了桥立刻就看到了武警在值班：所有成年人进藏都要登记身份证。龙儿正在那里等我。值班的武警很友好，我问能不能照相，他说只要不对着他们照就可以。这一点和我在网上了解的不一样，网上甚至有人说在桥上就不让照相。现在一听说能照，这川藏交界处怎么也得拍照留念啊！但龙儿历来对照相不感冒，这次也不合作，我是连哄骗带恐吓，终于带着龙儿回头到了桥中间，先和四川界牌合影，然后又和西藏界牌合影。西藏，我们来了！重新来到登记身份处，有车友提到桥那头有长漂纪念碑，我突然想到，可不是嘛，有这个纪念碑，许多前辈提到过。但我怎么没见到呢？仔细想来，这种事情经常发生，往往人家说刚刚过去一个什么样的东西，我总是很迷茫,有吗?有吗?其实都有,只是我时刻把关注的中心集中在龙儿身上,导致错过了许许多多的东西。但眼看着龙儿一天天的进步,这是我最想看到的"风景",比什么都值!

过了武警检查站,川藏路沿着金沙江又向下游走了一小段,然后右拐,进到了入西藏的第一条山沟海通沟。这里距温泉山庄还有11公里,应该是缓上坡。但一进海通沟,立马就是一个不小的上坡,我大吃一惊,如果都是这样的路,龙儿估计又要不行了。不出所料,龙儿又在抱怨,怨修路的,怨设计路的,怨我带的路不行……其实他就是想抱怨,发泄自己心中的无奈。不过我听了心烦,干脆骑快不和他在一起,至少耳根清净。果然,龙儿一见我不听了,也只有慢慢向上爬山。龙儿就这一点不好,在路上,只要我在他身边,他总是没劲儿;但只要跟着别人,他的力气总是很足。唉,依赖性真大。看来,培养儿子我才刚刚开了一个头,后边的路,长着呢!

幸亏这个坡上去就是一个大下坡,龙儿的脸立马阴转晴,愉快地骑了下去。天仍然下着雨,但前边的路坡度的确不大,可是只要有坡,龙儿就喊累,我想这主要是心理原因吧。我只有拿出"乾坤大挪移"的手段,尽力转移他的注意力。

我给他讲罗贯中和我合著的"三国故事"（我实在记不全这些故事，所以有时不得不胡编乱造，自己添油加醋一番，这算是我和罗贯中合著的吧）。幸亏龙儿听不出来。误我龙儿，误我龙儿啊！当故事讲得差不多了，温泉山庄仍然不见踪影。龙儿说："爸，你不是说温泉山庄离金沙江大桥只有11公里？咱们走这么远了，怎么还没有到？你是不是在骗我？"

"儿子，我怎么可能骗你？金沙江大桥那里的里程碑是K3260，温泉山庄是K3271，正好11公里。"

"那现在的里程碑是多少？"

"里程碑每公里都有一个。你找一下现在的里程碑是多少？"

龙儿闻听狂奔向前，趴在前边的里程碑上一看，然后对着我喊："这里是K3270！"不会吧？要是这样说来，温泉山庄应该就在不远处呀？然而眼前连个山庄的影子都看不到，难道我又做了一回骗子？"向前再骑一公里！"我说。龙儿力气来了，噌噌地就转过了前边山脚，只听他兴奋地喊道："温泉山庄到了！到了！"

温泉山庄共两个：日荣温泉和胜天温泉。日荣温泉靠下一点，也宽敞一些，但我们到时，风子住的日荣温泉已经没有位置了，他本以为我们今天不来了，所以也没有帮我们订房间，只得到前边不远处的胜天温泉山庄。但胜天温泉没有大游泳池，龙儿把车扔下，不听劝阻，执意要冒雨去日荣找他风子叔叔游泳，只得让他去。后来想到还拿着风子的一个扳手，不知明天还能不能同行，于是就和失常冒雨给他送去，到半路遇到回来的龙儿，就让他先回去。见到风子，他说根本就没有见到龙儿来。我这个后怕，敢情龙儿刚才独自在游泳池洗啊！如果走到深水区，那后果不堪设想！赶紧回去问龙儿，果然是他一人在洗，后来看到在海子山飞车的女孩儿（十三妹），怕被人家看自己光屁股，就赶快穿上衣服回来了。我训斥龙儿太大胆了。但仔细想想，这也是我的责任啊。我这个做爸爸的太大意，游泳这种事，竟然让儿子独自去，没有出事那是运气好。又想起让龙儿自己下海子山，看来我需要在后边的骑行中谨慎一点，最好不让龙儿离开我的视线，自责！

外边的雨下个不停，大家都躺在室内休息。到了温泉山庄怎么能不泡一下温泉呢？胜天山庄的温泉室中没有一个人，我美美地泡了个透彻。温泉室就建在海通河边上，听河水轰响于室外，品温泉缠绵于肌肤，个中感觉，真是妙不可言。这样的温泉，这样的雨天，这样的群山，这样的川藏，不可多得啊！初入西藏，雨水似乎多了起来，但西藏用这样美妙的温泉来迎接我们，让我们感觉西藏充满了温情。

十七
宗巴拉山之泪
[时间：07 / 30 / 晴，阵雨]

早晨起来，照例是晴天。再次感谢上天特别的照顾，这次走川藏线，真不像是身处雨季。温泉虽好，但我们必须出发，谁让我们是行者呢。行者无疆！今天出发后，我们就和另一个队纠缠在了一块儿。昨天同住温泉山庄，遇到这个队中一个女老乡，三十多岁，是个教师。老乡见老乡，再加上是同行，虽没泪汪汪，也是话头长啊，我们说了很长时间的话。她队中还有一个女的，一见龙儿竟然是个小孩儿，兴趣大增。原来她总是拖大部队的后腿，感觉信心不足，今天一见龙儿，立马觉得她也行！因此，今天就一起出发，龙儿也非常高兴有个人陪他骑(当然，我不算人)，所以奋勇追着这个美女，甚至我都赶不上。可是不一会儿我就发现龙儿停在前边，原来龙儿感觉刹车有问题，一个车友在帮龙儿修理，然后我就赶上了。车修好了，我让龙儿和我一起走，龙儿不听，一定要追上那个女车友，那好吧，追。于是气喘吁吁地追了上去，然后看到那个女骑友很辛苦地在前边骑

感谢这两位兄弟,今天你们可帮了我大忙,可我连你们的名字都不知道。

着。那个女的一看龙儿来了,精神大振,我寻思她肯定在想:"我难道还骑不过一个小孩儿吗?"龙儿到底是个小孩儿,他需要的是鼓励,可是没想到人生险恶,遇到的却是一个竞争对手。再加上旁边一个帅哥对美女无微不至的关怀,那美女最后不顾龙儿,消失在前边。龙儿这个气啊!(女人是老虎,龙儿又学到了人生的一课,嘿嘿。)但是没办法啊,只得随我一起走。(关键时刻,还是老爸可靠,可儿子不领情。)

慢慢路上就只剩我们两人了。我最怕这种情况,不是怕抢劫,而是一到这时候,龙儿总是表现特别不好:骑不动。果然,龙儿的速度很快降了下来。在龙儿的嘟囔声中,我们慢慢地向前挪。一起出发的失常早不知跑哪儿去了,连个说话的人都没有,而龙儿又搞得我一肚子火。我又快崩溃了!正在这时,后边上来了两个人,一看,竟然是周易队中的两个人。今天先要缓上坡36公里,到海通兵站;然后6公里平路,接着10公里陡坡翻到宗巴拉山垭口,最后7公里下坡到芒康。遇到这两个男生时,我们走了不到20公里,用了几乎四个小时。龙儿一看追上来的这两个叔叔他认识,顿时兴奋起来,一定要跟着这两个男生走,并且,这个没良心的家伙命令我停下来,不许走,然后等他走远再追!

晕,好吧,只要龙儿不要赖,好好骑车,怎么都行。我停下来,龙儿欢天喜地地跟着别人跑了,我推着车,走了不远,就遇到一个扫公路的武警战士。在这荒山野岭，公路总是异常洁净，都是这些可爱的武警战士的功劳！在这样的地方，除了战友，估计连个说话的人都没有，个中滋味，也许只有他们心中最懂。接着，我就上车开始追赶龙儿，满以为过不了多久就能追到，谁知还真是见鬼了，追了好远都没有追上。追得我心情忐忑："龙儿真的能骑这样快？不会吧？刚才还说一点儿都走不动了呢。"一瞬间，我甚至怀疑这小子又搭车跑了。唉，若是这样，这小子未免太不争气了吧？

新修的公路，沿着海通沟绕着仿佛永远绕不完的弯，转着仿佛永远转不完的山，时陡时缓地向山上延伸着，路边海通河水势仍然很急，水质混浊。由于路无百米直，总是不能看很远，所以我也不知道龙儿到底在哪儿。只得把目光望向山顶，望向天空：山势巍峨，满目苍翠；天空蔚蓝，白云如绵。我一直追了5公里，终于追上了龙儿他们三个人。其实是两个人，龙儿的自行车扔在路边，人不见了。龙儿呢？原来躲在路边偏僻处便便。那两个男生非常尽职地在等待，真令人感动。龙儿嘴里还不闲着，不停地喊着："不许偷看，更不许偷拍！"我晕，我们有兴趣看吗？我当然也停下来等着，好不容易等龙儿结束了，我毫不吝啬地表扬了龙儿的表现。但这小子，明显地不知好歹，仍旧命令我原地停止，然后继续像刚才一样追他。唉，好吧！只要你能骑，你让老爸怎么着都行！

一有人陪，龙儿总是表现得很好。

龙儿又随着那两个男生没影了，这一跑就又是5公里左右我才追上。我心中这个高兴啊，说实话，从昨晚我就担心这海通兵站前的36公里上坡，宗巴拉山的10公里上坡虽陡，但大不了我陪着龙儿推上去。但开始36公里我总不能带龙儿都推着走吧？现在这两个男生带着龙儿走了10公里多，我们已经总共走30公里左右了，我感觉心中的压力立马大减。眼看龙儿有点疲劳的样子，我让那两个男生先走，我陪着龙儿仍旧慢慢骑。这两个男生慢慢消失在前边，然后，一直到拉萨，就再也没有见过周易这一队人了。

又走了不远，路边出现了一对男女，看不出他们是不是一对情侣，男生很帅，女生很靓。这两人一见龙儿就拦住他，然后给龙儿棒棒糖，龙儿吃着糖笑靥如花。我心想这两人肯定会和我们一起走吧，但他们两人一直没有走的意思，只得带着龙儿继续前进。又走一段路，前边出现了一个令人费解的现象：路面上呈现了一个非常明显的分界线，我们走的那一半，是干的；另一半，是湿的。我的第一感觉是天下过雨，但抬头看看天，明明是晴天大太阳啊！况且天下雨会把界线分得如直尺画出来一样？但也不可能是洒水车干的啊，荒山野岭的，更不可能了！这让我百思不得其解，最后综合所有的情况，我还是怀疑刚刚下过雨，而

龙儿讨得了糖吃，美得合不拢嘴。后边的美女这一天骑得崩溃。

且这雨还不小。于是就担心起失常来,因为她的雨衣还在我车后边,她骑到哪里了?这一段时间,失常骑行的速度越来越快了,甚至许多男生都追不上她,真不知道她是什么材料做成的!峰回路转,千思万想的海通兵站出现在眼前。兵站的大门紧关着,里边看不到一个人影。是兵站撤销了,还是士兵们正在这大中午午休呢?海通兵站的旁边是个水泥厂,因此有许多藏胞在这里,人气还行。自温泉山庄到芒康,这是路上唯一的补给点,并且临近马上要爬的宗巴拉山,于是就成了车友午餐的不二选择。早就听说这里还有个商店,店内兼煮面,我正东张西望着,猛然间,就发现失常正和风子并排坐在一条长凳上,看着我傻笑。有一瞬间,我甚至怀疑他们也是一对情侣,但是仔细想想,这认识才几天啊?不可能的。饭店周围停了许多车友,大家都在吃面,这里的面名称叫"藏面",其实也就是下的挂面,只不过上边多了个油煎鸡蛋,每碗10元,回想入山后,一直都是10元一碗面,也算比较值。失常一见我们下来了,马上帮我和龙儿一人叫了一碗面。等面的时候,我问了一下,原来刚才果然是下雨了,有人还被淋了个正着。可是失常没有被淋,下雨时,她已走到了休息处。唉,这女孩子为什么有如此大的力量,难道真是在追路上的哪个帅哥?面来了,龙儿不吃鸡蛋,就着雪碧吃面,我吃了一碗面,又帮着龙儿吃了鸡蛋,这一来就吃了两个油煎鸡蛋,这个腻啊!龙儿吃完他的面,然后说还是有点饿,想再来一碗,以我对他饭量的了解,他应该没能力再吃一碗面的,难道今天饿坏了?我不放心,就警告他若再要一碗就一定要吃完,龙儿说行。那好吧,再让老板煮一碗。果然,龙儿只吃了几口,就死活不吃了,看着这么好的饭,总不能扔了吧?所以只得我出马了:我拿出当年陈佩斯吃面条的勇气,一点一点地消灭这碗面,感觉真比翻了一座山还难,吃完后肚子那个撑啊!同时又感觉自己特伟大,完成了一件几乎不可能完成的任务。我们走川藏以来,晴天几乎总是伴随我们,几乎让我们忘记了天还会下雨,特别是今天路上的这场雨，让我甚至感觉到诡异。现在我们到了休息地，老天仿佛为了证明他会下雨一样，淋淋漓漓地又下了起来，并且一直到吃完面也没有停。雨一直没下大，不耽误继续前进，周围的车友也都不见了踪影，只剩我们四个。也许因为龙儿是个小孩儿，所以周围的藏民都围着我们看，搞得我心里特紧张，于是命令冒雨出发。龙儿吃过饭，身上有力气了，也没说什么，骑上车就出发了。自海通兵站继续西行，完全可以说是平路，只是还没有铺上柏油，所以路况不好。但是我们还没走两三公里，雨竟然停了，天又晴起来。气温升高了，脱掉身上的雨衣，身上一阵轻松。大约六公里左右，路绕过了一个山头，然后看到了一个小村，最后的上坡路来了！路边青稞翠色欲滴，只是路上尘土太大。刚吃过饭，肚子饱饱的，加上雨后初晴，身上暖暖的，所以我们都感觉这段路走得很幸福，连眼前的坡路都有了一丝妩媚，没有了往日的狰狞。

只见山路开始在前边的山上盘绕起来，这时龙儿故伎重演，要求我和失常不许再走，让他和风子先走，然后我们再追。我心中暗笑，装作十分不爽的样子。其实真正不爽的应该是风子，好不容易在川藏路上逮着个美女，本想伴骑一段，没想到让龙儿这个混小子给破坏了，但也不能说破啊，只得走吧。龙儿高兴地随着风子出发了，眼看没骑多远，因为坡度有点大，龙儿就下车推了起来，可怜的风子只得也下车推行。龙儿还不忘对着后边的我和失常大声喊着："不许走，等我爬到上边的坡上你们才能走。"估计风子当时肯定想把龙儿一脚踹沟里去。

好吧，我们等。天气晴好，路边青稞正葱茏。等龙儿和风子上到坡上，我们开始骑行，路况虽然不太好，但还不是太难骑。遥遥地望着坡中间有几个孩子等着我们，我不由自主地警觉了起来。他们选取的这个地方太好，正是坡中间，我们想跑都没门儿。失常和我先后骑到，此时已看清是三个孩子，两个男孩，一个女孩。这三个孩子立即扑了过来，不过不是拦住我们要东西，而是帮我们推车！沉重的车子立刻变得轻快起来，很快我们就到了坡顶。原来这里又是一个小村，应该是他们的家吧。我们停了下来，一路听说川藏路上有抢劫的，连小孩儿也不好，但今天我们竟然遇到了这三个可爱的孩子，不能就这样走了吧？失常包中带的有铅笔，就问他们要不要铅笔。他们异口同声地说："要。"好吧，一人一根铅笔，再加一块儿橡皮。感觉这还不能表示我们的心意，我又让失常给他们一人再发一根铅笔。我们要出发了，仍旧是上坡，这三个孩子又扑过来，想再推我们一段。我心里有点过意不去，没有让他们再推，挥手和他们告别。再见了，善良的孩子们！很高兴在生命中和你们有这样的缘分，祝你们一生平安！

爬山中的龙儿很容易被追上，但被追上的龙儿又开始闹罢工了，他站在路上，既不推车，也不骑车，就是嚷着自己没劲儿骑车了，我们只得停下来歇歇。已经半天没过去人了，好不容易等来了两个骑车的，也是骑不动了，慢慢推着车在向前挪动。我让龙儿跟这两个叔叔一起走，他说自己推不动。风子很无奈地看着我。唉，明显的龙儿还有劲，只是要赖罢了。怎么办？其实我还有杀手锏，那就是利用龙儿特别喜欢的网络游戏来刺激他。只是这一招对龙儿不大好，所以一直不敢轻易动用。他的这一爱好让我头疼不已，我怕龙儿沉迷其中，荒废了学业。不过只要一提游戏，他立刻就会兴奋起来，做什么事情都能很快完成。面对目前的局面，我只

一停下来，手机仍然是龙儿的最爱。

姑姑，不许走！我走之后你才能走！

上：龙儿马上就要超过一个了，忐忑中……
下：被龙儿甩在后面的车友。

有铤而走险了。我说："龙儿，只要你骑车超过一辆自行车，到芒康就让你玩半小时游戏。"龙儿眼光一亮，说："真的？""我怎么会骗你？只是你在到达山顶前若再被超，就不算。"我回答。龙儿激动起来，翻身上车："风子叔，咱们走，你和姑姑在后边等着，我们走远你们才能走。"晕！又是这条件！我不知道这种做法是不是违背我带他出来的初衷，只是我被困在这深山，精神压力太大了，这也是没有办法的办法啊。不过依刚才的情况来看，半个多小时，也只见有两个推车的过去，大不了龙儿能超过他们，就让他玩一个小时吧。

眼看着龙儿他俩消失了，我才得意地骑上车，和失常一起出发，然后转过山，就看到龙儿慢慢接近了那两个人，然后又慢慢地超越他们，最后，他和风子又消失在拐弯处。在龙儿身上再也看不到刚才的有气无力，有的只是拼力向前。龙儿，难道网游真的如此重要？老天，难道这次川藏之行真的会让我失望而归？希望前边不要有骑不动的兄弟，如果被龙儿超过的人数太多，到芒康我会很为难的。等我们努力地也转过那道弯,眼尖的失常喊了一声:"不得了啦!"我仔细一看,差点晕倒,只见前边稀稀拉拉像是一个车队,或者是前边车队掉队的人。总有八九个人吧,散落在路上,慢慢地向山顶推着车。这要全超过了,估计要让龙儿玩游戏到天亮了!但害怕也没用,眼见着龙儿又超过了他们。山顶已能看得见了,前边也没有需要超越的人了,龙儿慢了下来。"会不会是龙儿让那些人故意慢下来,然后让他超过的?"我在心里自问。要知道龙儿已成了今年川藏线上的"名人",只要龙儿开口,所有的车友都会给个面子的!于是我急急忙忙地追上了那些车友:"是前边那个小孩儿让你们慢点骑的吗?"我急匆匆地问道。"哪里呀,我们没劲儿了。"他们有气无力地回答道。电子游戏的力量真大啊!正在这时,发生了我骑川藏线以来最危险的事。原来刚才几个车友正靠着路的左边休息,我也只得停得靠左了一点。由于公路只有两车道那么宽,所以我就站在了路的左半边。与左侧路基就隔一米多宽吧,本来这段川藏路车辆较少,对头车更少,谁知就在这时,一个藏胞开着摩托车就如同从头顶掉下来一样,等我发现,也就距我不到五米了。那个藏胞也大吃一惊,一瞬间就直冲我过来了,由于是下坡,简直就是飞了过来,完了!说时迟,那时快,只见藏胞把车把强行扭了一下,贴着我左侧刷的一声就过去了……

群山寂静,许久我才又回到了人间。太险了,这要撞上,不死也残啊!我把车扔到路边坐着歇了半天,好半天才缓过神来,从此我得到一教训:千万不要因川藏路上车少就违反交通规则啊!龙儿超过这些人以后,明显力气已经不多了。但后边的人好像更没有力气,于是龙儿就在前边慢慢骑,只要后边的人不发力,他也就这样了。我和失常发力追上龙儿后,风子陪着失常就向前跑,龙儿大叫:"我要和叔叔走,姑姑你和爸爸停下。"但他们到底没有停下,只有我停下陪着龙儿。龙儿的叫喊变成了哭泣:"姑姑说话不算话,超过我跑了,呜呜呜……"但是风子他俩走远了,听不到龙儿的哭喊。龙儿哭着,泪流满面,但又怕后边的人超过,不敢停下,只得边哭边骑。泪水挡住了视线,龙儿倒下,又哭着爬起来,继续骑,嘴里仍然叫着:"姑姑说话不算话……"弄得我的眼泪也流了下来。我说:"儿子,这就是竞争,不要指望别人停下来等你,你应该追上去,超过他们。"龙儿不理我，还是哭，然后又栽到，接着又爬起来……有两个车友超过去了，龙儿哭声更大了。我心里那个酸啊！你说我这是他妈的干什么呢？川藏线现在是年轻人的天下，他们走完了川藏，回去后可以跟自己的同学炫耀，甚至四川有的大学还规定，走完川藏，还有补助。然而我为什么花这么多钱走川藏？我有钱吗？连龙儿都知道我没钱。我能炫耀吗？带着儿子走川藏，别人回去不把我当成精神病就算好的了！

但是我就是这样，走着别人不愿意走的路，忍受着别人不愿意吃的苦。实现着我心目中的梦想，承载着自己人生的理想。让泪水在宗巴拉山飞吧，既然选择了这条路，就要勇敢地走下去，不管山再高，水再长……

在龙儿的哭声中，宗巴拉山口到了。宗巴拉山口没有海拔标志牌，只有高处的经幡猎猎作响。龙儿仍旧在哭，并且拒不搭理失常。在龙儿的泪水中，我们又战胜了一座高山。我抱着龙儿的肩膀，泪水很不争气地也流了下来。我把龙儿领到了山头上的经幡阵中，我让他看自己刚才骑过的路。龙儿带着泪水说："这么远都是我刚才骑过来的吗？"我说："是的，儿子，你总是说自己没劲，但实际上你很厉害，别哭了，通过这件事，你要相信自己，你行的！"龙儿似懂非懂地点点头。

我们站在山头，看着刚才走过的路，看着还没有骑上来的朋友。我们突然发现了上午给龙儿棒棒糖的那个女孩子，不同的是她后边现在跟着两个男孩子。那女生明显体力透支了，推着自行车一步一挪向前走着。后边的两个男生边玩手机边陪着她。龙儿站山头大喊："叔叔加油！姑姑加油！阿姨加油！……"龙儿的脸上又有了笑容，我的心也开朗起来。宗巴拉山下去刚开始一小段还没铺柏油，然后就是好路了。我因为一点事情走在了后边，走了不远发现龙儿停在路边，他让我停车，然后把我拉到路边一根粗粗的钢管边，神秘地告诉我："爸，我制造了一条世界上最长的河。"我一看，原来龙儿把小便洒在了钢管稍高的一头，水一直流到了另一头，于是，一条世界上"最长"的河出现了。孩子的心说变就变,刚才还是电闪雷鸣,现在已是阴转晴了。龙儿的情绪好了,可是我的心里却激烈地斗争着:晚上真的让龙儿去网吧玩个通宵吗?玩通宵肯定是不行的,但怎么才能不失信于龙儿呢?好纠结啊!走在这新修的公路上,又有了飞翔的感觉,只是总共七公里左右,还没过瘾,就遇到了如内地城镇一样的地方,不会是芒康到了吧?这也太快了吧。停下来一问,果然是芒康。左转进城,找到了一个住的地方,我们还不放心,又问店主这是不是芒康?得到肯定的答复。也许我们没有走到芒康的繁华地方,感觉芒康好小啊!出去在街头正好见到了几个武警,我对他们说芒康怎么这样小啊?他们说:"这还小?这已经是昌都地区最大的县城了!"看来不能以内地的标准来衡量西藏啊。回到旅店,遇到了一个手拿念珠、鹤发童颜的老人,他拉着龙儿问了半天,然后严肃地教训我说:"你这样带孩子可不对,万一给孩子落下个什么后遗症怎么办?"说得我顿时汗颜。谢谢好心的老人!我决定兑现对龙儿的承诺,不能教他言而无信。于是我让失常带龙儿去网吧。失常带着龙儿走了,我的心空荡荡的,不知今晚怎么过去?半个多小时后,龙儿又随着失常回来了,原来西藏的网吧管得很严格,未成年人绝对不允许上网。他们没有办法,只得回来。我心中松了

上:儿子,你是我的骄傲!
下:爸,快看我制造的世界"第一长河"!哈哈……

口气，然后劝龙儿，我说："你看咱们内地管得不严，小孩子也能偷偷上网，实际上国家规定小孩子不能上网的，可那些网吧老板为了赚钱害了多少人啊！"

我问他："上网好吗？"

"不好。"龙儿很干脆地回答。

我一阵激动："儿子，既然你知道去网吧不好，你为什么还那么想去呢？"

龙儿说："我也想不去，但有时候就是忍不住。"

我说："这不怪你，都怪爸爸以前对你照顾不好，让你有了这些坏习惯。今后咱们一起努力，把坏毛病改掉，好不好？"

龙儿说："好。爸爸你监督着我。"

我心中很激动，儿子进步了，兴奋得恨不得去喝一大杯烈酒！

我问儿子："那今天你还想上网吗？"

龙儿说："不想了。"

我说："不行，爸爸答应过你，就一定想办法去兑现。我给你想办法。"

其实我进到这家宾馆就发现老板在玩游戏。我于是就找老板商量，说我儿子想上网玩游戏，不知能否借用一下电脑，我会按网吧价钱付钱的。那老板很热情地说："你带个孩子来西藏，别提什么钱不钱的，随便玩！"说着就让龙儿去玩，我不依，强行给他了10元钱。我让龙儿自己决定玩游戏的时间，说完就上楼去了。大约过了两个多小时，龙儿就上来。

"不玩了？"我问。

"嗯。"儿子回答。

"老板赶你走了？"我又问。

"没有，我自己站起来的。感觉没有多大意思。"儿子轻轻地回答。

我强压住内心的激动，虽然我知道龙儿不可能一下子就会忘记游戏，但是这肯定会是良性的转折。我会记住芒康的这个晚上，夜已深，我久久无眠……

十八
暴雨中，儿子失踪了
[时间：07 / 31 / 阴转大雨]

但凡骑行川藏的人，每天要做到出发早，骑得快，路上不贪风景。我们现在这支队伍的特点是出发晚，骑得慢，路上眼珠滴溜溜乱转。我、失常和风子起床当然不会太晚，但龙儿的情况就不是太乐观了。有时我急得围着龙儿的床团团转，龙儿还是能懒一分钟就决不早起六十秒，这让我们总是不能早点儿出发。唉，我总是想起"木桶原理"，木桶装水的多少取决于最短的那块木板。崩溃！然后是吃饭，我们吃饭的速度也不快，再加上我们总是容易陶醉于路上的风景，所以每天几乎总是最后一个到目的地。许多时候需要风子和失常快速向前，去订房间。如此一来，我们就成了川藏路上的后卫部队。不过，这也没有什么，我自信能对付出现的所有情况。

芒康处于川藏南线与滇藏线交会点，地理位置十分重要。从今天起，路上的车友就分成了两大门派：走川藏线的，出发点是成都；走滇藏线的，出发点就比较复杂了，有从昆明出发的，有大理的，有丽江的。这些年，骑行川藏的人最多，但我感觉若只论风景，似乎滇藏更好一点，滇藏有昆明滇池、大理洱海，有玉龙雪山，有丽江古城，有香格里拉（虽然我一直怀疑那里有几分资格被称为香格里拉）。可川藏前一段有什么呢？泸定铁索桥太小了吧？新都桥风光不错，理塘有个长青春科尔寺，海子山风景绝佳，但好像也只有这些了吧？再加上康巴段一直都有的抢劫阴云，我想，还是骑滇藏更理想一点吧。清晨的芒康，行人不多，其中多数还是我们骑车的。正吃饭之时，竟然发现有藏胞赶着一群牛招摇过市，这绝对是内地城市没有的景观。风子吃完得早，然后骑车去银行取钱，回来告诉我们原来芒康的主城区在南边，看来我们没有真正认识芒康啊！回头再看芒康，竟然有一丝留恋，我们匆匆而来，转眼又分别，也许一生就永远告别了这个地方。该出

发了,我又一次回头:芒康,我还会再来的!因为香格里拉,因为滇藏。

今天的任务不是太重。我们打算今天走到澜沧江边的如美,这样就只用翻越海拔4338米的拉乌山。由于芒康本身海拔已经是3875米,所以12公里后就会到拉乌山垭口。从芒康开始,滇藏线消失,汇入了川藏线。两派的人走在一起,大家真正是来自五湖四海,口音五花八门,不得已,队伍之间的交流,官方语言是普通话,甚至到后来遇到个老乡,我突然发现自己不会说河南话了,半天才改成

出芒康不久的青稞地。

了家乡话,嘿嘿。两个不同路线的人汇集在一块儿,大家的话总觉得说不完。川藏线过来的人说折多山翻越累死人,滇藏线上来的人说白马雪山更让人崩溃;滇藏线的人说香格里拉、丽江古城很漂亮;川藏线上的人就讲康定古城的情歌、毛垭大草原上的鲜花……呵呵,但大家都不争论,你说你的,我讲我的,因为我们共同走在去拉萨的路上,我们的心在一起飞扬。人生的路,我们都有不同的选择。回眸一笑,多少风雨,我们已走过。走过了,都是生活。

出芒康，风景不错，龙儿突然对我说他忘了一件事。我吃了一惊，忙问他是什么事。他说他忘了去看看滇藏线。我半天无语，然后告诉儿子："我们会再到芒康的，因为我们还要走滇藏线。"龙儿说："真的？""真的！"我重重地说。三公里左右，水泥路面重新变成了碎石土路。风子、龙儿在前，我和失常在后，慢慢地向拉乌山垭口骑去。坡度不是太大，但海拔不一会儿就升到四千米以上，所以走起来还是很累人的。风子虽然不喜欢和龙儿一起走，但他没有直接说出口，只是尽职尽责地陪着龙儿。以我的眼光来看，风子是一个这个世界已不多见的好孩子。

其实细细品味这一路遇到的人，能骑川藏的，大多都有一颗不甘寂寞的心。有人是因为感觉日常生活太无味，想通过骑川藏来改变生活，但这部分人，回去后会感觉生活更加无味；一部分人是因为遇到如风子一样因为感情等不如意的事来骑川藏，但山河的壮丽，难抵美人一笑，回去后更加思念那个躲不开的心结；有的人是为了出风头，回去炫耀自己骑行川藏，赢得赞叹声一片；也有一部分人是驴友，他们来，就是为了看那片迷人的风景……

快到山顶的时候，风子抄了一点近路，于是龙儿就不愿意顺大路走

跟着风子，龙儿兴奋得不得了。

了，也要抄近路。我只得帮龙儿把自行车搬上去，这里连小路也没有，硬是在草上向上推，四千多的海拔，和平原完全不一样，气喘如牛！风子就更惨了，风子的车后边有驮包，在这么高海拔的地方推不动，只得扛着走，累了个半死。风子上去后，发誓再也不抄近路了！吃一堑，长一智，在青藏高原，你还是老老实实地沿着大路走吧！我原路下来，顺着大路，向着拉乌山垭口冲去。要问川藏线上哪座山最应该改名？众人齐答：拉乌山。改成什么？皆曰：拉鸟山。

拉乌山垭口的海拔牌不是挂在半空中的铁牌，而是设计成了一座水泥碑，这下子可就惨了，水泥标牌被一年又一年的车友们涂得一塌糊涂，涂改得最严重的地方是把拉乌山中的"乌"改成是"鸟"字。于是堂堂的拉乌山就变成了"拉鸟山"，只用签字笔改还不够，有人还带着油漆改。油漆也不过瘾，又不知用什么东西凿，然后像模像样地涂上油漆，拉乌山终于真正变成了拉鸟山！呜呼！拉乌山相对海拔不是太高，属于比较容易骑上来的山，竟然受到如此待遇，令人不得不感叹：这年头，做个好人难，做个好山也难啊！垭口处骑友很多，拍照喧哗人声嘈杂，大家见到龙儿，照例是惊叹，照例是合影留念。龙儿脸上全没有了昨天宗巴拉山的悲伤，取而代之的是如同明星般的笑容。这时竟然又有几个人骑了上来，我们竟然不是最晚的，欧耶，不多见啊！

儿子,你跑哪里去了?

拉乌山下山的路也很特别,先下坡1公里多,再上坡1公里,然后是35公里的大下坡,海拔速降1700米。我们下山的时候,风子在修理刹车,我们也没太在意,以为他下山的时候就如同他一贯的做法,很快就会跟下来。但我们走完小下坡,风子没下来;走完小上坡,他仍然没跟上,搞得我们直嘀咕:这风子被抢了吧?眼见着我们又下了几公里,仍然没有见风子的影子,我们只得停下来,一拨电话,无法接通,只得停下来边吃东西边等待。但龙儿显然不愿吃东西,也不愿停下,执意前行,所以只剩我和失常一起等。终于有车友下来,问之,或曰没注意,或曰在修车……最后终于听一个车友说风子已经修好了车,正在下山,我们方放心下行。

一直是烂路,土路又有一些小石子,幸亏没有多少汽车经过,尘土还不算太大。偶尔有一两个小村庄,菜花正黄。正走之时,远远看到前边围一圈车友,原来这一队有兄弟摔车了,幸亏没受伤。向前一说话,感觉这哥们口音怎么那么熟悉啊?问仙乡何处?答:许昌。晕!他乡遇故知,只是别在摔车时啊。正说话间,风子终于出现,打了个招呼,马上消失在前方。我和失常就随着老乡的队伍继续下行,绕过一个山崖,突然一阵狂风,尘土飞扬,抬头看天,只见乌云不知不觉间已漫上山顶。我暗叫不好,督促大家赶快前进。又行了几公里,雨滴了下来,我仍以为自己有上天照顾,断不会下大雨淋我的,再加上驮包不好向外拿东西,所以给龙儿拿出雨披穿上,我只凑合着穿了个雨衣,没有穿雨裤,等我再次骑上车,龙儿又不见了踪影。谁知老天这次没再给我留情面,暴雨如注,我的裤子立马就湿了,鞋里边也满是雨水。路面很快就变成了小河,红色的泥水顺路向下流动,但因为龙儿还在前边,我也不敢停下,只得继续前行,水流很急,骑起来更是艰险。前边出现了修路的地段,也没有工棚什么的,工人都掀起盖水泥的塑料薄膜蹲在水泥堆边暂时避雨,有些车友也钻了进去,我没有看到龙儿的身影,心里着急,不敢停留,只得继续前行。

澜沧江大桥

前边路窄,正好有一个大拐弯,一辆汽车陷入泥水中,进退两难,路只有一车那么宽,这样一来大家都过不去,只得焦急地等待。路终于通了,我急忙向前追,山底就是险恶的澜沧江,但我不知道离澜沧江还有多远,几乎不敢想象龙儿自己走到澜沧江边的情景,他知道提前减速吗?有人照顾他吗?……只得希望风子能一直陪着他了。可是心中禁不住地忐忑,要知道,以前曾发生过骑友直接骑进澜沧江丢掉性命的事故!但急也没有用,在这种情况下,根本就不可能快速

桥上我的两个"队员"

前进！要说我这个做爸爸的可真够大胆的，这么险恶的路竟然让儿子脱离了我的视线，关键时刻，再次显出了我骑行经验的不足，加上我对前边的道路不熟悉，对龙儿也过于放心，导致他总是失去踪影。现在这个情况，着实让我内心非常紧张。如果龙儿出了意外，我该怎么办呀？

暴雨来得快，走得也快，雨终于变小了，然后慢慢停了，这时远远地看到澜沧江出现在前边。走近了，发现路就在江边向左拐了一个90度的大弯，江边没有栏杆什么的，汹涌的江水就在脚下奔腾而去，河谷深深地下切，端的危险无比！没人掉江里，我长舒了一口气……

左拐之后，下坡就消失了，代之以起伏路面，由于暴雨刚过，后边驮包都是湿漉漉的，所以骑起来感觉很重。还没有骑多远，就看见风子和龙儿正在前边。这一段路就修在江边，一边是深深的澜沧江，一边是高耸的山体，落石很多，走起来很危险，幸亏不远就到了一个村镇，这应该是竹卡，前边不远处，竹卡大桥就横跨在澜沧江上，两岸峡谷对峙，江面波涛汹涌，人若掉下去，断没有生还之理。走过大桥，就到了如美。本来还应该有人在这里查身份证，但现在已没有，现在整个川藏线上，只有金沙江一处还在查，其他的检查站应该都撤了。依我的计划，今天还要再走4公里投宿，但现在全身湿透，并且又下起小雨，只得在如美住下。和风子、失常、龙儿一块儿吃了饭，眼前白云在山腰飘荡，天空仍然时断时续地下着雨。躺在床上，有一个温暖的住处真好！

拉乌山，终于让我经受了一场真正的夏雨，打破了我们雨季骑川藏从来不会遇到大雨的神话。自进入西藏开始，雨水似乎多了起来，自金沙江入藏后，现在回想起来竟然三天都遇到了或大或小的雨，难道开始让我经常淋雨了吗？随着继续向西前进，又会受到印度洋湿润空气的影响，淋雨也会越来越多吧。明天，会是一个什么样的天气……

澜沧江深深下切，让人目眩。

十九
变态觉巴路

[时间：08/01/阴转晴]

如美的早晨，只听见澜沧江水拍击江岸的声音。早饭仍然吃炒饭，这饭早就吃腻了，但没有别的饭，只得凑合着吃了。风子变戏法般地拿出来了三杯奶茶，说昨晚他买了四杯，但自己当时喝了一杯，现在三杯奶茶，他自己一杯，龙儿一杯，剩余最后一杯当然讨好美女了。风子算你狠！这整天"大哥"、"大哥"叫着，关键时候还是顶不上一个美女啊！

吃过早饭，天空仍旧显得有些阴暗，但看起来不妨碍前进，于是决定照常出发。出如美，左拐就踏上了去觉巴山的土石路。觉巴山，海拔不到四千米，但由于澜沧江的海拔太低，觉巴山就显得比较高了。所以，今天要在二十多公里的路程中，爬高一千多米，骑到这一段，令人崩溃。还没有骑多远，风子一反常态下来推车，龙儿马上效仿，没办法，我也只得下来，失常仍然坚持骑着，那速度也不见得能快多少。但我很喜欢这样的山路，因为山高坡陡，路途就较短，虽然骑着很累，但我可以陪着龙儿慢慢推车。反过来我最怕那种几十公里的上坡了，骑车龙儿坚持不下来，推车用的时间又太长。觉巴

骑车的儿子让人感觉很可爱。

山,正好适合龙儿。又向前走了一段,我们就告别澜沧江,告别半山腰的险路,向着另一条山谷行进。山崖陡立,怪石森森,路边的工人正在修路,也许过不了多久,这里就变成了好路,其实整个川藏路烂路正变得越来越少,而没有了烂路,川藏路仿佛就变了些味道,不是那么原始粗犷了。天变晴了,左后方几朵白云还给最高的山峰戴着漂亮的白纱,蓝天已出现在头顶。峰回路转,只见山谷对面一座山把前方堵得严严实实,云雾缭绕之间,公路如带般若隐若现地在山坡盘绕——觉巴山就要到了。

不出我所料,龙儿一见这山势,立刻就泄了气,声明自己没劲了,然后就下车推行。我不理他,独自一人向前。这里其实是一个山谷,我们正走在山谷的右侧,而觉巴山在左侧,分界线是山谷的中央,那里有个小村,山上流下来的溪水穿村而过,骑过了溪流上的小桥,就来到了觉巴山的山脚下。我让失常和风子先走,自己停下来等龙儿,对面的路上,三三两两的人影,哪个是龙儿?我用相机的远焦镜头拉近来看,发现龙儿停在那里休息。有骑友经过他身边,停下来和他说话,但和往日不一样的是,龙儿没有随着别人一起走,仍然停在那里。龙儿在干什么?阳光穿透了云层,天完全晴了,气温很适宜,不急,我慢慢等他。教

育孩子，也许慢火轻煎、小火慢炖效果更好。狂风暴雨般的批评往往会使事情更坏。骑友们过来，问后边的那个孩子是不是我儿子，我说是，他们纷纷赞叹，然后继续前进。好大一会儿，龙儿才慢慢推车过来，我不露声色，告诉他如果实在走不动我们就慢慢推上去。儿子点点头，然后继续前进。其实我在不停地观察儿子，看他是真的没有力量还是心理问题……这是一场意志的较量，是儿子与山路的较量，也是我和儿子心理的较量。儿子虽然仍然爱抱怨，仍然不能把全部的力量投入到骑车上来，但看得出来，他身上发生了悄悄的变化。抱怨的次数慢慢变少了，骑的时间变长了，逐渐懂礼貌了……说实话，儿子的每一点点进步，我都会激动万分。当然，有时也会有暂时的退步，成长的过程中，会有反复，不能急。现在，正是儿子转变的关键时刻。

　　这个世界上，每个人的活法都不一样，我只想让儿子能拥有一个健康的心态。虽然我将来没有多少财产留给龙儿，但我想让他知道，我一直很努力地积极面对生活。儿子，让我们一起努力，去翻过一座座的高山……

　　觉巴山很有意思，"之"字形的上山路，曲折往复，先向左走几公里，再拐回来向右走。先走的人就会到了后走人的头顶。风子和失常早就消失得无影无踪，只剩下我和龙儿慢慢地推着车，间或龙儿会骑上去走一小段，然后仍然是缓慢的推行。天越来越晴，也越来越热。但这种高原上所谓的热，和老家的热还是不一样的，这里的热仍然透着凉爽，可能气温到底没有家里高吧。走了一会儿，龙儿盯着上边看了又看，然后问我："爸，不会我们爬上去后又会回到咱们头顶的路吧？"我承认的确是那样的。龙儿又开始抱怨为什么不把路直接修上去呢？我说直着修汽车能开上去吗？后边的骑友追上我们，说几句鼓励的话，拉着龙儿照几张相，又慢慢地超过我们。

终于，第一层走完了，一层和二层之间，还有四五个小转折，失常发来短信，说第二层很平，我们上去，发现果然如此。这里又有一个小村子，有人向我们呼喊着"扎西德勒"，我们也回应着"扎西德勒"。龙儿欢呼前行。刚走到第二层中间，就看到前面一队人马正在吃东西休息，那些人中还有个女孩子，她一见龙儿，就热情地跟龙儿打招呼，让龙儿停下来休息。龙儿最喜欢人多热闹的地方，所以说什么也不走了。我一看时间的确已到中午，就坐下来吃东西。其实也就是吃在如美商店买的方便面，喝一些从饭店灌的白开水。路边有藏胞引来的山水，我又接了两瓶。失常发短信问我们走到哪里了，我回信说到第二层了。失常又发来短信说她和风子就在第三层，让我喊一声，看能不能听到，我喊了，但是他们听不见。吃过东西后，龙儿很兴奋，想跟着这一群哥哥姐姐们一起骑，但骑到第三层，坡度变大，龙儿的速度就又慢了下来，我让他不要硬跟大部队，还是和我慢慢走吧。龙儿无奈只得同意。陪着龙儿推车，只要龙儿不开口说话，我总是自顾自地沉浸在自己的思想里。人在路上，思想早已不知道跑哪里去了。有时会想起一首歌，就在心中唱着，陶醉于眼前的景、心中的歌。再加上要时刻关注龙儿的情况，所以我几乎没有感觉这一路有多累。也许专心做事从来都不累！走了一会儿，忍不住给失常打了个电话，想问一下她到底距我们有多远。失常问我能不能听到铃铛的声音，我仔细一听，还真有叮叮当当的铃铛声，但是找不到铃铛声是从哪里发出的，应该是牦牛脖子挂着的铃铛吧？但只闻其声，难寻其形。看来失常就在附近，挂断电话，又走了一会儿，就发现失常正在前边等我们。心里一阵激动。

又转过了一个弯，突然看见两个帅哥从路边的松树阴凉处站了起来，我再仔细一看，几乎不敢相信我的眼睛，只见那个帅哥身边有一个白色的小动物趴在地上休息——狗！这狗身上很整洁，明显不是当地跑出来的野狗，竟然有神人带着一只狗走川藏！人们一直传说川藏线上牛人多，至此才知这话不假。走近了，发现风子的自行车也在，风子呢？原来他像猴子一样爬到了一棵松树上玩。带狗的兄弟说一口流利的广东话，明显是广东人。谈话间知道这狗原来是别的车友的，他们在雅江才接手，看着可爱，就一直带着，上坡尽量让它跟跑，下坡就带在驮包里……佩服！佩服！呜呜呜，想我家龙儿以九岁半的年龄走川藏，全国也没有几个吧？但这只小狗，绝对是行走川藏第一狗！两位帅哥带着狗飘然而去，风子紧追，失常相跟而去，我和龙儿仍旧在后边慢慢骑。没想到风子从此中毒，在往后的路上，一直也想捡一只狗带着，后来捡不到，竟然发展成想拐人家的良家狗，呜呼，人心难测啊！

　　正和龙儿慢慢推车，突然从后边来了一辆车，开到了我们前边，慢慢地停了下来，上边下来了几个人，自我介绍是武汉人，自驾游西藏。看到我带一个孩子骑车，很惊奇。问了情况后，很赞叹我的勇敢，更佩服龙儿的坚强，临走又送我们饮料。人家正要走，不想龙儿很不争气地来了句："叔叔，我饿！"车上的人赶紧说："我们也没有带什么吃的，还有一点零食你拿着吃吧……"车走后，我把龙儿好一阵批评，我们出来，代表着河南人的形象，怎么能随便向人要东西吃呢？龙儿也感觉很不好意思，从此再也没有主动向别人讨要过东西。

　　这一段路，松树遮天，景色不错；回望来路，九曲十八弯，山下澜沧如丝带；举头看上边，山顶连着天，不知前路有多远，不知山后边还有多少山。为了转移龙儿注意力，减轻他的疲劳，我仍然用老办法讲故事。这次讲什么呢？不知怎么就扯到了电影《2012》，我给他讲：据说2012年是地球的末日，为了挽救人类，世界上的主要国家共同造了很大很大的避难船，建造的地址传说就在西藏的高山中……龙儿问，就是这里的山吗？我说，谁知道。从此，龙儿一直相信，真有这回事。拐上最后山口，本以为是垭口，但转过去才知道并不是，但也不远了，真正的垭口就在左上方，还有两公里，已经模模糊糊看到先上去的车友了。不过，路，仍然是"之"字形盘旋。可能是因为听故事转移了注意力，龙儿一直在慢慢骑着车，等到最后一二百米时，龙儿感觉累了，一定要推车，我心想

就剩这最后一点路,能坚持骑上去不是可以培养龙儿的耐力吗?但龙儿站在路边一直不表态。垭口的失常也步行下来接他,恰巧这时后边过来一个男生,他也给龙儿做思想工作。失常也动员龙儿骑上去。终于,龙儿被说动了,骑上车,在我的呐喊声中,冲上了觉巴山垭口!胜利了!虽然速度慢,但龙儿征服了川藏路据说最变态的觉巴山!我心中很高兴,冲口就对龙儿说:"今天你表现得很好,别累着,明天要翻川藏路上第一座五千米以上的山,如果不行,就让你搭车。"谁知就这句话,酿成大祸。龙儿第二天就不愿骑了,不得已,让他搭车了。此为后话,暂且不提。觉巴山垭口修了一个观景台,站在台上,竟然还能看到远处的如美,敢情我们一直在上升,其实直线距离并不远。今天我们不是最晚上来的,当然可能有部分兄弟是一天连骑拉乌和觉巴两座大山。没待多久,看天又要像将要下雨的样子,就赶紧下山。下山的路比上山的路好很多,放起坡来很是惬意,风子放坡照例我们是追不上的。龙儿也是特别喜欢下坡,往往速度比我还快,我大多数情况会让他跟在我后边,有时会大胆让他自己走一会儿,幸喜一直没有出什么事。路边不时出现落下来的石头,让人时刻害怕会不会有石头刚好砸头上。走过十几公里的下坡路后,前边又出现了一些起伏,龙儿又开始抱怨。于是我赶快前行,落得耳根清净。

不多时,今天第一个住宿地出现了——登巴村眉山食宿店。这个地方在网上很有名气,以前主要招待汽车司机,现在以骑友为主要客源。假如不住在这里，需要前行 14 公里，到达荣许兵站附近。优点是明天翻东达山路程近了，缺点是从登巴到荣许都是缓上坡。我考虑了一下，以龙儿的状态，还是住下吧。和风子失常刚找好房间，天就下起雨来（难道上天又开始庇护我们），那些前行的兄弟，可能又要淋雨了……正在往房间里放行李，一个车友过来，原来他听说一个爸爸带着自己九岁多的孩子骑车，要过来认识一下。这位兄弟三十岁左右，他看我们正在忙，就说晚饭后再谈。看来龙儿还真是比他老爸有名气！

晚饭依然是米饭炒菜，失常还要了一个白菜汤，端上来是一大盆，喝到最后也没有喝完。饭后回房间，那个朋友果然过来了，我们两个相谈甚欢，原来他老家也是许昌的，大学毕业后在广东工作。既然是老乡，干吗还用普通话？那说家乡话吧！但我突然就发现我竟然不会说家乡话了，过了五六分钟才算是重新适应了自己的家乡话。我们相约将来家乡再见，但登巴一别，至今再也未见。龙儿拿着手机玩了一会儿游戏，后来就睡了。今天他的表现还算合格。

二十

偷懒的儿子伤不起

[时间：08 / 02 / 阴有小雨]

登巴是夹在觉巴山和东达山之间的一个小村庄。当然，也许，在青藏高原它可以算得上是一个镇。觉巴山以路曲变态闻名，东达山则是川藏路上需要翻越的第一座五千米以上的高山。五千米的高山，到底会有多难？我不知道。因为我没有经验。但我相信龙儿一定要给我制造点麻烦。因为，这种事我总有预感。

早饭依然是炒饭，正在吃的时候，去结账的风子回头对龙儿喊道："老板不要你的饭钱了！"然后老板又送给龙儿一瓶饮料，心中一阵感动，龙儿又受到优待了。只是龙儿显然不知什么是感恩图报，那份炒饭吃了一点就放下不吃了（也难怪，天天吃这个，没几个不腻的），我心想这要扔桌子上既不礼貌也太浪费了，于是就包起来放在了驮包里面。又在饭店买了些饼干什么的当午餐，我们就出发了。出登巴，路就缓慢向上。没过多久，就遇到了修路的工人，他们在山下搅拌石子和水泥，再拉上山去。不久的将来，这段川藏路上最后一段烂路，就会变成坦途。路虽是上坡，但完全可以骑行，至少我是这样认为的，可惜龙儿不这样认为。龙儿没走多远，就下来推车。我问他怎么回事，他回答说："爸，我实在没劲儿了，让我搭车吧……"

我说："这刚出发就搭车？不太好吧！"

龙儿说："昨天你在觉巴山上可是答应我今天搭车的啊！"

有吗？没有吗？我记得当时说的可是明天你没劲儿可以搭车呀！

"对呀，现在我没劲儿了。"我晕！儿子啊！儿子！我算服了你！天有些阴，但山色青青，河水甚清，可惜我身边有一个懒惰的龙儿。我百般引诱，这家伙的立场比革命前辈还坚定。说话要算数！好吧，我认输！我对儿子说："搭车也可以，但现在不行，因为没有车。只能等到10点以后才有车。"儿子问："为什么？""因为能搭的车，近的要从如美出发，他们要翻越觉巴山，没有两小时追不上我们，远的要从芒康出发，要等到很久才能追上我们。"龙儿无

奈，只得重新骑车。可是人如果没有奋斗的精神，那身体会很快失去斗志的，很快龙儿就用起了绝招"推车神功"。明明坡度很缓的地方，也一定要推，速度只有每小时不到三公里。失常、风子眼看着这种情况也很无语，我只得让他们先走一步，我在后边慢慢陪着他，边推车边想办法。走了一段，我感觉这样不行啊，儿子明显不是没有力气，而是精神上不想骑了。几次都想发脾气，但想一下，总不能一辈子都在孩子面前凶巴巴的吧？再说，谁让我一激动就乱说话呢？那好吧，说话算数，搭车！我们边走边回头向后看，过了一个工地，来了一辆，伸手，人家走了。等一会儿，又有一辆越野车，"皖"字开头，安徽的车，我一伸手，车靠边就停下了，上边一男一女，看起来都四十多岁，看穿着不像是游客。那个男司机和气地问我干什么，我说孩子走不动了，想搭一下车，到左贡。（我本意是想把儿子向前拉一二十公里就行，心中还想着这是第一座五千米的山，不想让他错过。但一想他不争气，就赌气说一直拉到今天的目的地左贡。）那人犹豫了一下，说我们是前边工地上的，就向前走十公里左右。我说十公里就十公里吧。于是，我拿出来工具想把龙儿的自行车前轮拆下来，怕车里放不下，但组合工具特别不给力，半天也没有拆下来。只得硬塞，还真塞进去了。临走我问了句："在工地干什么呢？"对方答："承包工程。"哦，原来还是一个老板。我又问："安徽这么远，为什么跑这里搞工程？"那个男的有点黯然地说："这不都为了生活嘛。"车开走了，我站在那里回味良久，是啊，虽然我们选择的生活道路不一样，但我们每个人都何尝不是为了生活……

东达山的路，感觉不是太陡。离开龙儿，我的速度立马上来，前方十公里，应该就是昨天的备选住宿地荣许兵站。道路曲折回转，我慢慢地超过了几个车友，嘿嘿，心里挺有成就感。夏季的川藏路，骑行者最多的是年轻大学生；稍大一点的又以教师为多。这些敢走川藏路的年轻人，应该属于大学生里边比较有勇气的人，但真正走起来，不知是不是他们疏于锻炼，好像他们还比不过我这个马上要奔四的人。我一直在想是我太强，还是他们太弱？天上又飘下了几丝雨，我抬头看看天，几片阴云，也不知道今天老天到底心中想的是什么？刚刚超过荣许兵站，就见前边堵了许多车。原来前边一段武警正在铺柏油修路，机动车都无法通行，但自行车可以过去。对面也聚了许多人和车，我提着自行车来到对面路上，在人群中看到了等我的风子、失常和龙儿。我过来的时候，龙儿正抱着风子的腿，仰头带着一脸贼笑问："风子叔，我姑姑长得好不好看？"（还是很庄重的普通话）风子说："好看啊。"龙儿："那你喜不喜欢我姑姑？"风子看起来很无奈："喜欢啊。"龙儿大声奸笑，跑过来对失常说："呀！风子叔说他喜欢你，你喜欢他吗？"这个问题太过于敏感，失常哭笑不得，风子一脸尴尬。我赶紧过去呵斥龙儿给他们解围。可怜的风子同学，一路上帮助我们，还要忍受龙儿的调戏。不过，现在的小孩子似乎太成熟了一点吧？！龙儿在家喜欢看《蜡笔小新》，果然现在走火入魔了。

说话间被堵着的人过来问龙儿要骑车去哪里，龙儿说去拉萨。引起一阵惊叹，顿时"长枪短炮"对准龙儿一阵猛拍，龙儿受此刺激，一兴奋骑上车走了好一段。但好景不长，龙儿又变回为偷奸耍赖的孩子。我让失常去追赶风子，我陪龙儿慢慢骑，失常很快消失在前边。我问龙儿："那个叔叔把你拉到哪里让你下车了？""就在修路的地方附近。"龙儿回答。龙儿边回答边不停地向后看，我问看什么，龙儿说修路的地方那边有个警车，是去左贡的，上边的警察叔叔说愿意把他拉到左贡。晕！看来今天龙儿要把搭车进行到底呀！警车一直没有来，其他车也没有一辆，可能是路一直没修通。

龙儿就又泄气了，又下来推车。说实在的，虽然东达山是川藏路上第一座五千米的山，可是坡很缓的。但龙儿不管这些，就是平路也蹭着推车。我又气又急，但毫无办法，就这样，大约一个多小时，我们走的路连五公里也没有。倒是路上的车友慢慢地都超过了我们。空荡荡的318国道，只剩下一个想偷懒的孩子，还有一个无可奈何的爸爸。终于，后边慢慢有车上来了，龙儿的眼开始放光了，但他期盼的警车却一直也没有出现。正失望之时，一辆车超过我们又停了下来。那时我心中正在生气，一直没注意后边来的是什么车。车里的人一伸头，这下我认出来，就是上午那个安徽人。"孩子怎么样？"他问。我无奈地说："还是不行。"他毫不犹豫地说："那还是上车吧！"好吧，无奈的我只得把龙儿的车重新塞进越野车。这时我才发现车内就剩司机一个人了，那位大姐肯定留工地上了。车绝尘而去。一丝失落的情绪慢慢弥漫起来，看来下一步要重点训练儿子不言弃的奋斗精神了。孩子的成长不是一帆风顺的，培养孩子也不是一蹴而就的，慢慢来吧。

我现在成了今天这段路的绝对后卫。我计算了一下，从出发到现在大约已经走了二十公里左右，再有十九公里左右才能到东达山垭口。儿子的问题已经解决了，所以我一点也不担心余下的路，可是儿子今天的表现，还是令我很生气。我只有把气撒到自行车上，脚拼命地踩踏，累得气喘吁吁。但这里的海拔已接近五千米，速度也并不是太快。路这时还拐了个"S"形的向上的弯，我对自己说，不能便宜了自己，上到坡顶才能休息。给自己加油鼓劲使劲往上冲。到了坡顶，只见路沿着河岸边的山崖形成了一个弧，我又对自己说，骑过这段弧才能歇。但是每走一米都很困难，车和路面仿佛黏在了一起，好不容易，走到了弧的尽头，再一看，还不是最高点。我如同折磨仇人似的对自己下命令：冲上最高点！我被自己逼得都快哭了。算了，冲上去！地球的引力突然加大了，我甚至喘不过气来。一瞬间，我想到我可能会死在这座山上，死在这条路上。但我没死，仍然活着骑到了坡顶！这的确是这一段路的最高点，前边是一段平路。向路边一看，失常和风子正坐在路基下边背风的草地上吃东西呢。我把车扔在路边，走到他们附近坐下，许久才平静下来。这是一片挺大的草地，远方下陷成沟，溪水穿沟而下。失常拿过来饼干，我突然想到，今天早上在眉山食宿店，老板请龙儿吃免费的蛋炒饭。于是我去车边翻出了炒饭，慢慢地吃着，但许久也没有吃完。没办法，还是要扔掉。扔哪里呢？最后想到扔进了河里喂鱼。我走到沟边，用力向溪流扔去，但包饭的塑料袋恰巧就落在了水边，好吧，好事做到底，我又下到沟底把饭认真地倒在水中，完了后突然想到，这样冰冷湍急的水中会有鱼生存吗？阿弥陀佛，我心本向佛，奈何无机缘，善哉，善哉！

坐的时间一长，感觉身上的汗消下去了，冰冷冰冷的。失常和风子也冻得发抖，高海拔，不可久留，我们添了件衣服，骑车继续前进。骑起来身上暖了一点，好受多了。太阳出来了，又感觉很热，正在犹豫是否要脱掉一件衣服时，只见仿佛前边就是路的终点。一座山挡在路的尽头，山上有"之"字形的路，难道那就是最后六公里上山路？但怎么看也没有六公里远呀？走到尽头，才发现，山谷转向左侧，向左那条路才是真正的最后六公里。

五千米海拔的东达山，貌似很好走，至少到现在我都感觉很平常。东达山又以路烂闻名，但这个恶名恐怕马上就能去掉，因为眼前有许多的工人和车辆，正在整理路基，看来离铺柏油不远了。这里海拔太高，山顶变得极为荒芜，几乎寸草不生，但在风蚀作用下，黄沙满山都是，修路绝不缺沙。传说这座山一年中只有一个月不下雪。哥冷笑了一声：川藏线不过如此，连"高反"都不敢找我。上帝如来老天爷肯定都听到了，我耳边响起了一声轻轻的冷笑，于是，起风了，还是逆风。光有逆风还不够，还飘起了小雨。我们穿起了雨衣，雨倒一直没下大，但在五千米附近逆风骑车，我才算彻底知道要让轮子转起来是多么不容易的一件事。风子首先受不了，开始推车；我拼命地骑了一段，也开始了推车；只有失常，还在努力地骑，让她下来推，她说自己不擅长推车，推着比骑着还累。罢了，哥什么都擅长，我骑一段，推一段。天又变冷了，幸亏刚才没脱掉衣服，现在加上雨衣，身上倒是不冷。每次开始上车，我都给自己定个目标：前边某个石头，某个山崖，某个汽车……但定的目标离我越来越近，到了后来，一次就给自己定二百米左右。然后就不时盯着码表看，此时码表仿佛也不会走了。往往努力

回首东达山这最后几公里路……

艰难推车的失常

了半天，码表上的数字才增加了 0.1，太艰难了！逆风爬东达，累得直咬牙，失常终于开始推车了，自从过了金沙江，失常就已经进化得不像一个女孩子了，爬起坡来总是连一般的男生都追不上，现在她都开始推车，那真是到了最艰难的时刻了。风子落在了后边，开始还以为是他没有劲儿了，但有一次看到他似乎在偷偷抹眼泪。顿时，作为一个过来人，我能感觉到发生什么事了！听说风子在家有个特别有感觉的女朋友，但后来……唉，只要想到这些，风子都会伤心，今天又遇到这变态的风雨东达山，自然就更伤心欲绝。算了，就让风子一个人在后边慢慢感伤吧。自骑川藏以来，这是最为艰难的一段，超过当时爬海子山的难度。好不容易走到了离垭口大约二三百米的地方，我们再也走不动了，停下来做最后的休整。刚好临路边有一片平整的水泥护墙，上边被车友写满了标语，我们也在上边题词留念，然后一起最后冲锋。就剩最后二三百米了，无论如何也不能再停下来了。当心脏感觉受不了的时候，当肺不够用时，当感觉自己就要挂的时候，路向右侧一转，垭口到了！只见一面大铁牌高高耸立，上边的"5008

米"格外引人注目。这是我到目前为止达到的最高海拔。山口太冷,不可久停,照过相后,我们立即下撤。下山是风子的绝招,他化作光与电,刷的一声就没影了。我和失常仍然是以三十多公里的时速下山。过了东达山垭口,路仍然没铺柏油,然而路基已经基本整修完毕,将来再走的兄弟,走着肯定是一种享受。我正在胡思乱想,突然听到前边的失常啊的大叫一声。我一看,上帝啊,失常摔车了!我赶快加速骑到她跟前,只见车扔在地上,失常被摔在车前,抱着腿躺在地上。虽然没有说疼,但眼中泪花在闪。我当时头就大了。川藏路上最怕摔车,因为速度快,摔下去轻则骑行宣告结束,住进医院,重则有生命危险。我停下车,扑过去问:"摔到哪里了?重不重?"失常话没说出来,泪水先流出来了。我再问,她想张嘴但说不出话来,我头轰地响了一声,难道伤到内脏了?失常终于能说话了。"我也不知道,摔到小腿了,只是感觉疼!"失常有气无力地回答。她挽起裤腿,只见小腿前面有几个被挤出来的坑,深可见骨。但创面很小,几乎没有出血,应该是被自行车的某部分突出物给撞的。失常说可能摔到地上时被副把碰着了。我按压了一下周围,失常都说没事。我长出了一口气,看来不是骨折。

我突然想到去年车友嘟嘟在滇藏路上撞到路边护栏,起先感觉没事,不久就因内出血死亡。于是马上让失常按压自己的内脏部位。她按了一会儿,说感觉没事。我不放心,又让她仔细按了一遍,她做完后仍然说没有异常。我算是基本放下心来。我拿出药给失常敷上,然后搀着她慢慢试着站起来,还好,

她还能走。这时我才注意到,失常摔车的地方,是一片平整的土路,有点滑。失常可能是因为走到这里没有控制好车把才摔车的。但正因为这里是土路面,有一定的弹性,才没有造成更严重的后果。失常又走了一会儿,感觉可以继续骑了。然后我们重新上车,只是这可怜的孩子再也不敢像从前那样总是骑我前边了,只敢小心翼翼地跟在我后边骑。内出血往往没有异常,但如果发作直接就有了生命危险,所以我仍然提心吊胆的,生怕失常突然栽下车去。骑了七八公里,她仍然没有什么反常,我才暗暗地舒了口气。

路上仍然有许多修路的人,不过已不是普通的修路工人了,而是换成了武警。路在一面山坡上缓慢地盘绕而下,白云就在头顶不远处飘动。气温不高,有点冷,走了一二十公里,我就感觉自己的手冻得捏不住刹车了。只得停下,暖一下手再走。这是我第一次感觉手被冻僵。我皮粗肉厚,一般情况下不会感觉到冷。失常停在我后边,我问她感觉怎么样,她说没事了。谢天谢地!失常脸上也慢慢有了那种惊吓之后安然无恙的微笑。龙儿打来电话,说他早已到了左贡,那位伯伯修车去了,让他自己先玩着,我放下心来。到了东达山下,路突然变成了上佳的水泥路面,这下好了,骑起来很是舒服。接近左贡,路开始沿着一条河逆流而上,但坡度并不是很大。前边出现了一座寸草不生的石山,这山看着不一般,山色黛青,给人的感觉不是荒凉,而是透着一股神圣。路就在河和山之间修建,路面上不时出现不知什么时候掉落的碎石。河的名称是玉曲,山是著名的珠然神山。绕过珠然神山,远远看到左贡城就在玉曲岸边。

在街头找到了风子,他告诉我们一个不好的消息,由于人太多,比较好的住宿地已经没有房间了。我们不死心,又在左贡东奔西跑找了许久,无奈真的找不到好的地方了。其实我们的条件也不高,只要求能洗澡,能有个洗衣的地方,可惜这种地方住满了人。在找旅店的时候,龙儿又借别人的手机给我打电话,说他和一群骑车的叔叔们在一起,正在吃饭。我让他吃过饭赶快打电话找我。我一点也不担心,现在走川藏的很多人都知道有个九岁多的小朋友,龙儿走到哪里都有人照顾。有时我也乐得让他去和别人接触,锻炼一下自己。打完电话,我和风子、失常仍然想再碰一下运气，这时，一群明显是车友的人在街头游玩，一见我们，马上就问："龙儿呢？"我其实不知道在哪里见过他们，但出于礼貌，马上说："龙儿和一群叔叔们玩去了。"其中的一个男生说："咱们还是老乡呢，我是禹州的。"他又指着旁边的一个男生说："他是许昌县的。"他乡遇亲人啊！但我们没有找到住的地方，只得匆匆分别。临走之时，那个男生又指着队中的一个女孩子说："这是我们的十三妹。"那个女孩儿看我看她马上挺了挺胸，一副很坚强的样子。我心说，为什么称她是十三妹呢？难道她十三岁吗？后来，慢慢知道，她的确只有十三岁，跟爸爸一起骑川藏，但她爸爸比我还大胆，每天只管自己骑得很快，十三妹只得跟着这群哥哥们骑。与十三妹只有这一面之缘，从此再也没能见到她，虽然可能一直在路上间隔不远，但一直没能再看到这小姑娘在路上的表现。找来找去，仍然没有理想的住处，我又见到了让龙儿搭车的那位大哥，他告诉我他那里还有一张床，如果实在没地方，就去他那里住。我说还有两个大人呢，只得作罢。他交代说随时可以让龙儿去找他取自行车，然后挥手告别。这位好心的大哥，帮我拉龙儿那么远，但想来惭愧，我连一瓶饮料也没有请过他，多好的一个人啊！

后来只得找一个旅馆凑合着住下。这个旅馆前边卖饭，我让风子和失常先报饭菜，我去取钱兼接龙儿。左贡的警察坐在有透明玻璃的房间内，直面街头，感觉很安全。钱很快就取到了，但龙儿一直没出现，肚子很饿。等我们回到饭店，失常和风子已等得很着急了。龙儿本来说他吃饱了，但听说这个饭店里有汤圆，就和失常一人要了一碗。饭后失常躺在床上，腿疼得受不了。问她别的地方疼不疼，她说别的地方没有异常。只是腿疼，那没有太大的问题。龙儿和风子聊得火热，后来嚷着要和风子睡一个床，但最终被我叫了过来。虽然失常没有内伤，但看来腿部受伤不轻，明天走不走呢？思想斗争了许久，我仍然犹豫不决。算了，睡觉！

二十一
偷得浮生半日闲
[时间：08 / 03 / 晴]

早晨起来，细细品味左贡。左贡是一座小城。站在街头，能不费力地从城东看到城西。左贡给人的最大感觉是舒适。人们的生活少了些许喧嚣，多了一些安闲。但细细想来，芒康街头好似也很静呀，为什么我没有那种心情舒适的感觉呢？想来想去，我认为应该是左贡背后有一座神圣的珠然神山。

> 那一世
> 我转山转水转佛塔啊
> 不为修来世
> 只为途中与你相见
> ——仓央嘉措

藏族人虔信佛教。藏传佛教宣扬今世苦，来世福，所以大多数藏族人都会去转山，这是一件大工程。藏传佛教认为，转山一圈就可以清洗以往的罪孽，转十圈死后不用堕入地狱，转一百零八圈就得道成佛。珠然神山并不是太大，其东边部分就是一块超级大的石头，上边寸草不生，但给人的感觉不是荒芜，是什么呢？是圣洁。反正我对着珠然神山就是这种感觉。眺望珠然神山，仿佛不沾染一点尘世的喧嚣，让人脱俗，让人忘忧，然而忘不掉的是我们只是路过的行者，今日有缘相见，明天匆匆而别。

吃过早饭，我和风子、失常商讨下一步的方案。风子坚持趁天气晴好继续前行；失常昨天摔了一跤，虽然不是太严重，但疼了一夜，所以想休整一天；我则倾向于把这段时间攒下的脏衣服洗一洗，因此支持留下。我们谁也没有说服谁，于是风子自己单独出发，去下一站邦达；我和失常留下。唉，看着风子消失在远方，心中不是滋味，我们这个小队，好不容易走到这里，终于又要分开了。龙儿左右为难，他一方面想跟着风子，另一方面又想歇一天。可是，他没有决定权，只得随着我留下。风子走后，我和失常做的第一件事，就是重新找了一家旅店，这个地方是骑友到了左贡住宿的第一选择，可惜昨天我们晚了一点，没能住进去。

这时车友们走得都差不多了，有很多的房间。龙儿直接把我领到昨晚请他吃饭那个叔叔住过的房间，一定要住进去。然后洗衣服，洗澡，这个时候没人争也不需要排队，最后老板还用高压水枪把我们的自行车冲得甚是干净，心里那个爽啊。至于龙儿，他打开电视，里边正演《篮球火》，这个电视剧龙儿曾疯狂地喜欢过，现在似乎有他乡遇故知的喜悦，他立刻沉迷到电视中了。

洗过的衣服挂在院子里面，阳光明丽地照晒着，仿佛每个毛孔都感觉变干净了。午后没事，我们随便去街头转了转，买了半斤猪头肉，30元一斤，挺贵的。然后到超市买些饼干等东西，龙儿拿着给他买的火腿肠，撕开后，把火腿肠凑到我嘴边："爸爸，吃一口？"我装着很讨厌的样子说："不吃，最不喜欢吃……"话没说完，就被龙儿用火腿肠塞住了嘴："爸，早识破你的谎言了！吃吧！"心中一阵感动，儿子真的在慢慢长大。回想在家时他总以自我为中心，现在竟然知道分享了，我心中很欣慰。

二十二
风雨交加邦达路
[时间:08/04/雨转晴]

　　今天的目标是邦达，103公里，不翻山。这一段时间，几乎天天都要翻山，突然不翻山了，幸福的感觉赶都赶不走。但我一打开房门就知道坏了，外边黑云在天，飘着小雨。早知这样，昨天就应该和风子一块儿走了。吃过饭，天仍旧阴沉着，小雨也时断时续地飘着，但一直没有下大。没办法，我们必须出发。今天的路沿着一条河前进，河有一个美丽的名字，叫玉曲。这本是一段非常美丽宜人的骑行路段，但因为下雨，一切都模糊起来，虽添一份朦胧，到底不如晴天。更糟的是，高原之上，只要一下雨，就令人感觉很寒冷，儿子遇到这种情况就吃不消。出左贡转过一个山头，是一小段烂路，路面布满迷人的酒窝——泥坑，幸亏这样的路并不长。走过这段烂路，车轮下是不错的公路。

玉带般的玉曲在身边轻缓地飘动，河边绿草茵茵，如果是晴天，该是多么令人享受的一段路啊！都有点嫉妒风子了，这小子昨天走起来，暖阳高照，和风吹拂，该是如何的惬意啊！唉，真是人算不如天算啊！不过对比别人在同样的季节走川藏淋雨的次数来说，我们淋雨的次数屈指可数，没什么可抱怨的。上帝佛祖众神虽然都照顾我们，但也不能让他们太为难了。走过一小村庄，雨几乎停了，前边有几个藏族小朋友在玩耍，其中一个还骑着一辆除了车铃不响什么都响的自行车。他们看见竟然出现了一个骑着自行车的小孩儿，先是一愣，接着那个骑自行车的小家伙就跟着龙儿骑了起来。龙儿也兴奋起来，他以为人家要和他比赛，所以立马就用力地踩起来；那个小孩儿可能本来只为了好奇，想和龙儿亲近一下，这一看龙儿想和他赛车，于是也拼命地向前冲起来……胜负从一开始就失去了悬念，当龙儿甩掉了那个藏族小朋友，对着后边追上来的我得意地炫耀自己的胜利时，我忍不住说："儿子，你看看你骑的是什么车？人家骑的是什么车？"龙儿不服气地说："他们从小就生活在高原上，早已适应了这里的情况，我可是从平原来的啊！"仔细想想，龙儿说得也不是没有一点道理。龙儿从没有上过高原，第一次就来到了这号称"世界屋脊"的青藏高原。来到高原，有多少人因为"高反"等原因半途而废，但龙儿一直在坚持。想起这些，我都为龙儿骄傲。在路上，龙儿虽然哭过，但从没有说过"咱们回家"这样的话。自从折多山发生过一次"高反"，龙儿再也没有表现出对高原的一丝不适，可见龙儿对高原还是有很强的适应能力的。但这一场比赛，终究胜之不武啊！

　　龙儿因为我对他的胜利没有欢呼而不再理我。于是老天爷也因为我的冷漠生气了，他拿出来了折磨我们的手段——雨。雨一下，气温更低了，我不得不让龙儿停下来，从驮包里翻出来一件厚一点的衣服让他穿在雨衣里边。又骑了一会儿，龙儿又说手冷，我赶快又从驮包里找出两双手套，一双让儿子戴上，一双备用。至于我自己，感觉这样的气温仍在可承受的范围之内。我的驮包是用旧邮包代替的，捆扎一番非常地费时间，一来二去，一起出发的失常就不见了踪影。

　　骑上又没一会儿，龙儿就说手套不保暖，仍是冷。我知道是怎么回事，都怪我出发之前舍不得买皮手套，就拿了几双线手套来凑合。线手套的最大缺点是遇雨不防水，很快就湿透，然后感觉更冷。我拿出备用的手套让龙儿换上，可是根本治标不治本，因为马上又会被淋湿的。可是我也没有其他的办法。由于冷，身体不想动，所以龙儿的速度一直快不起来；但速度加不上去，身体产生不了更多的热量，就会感觉更冷。我知道龙儿今天不是在耍赖，那是真冷！连我都感觉有点冷，小孩子皮娇肉嫩，当然感觉更冷。好不容易骑上一个坡，竟然发现失常在那里等我们！这样的天骑川藏，本来就是折磨，更何况站在风雨中等待？失常已冻得说话都不利索了。我一看，这哪儿行？赶紧让她先走，别管我们了，一起陪着受冷也不是办法。失常无奈，只得先走了。我自己陪着儿子，在路上进行着这原本不在计划内的"川藏苦旅"。

龙儿先是感觉着手冷，然后是脸被冻得发白，甚至嘴唇也发紫了。在高原上最怕感冒，因为可能会导致可怕的脑水肿或肺水肿，龙儿虽然走川藏以来一直没有感冒，但今天这恶劣的天气，保不准就会感冒，这种顾虑让我忧心忡忡，心情非常不好，脸上也没有了笑容。龙儿看我这个样子，走得更为辛苦，但速度仍然不快。又过了快一个小时，情况仍然没有任何改善，我和儿子商量之后，决定搭车。然后我们一起站在路边等车，但也许是天气不好，自驾车也很少，难道天意让龙儿继续骑下去？正胡思乱想，从后边来了一辆车。我一伸手，车靠边停了下来。（都说川藏路上不容易搭车，但我已经多少次很轻易地拦下了车？）我上前一看，车内两男一女，都是内地人。我对司机说想搭车，那个司机很明显是来西藏旅游的，他很为难地说，人坐上去没问题，但两辆自行车没办法处理。我对他说，我不搭，只要让孩子搭上就行。那个司机兄弟说，孩子的自行车怎么办？我对他说，可以塞进车的后边，路上已经这样做过了。那就没什么问题了，车上的另一个男孩就赶快下来帮忙，我一问，原来他是徒步一族的，也是搭车的；另外两个是来旅游的小夫妻。自行车被塞进了越野车的后边，那位司机朋友说，最多只能拉到邦达，我说我们今天就是到邦达的，但只用拉到前边，遇到孩子的姑姑就让他下来。我当时只想着拉到邦达没有人接应，如果是晴天，尽可让龙儿在那里边玩边等，但现在是雨天，没个地方可不行，所以当时想让儿子追上前边的失常，然后找个饭

玉曲河,我曾经来过。

店,在里边吃点东西,暖暖身体。车刚一走,我就给失常发短信,让她接到龙儿后,找个地方先停停。失常马上就回过来短信,说可以让龙儿一直搭到邦达,因为风子今天在邦达没有走。晕,看来和风子的确有缘啊,我们又能在一起骑了。我马上回信,见到汽车后,让龙儿搭到邦达。

风雨中赶路的失常

龙儿走后,眼前的风雨仿佛小了,也似乎不是那么冷了。我又一次独行在川藏路上,一个人的川藏路真好,不用等什么人,不用刻意去计较自己的速度。前边出现了一个村庄,但走近了,没有什么可休息的地方。失常发来短信,她已让龙儿直接去了邦达,风子会在那里等他。她在K3632的田妥镇等我。我看了一下路边的里程碑,还有四五公里左右。十分钟后我带着一阵寒气冲进了田妥镇,马上就看到了失常停靠在一个饭店门口的自行车。我把自行车放好走了进去。饭店内有两个藏族人在吃饭,失常则挨着电暖器在取暖。电暖器这种家里冬季里用的东西,西藏竟然夏天也要用。看到我进来,店老板赶紧让我也坐在电暖器前暖和一下。这样的天气,围着个电暖器,真是一个不错的选择。

失常问我吃什么饭，这个时候才 12 点左右，吃饭的确早了一点，但吃点饭暖暖身子的念头让人不能拒绝，我说随便。然后失常去问了一下都有什么饭，回来告诉我报了刀削面。我不置可否，说实在的，川藏路上的面，我已没多大兴趣了。水煮的挂面，那个滋味谁吃谁知道，真难吃。可是不知道为什么这个饭店还给面起了一个像内地一样的名字"刀削面"，难道还真像内地一样是用刀削出来面片吗？肯定又是一碗挂面。我轻轻地笑了一下，这一路我已经被这种面坑

两个疯狂赶路的帅哥

够了，再被坑一下也无所谓，不吃这种面还有别的选择吗？知足吧！面熟了，冒着热气被放到了我和失常的面前。我大吃一惊，那形状一看就知道不是挂面，而是真的用刀削出来的。味道呢？我尝了一口，老天爷，真的是正宗刀削面的滋味！这也是我在川藏路上，吃到的最正宗的面，以后包括在拉萨，都没有吃到这么好吃的面了。

吃完以后，我和失常都很犹豫，因为都想再吃一碗，但基本上已经饱了，良久只得作罢。正要走，后边又来了几个吃饭的车友，可是我来的时候没见他们呀？他们也不可能是落在我后边的，因为龙儿在路上的速度可是够慢的了，一问，原来他们太冷，就在前边那个村子旁边的桥下燃起一堆火，一直在烤火。他们问我们都有什么吃的，我们赶快告诉他们，我们吃的是刀削面，味道非常不错。说完，就告别这几个车友，又继续前行。雨小了一些。路仍然起伏不定，但坡度一直不大。吃过饭之后，感觉也不是太冷了。然后我和失常一直用较快的速

度行进，不久就追上一群车友，他们速度很快，其中有两个想和我们比赛一下。不用牵挂龙儿，我的争胜心也被激发了出来。我和失常一路狂奔，最后我第一个骑到了几公里外的一个坡顶。后边的哥们说大哥我服了你了，没想到你们这么厉害！原来他们这一路上天天超人无数，今天本想轻易地就甩掉我们，因为他们看失常是一女生，而我已是人到中年，谁知我们两个竟是表面看不出的变态狂。嘿嘿，其实我都有些上气不接下气了。年轻真令人羡慕，至少身上有用不完的力气……

又走了一个多小时，我看到一村名：田妥村。于是我就迷茫了，原来这个地方两个村都叫田妥，只是我们吃饭的那个地方叫田妥镇，这里叫田妥村。说实话，田妥镇没有田妥村繁华。出了田妥村，过了一个桥，我们就从玉曲河的右侧转到了她的左侧。自田妥村至阿四村，是极美的河套风光，如果在新都桥留有遗憾的话，在这里可以得到补偿。玉曲两岸，山色轻柔，菜花飘黄；河清如带，牦牛在岗，的确是一幅令人欣赏的画卷。可是比起新都桥前边的风光，窃以为还是差了一点点。走过了今天的路，川藏南线里程上已过去了一半，但难度上更已过半。现在已经身处青藏高原，虽然里程只走了一半，但剩下的路，要好走得多。最起码要翻的高山只剩下业拉山、安久拉山、色季拉山和米拉山四座了。拉萨，我们离你越来越近了！可是，我又怕走到拉萨，走到了就意味着，要结束这种在路上的日子了。我喜欢这种在路上的感觉。

到下午6点，只剩下十几公里的路了，雨基本停止了。突然想起早晨从左贡出发时准备的午饭还没有吃，于是让失常停下来，一起吃掉它，总不能再带到邦达吧？山风仍然不小，感觉身上的衣服勉强能挡得住寒意。在冷风中吃着大饼，喝着昨天剩下的酒，给路过的兄弟喝声彩，顿觉天地开阔，雄心犹存。

吃过饭，向前冲了几公里，天竟然晴了，一股暖意慢慢升了起来。我和失常看到这种情况，不约而同地慢了下来，反正快到了，不急。左贡据称是藏东强县，路修得没话说，并且连路边都栽种着不知名的花，是大名鼎鼎的格桑花吗？

采花高原上。

不知道。还有4公里时,风子发来短信,问还有多久能到。我回过去逗他说,还有40公里。可怜的风子发过来说:看来你们又要搭车了。笑声中,看到前边有个村庄,还以为是邦达呢,骑上那个坡才知道是克色村,但是邦达就在前边不远了。邦达临近怒江七十二拐,据说景色非常壮观,所以甚至于很多搭车的人,也都在这里下来,一定要骑过去,来感受一下七十二拐的独特与壮美。我们在一个旅店中找到了风子和龙儿。然后把身上的湿衣服换下来,又用吹风机吹鞋,我们又能一起走了,缘分啊!一时屋子里欢声笑语不断。原来昨天风子到了这里以后,就感觉胃部不舒服,并且越来越严重,不得已风子只得去输水,一来二去,花了一百多。我们见到风子时,他仍然是一副病恹恹的样子。站在邦达街头,很容易就看到了明天要翻的业拉山口。由于邦达本身海拔就是四千多米了,所以业拉山显得并不太高,七十二拐,就在山的另一边,它到底有多壮观?我们都很期待……龙儿已经几天都没有提出去网吧了,他真的转变了吗?我期待着,很想知道答案。

二十三
七十二拐的风情

[时间：08/05/阴转晴]

没有想到，邦达的晚上又下雨了，滴落的雨声仿佛一直在追问我："明天能走吗？"是啊，明天能走吗？我问风子情况如何，风子说，虽然还有点难受，但

好多了。现在是川藏路上的雨季，谁知道这雨能下多久？再说邦达也就是一个小镇，物资缺乏，也不是休整的地方啊，不能在这里久停！前方就是八宿县城，能到那里，强过这里许多啊。在忐忑中等来了黎明，赶紧走到外边去观察情况。雨已经停止了，但是天仍然阴着。这种天气，其实很不适宜观赏七十二拐，因为云低山高，七十二拐会被遮盖起来。然而世间哪能事事都如意呢？我决定，走！于是，立刻收拾行李，然后推车出门。这时，北边的天空竟然蓝了起来。噢，让我们头顶的天也变蓝吧！

早饭还是川藏路上的"名饭"：炒饭或者面条。但是老板人很好，令人感觉到了一种朋友间的温暖，同时又禁不住想起元旦和阿飞兄弟，在路上相伴虽短，但他们留给我的印象实在是深啊。因为他们，我感觉现在的大学生个个都是负责任的好男生。(回来后，龙儿也时不时地对我嚷："想我元旦叔！想我阿飞叔！他们怎么还不来呢？"只是川藏如梦，也许再也不能与元旦和阿飞一起在路上骑行了。)老板说话声音不大，感觉比较温柔。老板娘一看在骑行的队伍中竟然有个娃娃，一定让老板出来见识一下龙儿。龙儿害羞，那个老板也有点害羞。临走，又赠送龙儿一条绿箭口香糖。走出饭店，天空竟然又飘起了雨，一时间，许多骑友都望着天，犹豫着不知该走还是留？而北边的蓝天，不但没有占领我们的天空，反而被我们头顶的阴云攻陷了。慢慢地，有骑友等不及，开始冒雨出发了，我们四个也拿出雨衣，穿戴整齐，准备出发。我相信翻过业拉山之后应该是晴天，因为首先雨并没有下大，其次业拉山的那一边是怒江峡谷，那是一个干燥的热河谷，理应没有多少雨水的。走！

出邦达，垭口明明在左上方，但路向右侧拐去，然后就看到到了前方又重新折向左，直达垭口。还没走多远，雨停了，但天仍然阴着。依例，风子和失常前边先走，我和龙儿走在后边。路转向左边以后，在半山腰中有几堵残破的墙壁，在这里我们追上了两个骑友，一男一女，是川藏路上很罕见的情侣两人车队。我正想着龙儿肯定又要和这两个叔叔阿姨一起骑了，没想到龙儿说要去厕所大便。我这个气啊，你说住店时为了贪玩，经常忘记去厕所，现在是赶路时间，又要停下来，然而没有办法，只得让儿子去。此时我身边一辆面包车头顶自行车驶过，

搭车？我一时有点转不过劲来，七十二拐还搭车？我不反对搭车，但这么好的路还搭？不懂。儿子去厕所有个习惯，就是很有耐心，这次也不例外，在我三番五次的呼叫声中，儿子才不情愿地走了出来。期间还让我一起到那里解决问题，我根本没那意思，毫不犹豫地就拒绝了。骑上车继续出发，但还没走二百米，报应来了，我感觉到肚子里不舒服，有点想去厕所的意思。本来这根本不算个事儿，川藏路上，大多数骑友都是男性，可以说遍地都是五谷循环之所，可是那时正在上坡，没个合适的地方。只好坚持吧，好不容易到了垭口，问题就变得有点急迫了。这里其实是一个伪垭口，真正的垭口还有6公里呢。这里有道沟，比较适于解决问题，但可悲的是只要是垭口，藏族同胞就会挂上经幡，我在经幡下边大便，怎么感觉也有点辱没神灵啊！那好，我忍。

过了垭口是较平的一段路，我紧张地寻找合适的地方，于是就看到路边有隆起的土堆，后边有个很浅的沟，沟口面向前方，不管了，就这里了。我喊道："儿子，你先走，我有点事。"然后就找地方蹲了下来，我还很得意地想，这个地方好啊，骑友们只要走到这里不回头，肯定看不到我；就是回头也没关系啊，大家都是同性嘛。这一路走来，大家都从是从成都西行去拉萨的，鲜有反骑川藏的人，于是我形成了错觉，认为所有人都是和我一个方向行进的。实践证明,人在高原上,大脑真的是严重缺氧。正在我正得意忘形的时候,对面竟然开过来一辆客车,不对,是两辆!我说这从哪里冒出来的客车呢?即使从八宿出来的,那司机和乘客要多早就出发啊?你们为什么这么急着向前赶?为什么?一瞬间,我石化了……更让我受不了的是,右侧正中间坐着两个美女,就那么直盯盯地看着我,看着我,一直到消失。What a fucking day! 想必那两个美女在高原之上缺氧也很严重。

汽车一消失,我立即做贼般地逃离那个地方,很快追上了儿子。一观察,发现龙儿没有多大激情,怎么回事?原来龙儿把刚才的那个垭口当成了真正的垭口,等上来后,又发现不是,立即就泄气了。龙儿就是这个缺点,只要是希望落空,马上就会在情绪上表现出来。我一看这种情况,就赶快给儿子讲故事,转移他的负面情绪。刚才上了那个垭口之后,路又向右转,然后到了前边的山谷顶部,又会折向左。我指着左后上方的地方,告诉龙儿,那里就是真正的垭口。但龙儿显然已经不太相信那里就是垭口了。我只得把路分成段,说走到中间就歇一会儿。好不容易让儿子走到了原来看到的垭口那里,路拐了一个弯,看不到前边的情况。弯后边是垭口吗?我让儿子先歇着,我向前侦察。拐过弯,发现离垭口还有一公里的样子,看来我又说谎了。不得已,我也不管儿子了,这追上来肯定又要抱怨,我先骑上去再说。儿子跟了过来,一看还有一段路,果然开始了抱怨,我装着没听见,一直向前边逃,远远地看到失常在垭口等着。后边的龙儿一看我不理睬他的话,干脆停了下来。我走到失常面前,回头看龙儿,由于眼睛近视看不清他的动向,于是问失常龙儿走了没有。失常仔细观察了一会儿,回答说开始走了。我们装着不看他,一直到龙儿骑了上来。我跑过去说:"儿子,你终于骑上了业拉山啦!"儿子显然对我的讨好不屑一顾,仍然向前走着。

失常说,你们上来得晚了一会儿,刚才还能看到前方的雪山,现在看不到了。我一看,雪山不见了,但前方形成了云海,很壮观。山顶上,骑车的、自驾的甚是热闹。但业拉山顶寒气逼人,不宜久留,失常和风子已经冻得快受不了了,我赶快带着他们下撤。刚走了一段,发现前边又是一个比较适合于观景的地

"这上边太冷了！"（穷爸爸，雨裤雨衣都是路上捡的。）

方，并且我仔细辨认了一下，这个地方就是最适合欣赏七十二拐的地点，但现在眼前云环雾绕，哪有什么七十二拐？龙儿又要向下走去追风子，我让他停下来照相。但龙儿一直不爱照相，这次也不例外，磨蹭了半天才照了两张。

　　我呆呆地望着远方，七十二拐，你如此地不喜欢我们，躲在云雾后，你可知道我们可是不远千里来看你的啊！七十二拐默然无声，没有办法，只得继续下行。龙儿的速度快，马上就隐没在雾中，我在后边急得大叫，这一段路，明显是从崖壁上硬开出来的，很是险要，龙儿的速度让我非常担心。正在这时，遇到了一位反骑川藏线的老者，大约六十多岁吧。我让失常先走去追赶龙儿，我和这位老者匆匆说了两句话，也急忙向下骑去。对于反骑的车友（自拉萨至成都），我历来抱以敬意，因为反骑的人，最多也就是两个人一起，孤独常相守，白云即为伴，他们遇到的困难比我们更多。另外反骑的日程安排也比我们正骑的费心得多。远远地看到了龙儿和失常在前边，速度似乎慢了下来，看来是失常约束着儿子。我追上后，龙儿问我："刚才有个牌子，上边说那个地方死了十几个人，是真的吗？"我说当然是真的。其实我根本没有看到什么牌子。龙儿说："那个牌子上说那个地方死了十三个人，我就再也不敢骑得飞快了。"哦，原来如此。路又拐了个弯，就见修路的工人正在辛苦地工作，突然，我发现七十二拐就在右侧的下边露了出来。"停下，快停下！"我对着失常和龙儿喊道。"快看，七十二拐！七十二拐！"我激动地对他们两个说。

我蹬上了业拉山顶!

  云雾慢慢散去，如同一场大型魔术，七十二拐出现了：蜿蜒的公路就在脚底下的这面山坡向下盘旋，不知哪个工程师那么有才华，把这一段的公路在这一面山坡上设计得九曲十八拐的（据说有心人数过，到怒江共有一百多拐），令人看起来有一种想飞的冲动。这一段路，是那么的有美感，那么的有韵律。它仿佛正在呼吸，仿佛正在跳动……自业拉山顶至怒江边，共40公里，同尼村正好位于中间。站在我们的那个位置，可以清晰地看到山腰的同尼村，只见浓绿的树木，微黄的庄稼，同尼村就如同一幅油画，又似世外的桃源，静静地沉默在人间。让我们翱翔吧，享受这曲折有致的七十二拐!

  去年的时候，七十二拐还是尘土半尺深，看着很美，骑起来那个尘土令人不堪忍受。但今年七十二拐已是绝好的柏油路面，骑起来轻风吹面，心乐如花。现在不但眼睛在天堂，身体也在天堂。身边上山的汽车如蜗牛一样的向上爬，我们如同小鸟一样向下飞。骑着骑着，你就想停下来，站在路边向山下看看，生怕一不小心，这段路就走完了。然后，我就看到了风子、龙儿、失常，他们就在我的下边，莫不是欢呼着前行。同尼村到了，村口有一个标村名的牌子。风子龙儿他们站在牌子下边，静静地欣赏着同尼。这里已经是怒江大峡谷的一部分了，山很是荒芜，但同尼村就像是一个奇迹，就在这满眼的荒凉之中，出现了碧玉一般的同尼村。树是那样的绿，青稞透着成熟的微黄。一声如同天籁的"扎西德勒"，让你忍不住陶醉在这偶然的相遇里……

风子下坡,仍然像疯了一样,又立刻没了踪影,我带着龙儿、失常慢慢地骑行。出了同尼村,回头望去,只见刚刚下来的七十二拐就如同挂在后边的山上,如此的险,如此的壮观;峰回路转,再次回头,就只见如屏风般直立的高山,七十二拐已然不见了踪影。仰头望着山顶,那隐藏在云中的山,又令人禁不住怀疑:我是从后边的山上下来的吗?如此壁立的山,那里怎么可能有路?……

　　怒江这边果然是晴天。怒江,这个只听名字就令人害怕的江,如今就在我们脚下飞快地向前奔腾着,虽然声音不大,但奔流的江水,令人望而生畏。到了怒江,一直绷紧的神经稍微松弛了一下。失常和龙儿拿出东西吃了起来。"咱们向前走一点再吃午饭吧。前边二三公里处有个房子。既可以歇息,还可以吃饭。"我对他们说。"前边真有个房子?"龙儿反问。看来今天龙儿不太信任我了。我说:"肯定有的,那里有怒江边为数不多的房子,还上过中央五套呢!"然后,我就先行出发了。这时还有些逆风。好不容易才看到了那座鼎鼎有名的两层楼房,楼房原来是一个道班,后来撤销道班,留下个楼房,面朝高山,背靠怒江,地势险恶。后来就成了车友们午餐之地,休息之余,骑友们拿出随身携带的武器——签字笔,把整个墙壁写得密密麻麻,其中不乏"名言"和脏话。等了一会儿,龙儿他们也到了,阳光正好,我们躺在走廊下边的油布堆上,美美地休息了起来。原来这个房子现在又被修路工人清理出来,做临时的住所。晒着阳光,吃着大饼,休息真好。

龙儿总爱黏着他的风子叔。

自这个地方出发，两公里到军事重地怒江桥，那里严禁照相。40公里到八宿，一路全是缓上坡。说实在的，现在我最怕缓上坡了。龙儿耐力不能持久，只要是缓上，总是会演变成痛苦的折磨。看着曾在业拉山上抱怨的龙儿，我不知道在剩下的路上，他会给我制造什么困难。这个时候，连过路车也几乎没有了，搭车就别想了。"出发，目标：怒江大桥！"我对龙儿发出命令。龙儿对枪一直很感兴趣，当我告诉他桥上有拿枪的武警，他立刻向怒江大桥冲去。G318在怒江大桥左拐，跨过怒江，又从一座被挖开的小山中钻出，然后接着左拐，就此告别怒江，沿着金沙江的一条支流白马河（由于这条河流经八宿县城，八宿县城驻白马镇，故暂称这条河为白马河吧）向上走去，今明两天，我们要把这条河走完，走到它的发源地安久拉山。龙儿远远地观赏完守桥武警的枪，显得比较兴奋，连上了几个又陡又长的坡，仍然精神抖擞地向前骑着。我心中暗喜，只要龙儿不闹情绪，其实他是能骑的。

这一条路有许多修路的工人，他们见了龙儿莫不侧目，看来这一段路，马上就会变成好路。八宿之前，有两件事记忆深刻：一是正骑行时，突然有辆自驾游的汽车驶近，上边夫妻两人，丈夫开车妻子手拿矿泉水，只要见骑车的就送一瓶，令人感动。二是转过一个山角，见到了走川藏来的第一批朝圣者夫妻两人，丈夫戴着眼镜，夫妻二人都是文质彬彬的，看起来受过高等教育。两人此起彼伏，磕长头去拉萨。只见他们双手过头，在顶、额、胸作揖三次，然后前扑，量向大地。手上的木套与地面摩擦发出轻快的"嗖"声，整个身体仿佛漂浮一般地向前滑行一段距离，然后作揖起身，再次重复……和他们说话，感觉谈吐卓然不俗，定然不是普通人物。若在内地，这人绝对是一个学者类的人物，如今他们虔诚地磕拜在朝圣的路上。宗教，已然深深地烙在了藏族人的记忆深处！挥手向他们告别，看着他们的身影，我的泪就出来了。我愿真有佛，真有神，真有上帝……让善男信女各遂所愿，各得其所。

　　临近八宿了，没有想到又出了一件令我哭笑不得的事。我在路上为了转移龙儿的注意力，经常陪他玩各种游戏。今天的路上里程碑不齐全，我就和龙儿展开找路碑的比赛，后找到里程碑的人要到八宿请先找到的吃好吃的。一时间我们父子就你追我赶，路程也轻快了许多。最后龙儿逐渐失去兴趣时，我向龙儿建议，找下一个里程碑，输家把石碑运回家。但龙儿没有像刚才一样响应，说自己没兴趣。然后走了几公里后，龙儿突然指着一个里程碑，说他先发现的，让我捆车子上运走。我不干，他竟然哭了，这怎么分不清游戏和现实啊？我生气不理他，龙儿就生气了，赌气骑上车就跑了。是真的跑了，我在后边追，硬是追不上。看不到龙儿的背影，只看到湍急的白马河，害得我总是怀疑龙儿掉河里了。我的速度竟然赶不上龙儿？这还是走川藏来的第一次。心里急得直发毛，正在这时，对面过来了一个步行的藏族人，他操着不熟练的汉语带比画着说："那个是你的小孩儿？"然后用手做了一个骑自行车的动作。我说是。他竖起了大拇指："太厉害了！太厉害了！"我这才放下心来。看来龙儿没有掉河里。路灯亮时，到达八宿。而龙儿早已找到了风子和失常，正在旅馆里休息呢。

二十四
夜骑安久拉
[时间：08／06／阴，有雨]

然乌之前有名的防落石走廊（一日同风作品）

　　八宿是典型的藏东小城，整洁小巧。318国道穿城而过，由此也生成了八宿最繁华的一条主街道。八宿物资丰富，是一个休整的好地方。但我们一致认为，县城没有什么好看的。虽然城外有多拉神山，但我们也不可能去转山，所以最终决定，出发去下一站——美丽的然乌。

　　去然乌要先完成一件大事：取钱。昨晚交完房费吃过饭，已基本花光了所有的现金。然乌是一个小镇，能取到钱的可能性很小，所以这个问题必须在八宿完成。但是西藏的银行最早也要到9点才开门，周末还要到11点左右。我们需要等待！要说遇到这种情况也容易解决，用自动取款机啊！可是我们遭遇了极端情况，八宿全城停电，连自动取款机也不能取钱。可能停电是常态，因为这一路没少见店家自备发电机的。这样一来，我们只能等待，然而都这么等就把时间浪费了。这时风子主动请缨：他愿意自己留下来等，让我们先走。于是，我们告别风子，朝着前方继续进发。出八宿，是一个大下坡。但今天仍然要沿着白马河溯流而上，这种下坡显然不可能长久。果然，下坡之后，一个大上坡赫然出现，龙儿挟昨日之余威，慢慢地骑了上去。我在龙儿后边跟着，突然发现对面的路边竟然有几个和尚，他们正用路边的溪水洗脸。西藏的喇嘛与内地的和尚虽然都信奉大乘佛教，但藏传佛教与汉传佛教毕竟差别很大，这些和尚出现在这里，令我很诧异。很明显他们是路过的行者，因为旁边停着一辆越野车，带着疑问我骑上了坡顶。失常正等在上边，见我的第一句话就是："那些和尚你看到了吧？他们是河南的。""河南的？"我问。"对呀，他们的车是'豫'字开头的。"失常答道。我终于发现了我的高度近视给我造成了多大的遗憾，如果当时就知道他们是河南的，怎么也得和他们交流一下啊！他乡遇故知，家乡的人，就这样错过。

其实我已经迷失方向好多天了，去拉萨应当是朝西走的，但是我感觉一会儿像朝西，一会儿像朝东。这样的情况一直到拉萨都没改观。没有想到这时风子竟然赶了上来。"这么快，来电了吗？"我问他。风子得意地说："你以为我会傻等到银行开门？我是找到有发电机的商店，等别人买完东西，我用银行卡替他们刷卡付账，他们把现钱给我。嘿嘿。""那你拿到了多少钱？"我追问。"大约二百吧。"风子回答。我们四个人二百怎么够？我心中琢磨着。但事已至此，暂时也只得这样了。

为什么流浪？流浪在这遥远的西藏……

　　今天的行程，以起伏路为主，但总体上是缓上坡，典型的上上下下的享受。龙儿显然不把这种路当成一种享受，不过看得出来，他今天非常努力，在用心地征服面前这些大大小小的坡。龙儿不经意间的进步，令我感动不已。对面又来了两个反骑的勇士，龙儿兴奋地向他们打招呼。但孩子的耐力终究欠缺一点，在一个坡前，龙儿终于说要休息一下。正在休息时，一群骑友驶过，龙儿就跟上他们一起骑。过了一段时间，其中两个车友停下来休息，龙儿也停下来，我则继续爬上了一个坡，然后就看到前边是下坡，然后坡底有条小河，河上有座小桥，许多骑友站在桥上，看着风景晒着阳光，我骑过去停在了失常的附近。等了一会儿，竟然看到龙儿独自骑了上来，原来他看那两个叔叔歇个没完，就自己过来了。这也是一种进步，说明他慢慢摆脱了大人，能独立行动了。休息够了继续出发。龙儿今天的表现，令我满意，虽然速度仍偏慢，但看得出他在努力，这就足够了！

　　失常在旁边说："往日都是你陪龙儿，今天我来陪他，你先走吧。"于是我独立前行，当爬上一个坡顶的时候，见到许多骑友停在路边，一个兄弟还非要请我吃他的桃。我一看，原来路边有两个小姑娘在卖桃，五毛钱一个。我到的时候，桃已基本卖完了。我也想买，于是就和她们商量，请她们再回家拿一些来。于是其中的一个小姑娘就向家的方向跑去。站在公路上，能清楚地看到她们的村庄。远处是连绵的雪山，雪水化成一条小溪。小溪流到山下，流经片片的青稞

田，流过田边郁郁葱葱的树。想必那树就是桃树吧。冰凉的雪水浇灌着麦田，滋润着桃树。咬一口桃，桃肉也是冰凉冰凉的，果然是喝雪水长大的！那个去拿桃的小姑娘跑过河岸，跑过河上的桥，然后消失在村子里。我问留下的那个小姑娘："你是她姐姐吗？"那个姑娘说了一长串话，有些我没有听懂，但主要部分我懂了：她不是姐姐，她是嫂子。我看她也就十四五岁的样子吧，好年轻的嫂子！桃拿来，我用几乎所有的资金买了一二十个桃，这时儿子和失常也走到了，然后我们一起吃桃。说实话，五毛钱一个桃还是很便宜的，旁边一个车友随口说道："你这样的桃，卖一元钱一个也有人买。"晕，这不是给后来的兄弟添乱吗？旁边的队友马上对小姑娘说："他说的是让你用这个价钱卖给那些开车人，他们有钱！"我在旁边暗笑。吃过桃，又走了不到两公里，就见了正在等待中的风子。风子久等我们不到，已趁着阳光在路边睡了一觉。今天走得过于放松了，前边依旧是漫漫的长路在等着我们……

在王排村，骑过了一座桥，就来到了白马河的右岸继续前进。远远望着前边有一个村子，装着太阳能路灯，我以为是今天的午餐地吉达，走到了才知道不是。接着是一串下坡，路边有座山风化严重，细小的沙石从山顶一直到山脚，如果坐在山顶上，肯定能滑下来。和风子谈笑中，过了这一段路。然后就见前边的路绕上了一个山坡。很费力地骑上去，上边也是一个村，仍然不是吉达村。龙儿在后边骑得很辛苦，穿过村子，又是下坡，但龙儿站在坡顶休息了起来。风子说要在这个陡坡上看看能不能冲到时速50公里，然后就飞快地消失了，我和失常也骑下了坡。走了一会儿，感觉不能离龙儿太远，就停下来等待。过了几分钟，龙儿骑了过来，不妙的是，起风了，虽然不大，然而是逆风。真要命！天上也有了阴云，甚至立刻又飘下了几滴雨，难道又要淋雨？心中开始急起来。但龙儿却说饿了，只得站在风中吃东西。我心中祈祷，老天爷，你停下来歇歇吧，让我们走得快一点吧。吃过东西，风小一些，雨也基本停了，于是重新上路。看着阴沉沉的天，第一次感觉今天的麻烦来了。剩下的路，沉甸甸地压在我心中。然乌，仍然在很远的远方。

当终于走到了千思万想的吉达村时，已是下午近两点，风子正坐在村子中唯一的小饭店前等我们。这里供应面条，还有水饺。已很久没有吃过水饺了，龙儿吃了一碗，不够，再来！等全部吃完，已经快三点了。此时的情况令我很纠结：走，距离然乌还有40多公里，其中前20公里是上坡；留，心中有些不甘。最后还是决定走。风子和失常先出发了，只剩下我和龙儿了。当我带着龙儿出发的时候，我实实在在地感觉到，我在进行着一件几乎不可能完成的任务。龙儿对川藏路进行着挑战，我也对自己的毅力进行着挑战，我真的能带着龙儿坚持到最后吗？

刚出吉达，就是一个较大的起伏路，先下坡，然后再上坡。我们吃力地上到坡顶时，失常正等在那里，原来她的变速器不知什么原因固定了，只能用低速前进。我调了一会儿，怎么也搞不定，急得心中火起。偏偏此时雨又来了，只得让风子停下等着，我们追上后，风子终于找到了问题的症结之所在，原来是车铃挡住了变速器的转动。修好了变速器，却耽误了不少时间。雨仍然没停，龙儿又不想骑了，我很生气，就赌气似的给他拦车。车倒是停下来了，但人家看着龙儿水淋淋的样子，婉言拒绝了。一连几辆车都是这样，最后雨也变小了，龙儿一看今天搭车不太顺利,只得跟着我继续向前骑。我用尽一切办法调动儿子的激情,骑车比赛,猜下一个里程碑的位置……当然我有意地让龙儿赢的次数多一点。然而龙儿仍然感觉越来越吃力。转过了一座山,遇见了一位徒步者。他从福建出发,已经走了许多时间了。看着他晒得黝黑的面孔,飘舞的长发,我实在分不清是比他大还是比他小。他的精神令我很钦佩:再远的路,只要用心走,终究能走完!听说我今天要赶到然乌,他劝我还是让孩子搭车吧。因为还有很远。是啊,天已晚了,看来只能搭车了。突然想起有一天失常对我说的话:"教育孩子,要让他学会坚持!"再让他坚持一下吧。其实我们天天都在追求着最后的结果,然而我们经历更多的是过程,期间有痛苦有欢乐,有眼泪有花朵。结果有那么重要吗?

今天走了那么远,并且一直在缓上坡,但要翻越的安久拉山却一直都没有看到。这预示着,最后还要有一场决战。做事就怕这样,满腔热情,却找不到敌人,心中总会有一种莫名的压力。所以当左侧的群山终于露出来一个豁口时,我认定那就是安久拉山的入口。还剩下最后一段路了,但是这时雨又来了。给儿子穿好雨衣,天色暗了下来,时间明显不早了。虽然这最后一段路看着是平路,但儿子骑起来很吃力,有一种骑不动的样子。当我们千辛万苦到达那个豁口时,发现那果然是入山的路口。雨仍然下着,可是前边的坡陡了起来,到安久拉垭口还有多远?坡度一直这么大吗?……这些问题我都不知道答案。我终于决定搭车了。站在安久拉山口,看着后边的路,终于,去然乌方向的车出现了。招手,不停,又来了,再招,仍不停……连续四五辆,都没有停下来。今天真是运气太背了,往日我招不了三次手就有车停下来的定律失效了!龙儿也从充满希望,到逐渐失望。他看到我为难的表情,懂事地说:"爸,咱们慢慢向前走吧。"一瞬间,我的心中一暖,儿子学会关心我了!同时心中也是一阵酸涩,脸上流动着的不知是雨水还是泪水。有个藏族老奶奶从旁边的山上下来,手里提着一个暖瓶,久久地看着我,一言不发。我问她在山上干什么呢,但是她说的话我一句也听不懂。那就走吧。不时还回头向后边看着,又有车了,可是看到我们的手势竟然没有一辆停下来。算了,今天死磕安久拉了!"儿子,骑上车,我们走!"我悲壮地对儿子下命令。儿子知道我已尽力,因此听话地骑上车。

安久拉山刚入山口坡度不小,难免令人害怕,实际上不久我们就发现路又平了起来,几乎不像是在翻山。前边竟然还有一个牧民定居点。正在这时,从身后开来了一辆当地牌照的面包车,我和儿子都知道这种车不可能免费搭到的,他们以运输来赚钱,所以继续前行。但是那车到了我身边慢了下来:"搭车吗?然乌,200元。"司机伸出头喊道。我无奈地摇了摇头:"谢谢,不搭,我也没有钱。"然后用力地踩车。我身上真的没钱,这次我没有撒谎。那辆车停下,等了一下,不死心,又追了上:"你们走不到了,远着呢,坐车吧。"我对他抱歉地笑笑:"我真的没钱了,不搭。"车在路边停了一会儿,终于无奈地回头开走了。很抱歉让这位师傅失望了。谁让他遇到了一个穷人呢?再说我已被惯坏了,不到万不得已,坚决不坐车,坐车还要坐免费的……

现在没招了,只得拼命。前边又是一个上坡,坡顶上坐着一个女孩子,模模糊糊地看着像失常。"龙儿,你姑姑在上边等你呢!"我对着儿子喊道。儿子明显有点激动,虽然很吃力,仍拼命地向上冲去。临近了坡顶,我发现旁边还有一个女孩子,刚开始看到的那个戴着连衣帽坐在小雨中,看不清是不是失常。突然她站了起来,跑到龙儿身边,用力帮龙儿推起车来。这时我才看清不是失常,而是一个藏族姑娘。在女孩儿的帮助下,龙儿飞快地骑到坡顶,又在"扎西德勒"的喊声中互相告别。多么纯朴善良的藏族姑娘啊!又是一段较平的路,我正在努力地骑行时,龙儿突然对我说:"爸,快看,后边来了一辆轿车。"我一看,真的!于是本能地跳下自行车,挥手。车开到身边就停了下来,车内坐着一家三口。其中那个男孩和龙儿年龄差不多。"有什么需要帮忙的吗?"司机大哥问。"想搭一下车,孩子走不动了。"我回答。说实在的,说这话时我已没有多少信心能搭上车。不但是因为刚才拦车不成功,还因为我看到这是一辆崭新的丰田车,成都牌照,肯定是新车。但为了儿子,我说出来了。

没想到女主人立马下了车。"你说怎么搭?"她问。"把车拆了塞进车内……搭到然乌……只搭孩子,我自己走……"我语无伦次地说道。那个大姐同意了。回身又从车上给龙儿拿吃的,回头对车内的小朋友说:"赵毅,你看这个小朋友多厉害，都敢骑川藏了……"弄得我很不好意思。我手忙脚乱地拆车，但我的组合工具怎么也拆不下车轮。那位大哥说："干脆别拆了，塞吧，反正没多远了。"于是我就把车往后座那一排塞。费了好大劲儿，终于成功了。龙儿也和车上那个叫赵毅的小朋友混熟了。车横在后排，龙儿和赵毅非常难受地挤了上去。我看着沾满泥污的自行车躺在人家崭新的座椅上，不知如何是好，但大哥一家视而不见。幸亏车很快就开走了，这才结束了我的尴尬。

龙儿走后，刚好在K3852里程碑处，这里距垭口只有8公里了。龙儿终于没有再坚持，但我认为这也无所谓，计划也不能太呆板。川藏路上搭车，也是与人交往的一种形式，这种能力的培养，也是龙儿人生中的财富。天气不好，并且时间不早了，天黑之前，我要尽可能距然乌近一些。少走一点夜路，就多一分安全。我拼命地踩车，想更快一些。这里虽然看着上坡并不太陡，但可能因为海拔高，骑起来仍然感觉很吃力，特别是骑车不能急，一急累得格外快，然而我不能松懈，当实在受不了时，就停下来喘几口气，稍微歇过来一点儿，就继续埋头前行。一千米，两千米，五千米……临近山顶，路显得很怪异，有一段路看起来是下坡，但就是感觉很吃力。真是出鬼了！又骑了一会儿，我实在受不了，下车一检查，我晕，原来刹车出现了问题，一直在摩擦着车圈！这浪费了我多少力气啊！调好了刹车，我继续向前冲，说是冲，其实速度也不是太快。我终于走到了白马河的源头安久拉山垭口。这个垭口非常独特：它的山顶竟然是沼泽地，白马河就发源于这片沼泽地。绕着沼泽地走了半天，我终于在夜色初起时，来到了安久拉山真正的垭口处。标明此地海拔的牌子孤独地站立着，旁边风马旗也沉默着，只是雨已经不下了。

然乌还在20公里的远方。风子发来短信：你找个车搭车吧。搭车我没有考虑过，就算是我想搭车，可是车呢？孤寂的安久拉山，只剩下一个不知死活的我。天气太冷了，我拿出手套戴上，然后就冲向了下山路。路边出现了一个海子，我想骑过它肯定路就会拐弯，但骑过以后，路仍然是直的。又向前骑，还是直路，如同骑到了飞机跑道上。直路的恐怖之处是：虽然你骑了半天，但感觉仿佛没有移动一样。由于天色已暗,远山模糊,令人无法判断远近。左手边小溪的对岸,突然出现了一个人对我说话,我听不懂他在说什么,也怕他跨过小溪来纠缠我,仍旧向前疾行。这段不知多长的直路终于走完了,前边山谷窄起来,突然又从右侧冲出两只狗,看远方似有两顶白色的帐篷,它们肯定是把我当成入侵者了。假如被狗咬到,估计我的骑行就提前结束了,于是我用最大的声音呵斥它们,同时拼命利用下坡的有利地形,向下冲。有两三次,它们似乎就要咬住我了,我用脚踹去,它们躲避,距离拉大一点,我继续跑,它们继续追……终于祖先庇护,我逃脱了。

天完全黑了下来,川藏路上前不见队友,后没有来者,天地好大,仿佛我永远也走不到尽头;举目四望,群山无声,让人心生恐惧。不经意间,天上月亮竟然露了几下脸。安久拉痴雨缠绵,然而谁又吹出玉盘?微照苍茫方寸大地。此情此景,让人不免思绪如飞。安久拉,我前世欠你爱意,让我生命中与你邂逅,在这个黑夜里看你的山影,听你的水声。这一切,都化为今生情思记忆。这样的盛夏,竟然让我感觉有丝丝秋意,感慨人生苦短,刹那青丝换霜雨……

听闻路边水声轻响,想必是悬崖下边又有一条河流。天上碎云堆积,山中一人独骑,不免叹华年转眼成蹉跎,浮生谁能一笑过?不负时光,不负生命,川藏路,我正在走过。远方似有灯火,为何眨眼不见?是因山影紧锁,还是本就是幻觉?只有这水声是真实的,但是只闻水声,不见烟波。

这个时候,其实应该用手电筒照明了。我后边的驮包里也的确有手电筒。然而我怕翻驮包会用去宝贵的时间,还有这么险的山路,我也害怕一只手掌握车把不太安全,所以一直没停下拿手电筒。这条下山路,肯定很险要,因为我一直感觉路边有黑不见底的沟,水声就是从下边传来的。为了安全,我只能走到路的中间,不能偏,如果骑偏的话,我就会掉下悬崖,然后永远消失在这个世界。我发现了一个走在路中间的办法:川藏路是双车道的一条路,中间用公路上常见的那种油漆线分开,时断时续,在夜色中,这条线比其他的地方要亮,所以我一直骑在这条线上。只要找不到这条线，我就捏刹车。感谢养路的工人，这条线一直在延伸，我也一直缓缓地骑着。然乌，还有多远？远方突然出现了灯光，这一次不是错觉，是真正的灯光，还非常的明亮。越骑近灯光区，我反而越难以骑行，因为在强烈的灯光照射之下，我看不清了脚下的公路分界线，看不见线，我就不敢快走，怕一不小心驶下公路。终于来到了灯光里，可是这里仍然不是然乌，而是一个工地，一个大姐告诉我，然乌不远了，只有五公里左右了。骑过灯光，情况好了一些，然后山路一转，我又重新进到了黑暗，也重新看到了分界线。心情很紧张，手也冻得冰凉，多想早一些到达然乌，然后吃一碗热饭，睡一个暖暖的觉！

路边的峡谷更陡峭了，也越来越狭窄了，正在这时，路上出现走廊。我精神一振，这种走廊，是然乌的标志性建筑，是为了防范山上的落石而专门修建的。走廊到了，然乌不远了!走在走廊里边，头顶山峰夹峙，周围更加黑暗了，我几乎看不清路面上的任何东西。连路面都看不见了，那条油漆分界线也没有了，看着脚底下，是一种真正的黑色，好似根本就没有路面，骑着车，就像是走在一种虚无的黑幕上，又像是走在地狱中，我随时会被陷下去……幸亏我知道过走廊以后就是然乌，否则断不敢继续向前走的。这个地方是然乌的一处著名景观，但是夜里走来，真是恐怖得要命。仿佛过了许久，我终于出了走廊，谢天谢地，我还活着。前边突然变得开阔了，然后就看到了暖暖的灯光。然乌，真的到了！站在然乌街头，我跨在车上半天没有下来，终于到了！找到了失常，接回了儿子，我又回到了人间。风子说，路上有很多坑，你是怎么躲避的？我说，根本就没有一个坑。真的，没有，因为我一个也没遇到。风子说怪了，我天没黑时骑还有两个没有躲过。失常说，路那么险，你不用灯，不害怕吗？我说，险吗？不险啊！真的，我什么都没有看到。其实也什么都看到了，头顶的山，山上的树，还有我孤独的心……

心中响起了遥远的歌声：一花一世界，一叶一追寻；一曲一场叹，一骑一旅人。究竟是为了什么，让我苦苦地追寻？也许是这段天路，让我哭，让我笑，让我独自面对我的内心……

二十五
欢声笑语波密路
[时间：08 / 07 / 晴]

安目错湖畔，难得的悠闲时刻。

　　自然乌至波密，130公里，一路下坡，风景如画。晨光先照亮了雪山之巅，然后就把然乌完全送到了我们的眼前。静静地透过旅店的窗户欣赏着然乌的山山水水，然乌的宁静，令人陶醉。然乌周围皆山，尤以雪山为多。然而然乌却因湖而闻名。然乌有两个湖，南北状的是然乌湖，东西形的是安目错（湖）。318国道自然乌分出一个支路，叫作然察公路，通向边境地区号称"西藏江南"的察隅。沿然察公路前行不远，就是然乌湖。然察公路的起点就在出走廊处，我们若去，需退回到走廊去。非常想去！吃早饭之时，我们还商量要去然乌湖一游。但是吃过饭后，我们却最终决定向然乌说再见了，因为若要去然乌湖，可能就需要在这里多停一天，其实我们多想在这里玩一天啊！但风子带来的钱不足以让我们在这里多留一天。所以虽然心中不舍，也只能奔向下一个目标波密。带着遗憾的心情，我们收拾好行李，继续出发。就要出然乌镇时，刚好碰到了住在镇边平安饭店的赵大哥一家，我对他们昨天的帮助再次表示谢意。然后挥手告别，由于他们出发得晚，所以相约路上再见。

　　出然乌，公路沿着安目错继续西进。由于是夏季，所以湖水不是那么清澈，

但是早晨的湖水很平静，于是湖边的绿树，山顶的白雪，都映入水中，想着是在人间，感觉又似天堂。湖边公路很平，如丝带一般沿着湖岸伸展，但我们根本就走不快：刚在这里看过湖水雪山，但是转过一个山角，景观突然一换，又紧紧地吸住了我们的双眼，拉住了我们的双腿。今天虽有130公里，但总体上是下坡，是入藏以来最爽的一天，所以我们心情很放松。不但我们是这样，其他的兄弟们也很放松，这不，前边有一个下坡，坡底的路距离湖边很近，于是大家不约而同地放下自行车，跑到湖边，玩沙看水，拍照戏耍，暖暖的阳光之下，欢声笑语一时充满湖岸。这时，我们又见到了第一条走川藏的那只小狗，儿子抱着它，如同见到他最好的朋友……

不到西藏，不知景色之壮丽；不见雪山之下的湖水，不懂何谓湖光山色。山多阳刚，水尽阴柔，山水相依，正是绝佳搭配。山因水而多一份俏丽，水遇山平添一丝俊朗。湖水中正好有一个小岛，仔细看去，近山的那一侧狭窄，临路的这一边宽阔，那闻名中外的台湾日月潭也莫过于如此吧？正在这时，赵大哥一家也到了，龙儿见到赵毅，亲热得不得了。回想川藏路，见到几个和龙儿一样大小的小孩子呢？不过是翻二郎山时遇到的四川达州的爸爸带着他十四岁的女儿，还有一个就只剩下左贡见到的十三妹了。龙儿被我带到这远离人间的川藏路，每天都是骑行，赶路，对于一个九岁多的孩子，能坚持下来，殊为不易！

最后，赵大哥一家要出发了，大姐对龙儿说："我们还拉着你走吧？"我赶紧说："那怎么行？那怎么行？让他继续骑吧。"看得出龙儿眼中有一丝丝的留恋，但那绝不是想坐上车偷懒，而是对伙伴的不舍。大姐从车上收拾了一大包零食，有牛肉粒、饮料等，然后硬塞到龙儿手中……看着赵大哥一家的车消失在公路转弯处，我们才收回依依不舍的目光，总说好人难得，是因为我们不愿意和别人接触，还是我们心里已经先入为主？

从然乌出发近两个小时了，走到现在还没有超过十公里。最后我只得强迫他们出发。重新上路后，前边是缓上坡，但龙儿雀跃着向前骑去，是啊，前边一直到遥远的通麦，二百多公里的公路，我们都要沿着帕隆藏布江下行，是川藏路上最舒服的一段。只要是沿江河向下游骑，遇到上坡也不用怕，因为水向低处流，路也不可能总是往上走。但是，传说中的帕隆藏布江在哪里？正想着，只见前边安目错开了一个口子，湖水迅猛外泄，声势惊人。水求石让，山高欺天，帕隆藏布江由此就开始了自己的行程。帕隆藏布江是著名的雅鲁藏布江的一条支流，从诞生的那一刻起，就注定了它的桀骜不驯，注定了它的热情奔放。我到帕隆藏布江源头的时候，龙儿早已没了踪影，所以我匆匆照了两张相，就赶快向前追赶。幸亏前边又是一个不小的上坡，龙儿被这个上坡减慢了速度，所以我很快地追上了他和失常以及风子，然后我们继续向前进。今天部分路段就是在江边的崖壁上开凿出来的，坡陡弯急，路边悬崖众多，飞瀑时现，我不停地提醒龙儿放慢速度，注意安全。后来听说第二天有个兄弟就在这里摔车，幸亏只是受了外伤，并无生命危险。虽然有我的阻止，但龙儿下坡的速度仍然较快，总是消失在我的视线之外。

离开然乌，也就预示着我们离开了昌都地区，进入了西藏的林芝地区。林芝，藏语的意思是"太阳的宝座"。林芝物产丰富，举目四望皆高山，山顶上是白雪，白雪下边就是森林，真是仙乡啊！这一段的川藏路，就是在树林中前进。树多水丰，不时就能见到一条条的小溪坠入帕隆藏布江。峰回路转，突然就看见有一条瀑布从前边山上挂着坠了下来。由于角度的问题，站在路上望去，看不到

山的后边,那瀑布就如同从天上下来一样。瀑布的下边是帕隆藏布江,江的这边坐着一群车友,龙儿也位列其中。原来他们竟然开始吃午餐了。晕,这才走多点儿路啊?看来今天大家都太放松了。好不容易叫上龙儿继续出发,前行不远就到了另一个著名景点米堆冰川。米堆冰川也是一个充满诱惑力的地方,若去需要拐入一个山谷,虽然站在路边就能看到冰川靓丽的身影,但若想走到冰川下,恐怕也要几个小时的时间,所以虽然龙儿表示了抗议,我们仍然选择了继续前行。(其实后来寻思,若要去也行,但这一天的住宿地就不能选波密了,可住松宗。)过了米堆,龙儿又念叨起了赵毅,我突然想到了什么,就对龙儿说:"你还能见赵毅一次!"龙儿不相信地说:"真的?"我很肯定地说:"你等着吧。"

这一段路,看到最多的就是松树了。路边密密麻麻的全是,有时路直直的,就在松林里走个没完,仿佛没有尽头。看不完的雪山,走不出的松林。在一座小桥的旁边,我们休息了一会儿,然后继续出发,又走了两公里左右,我正提心吊胆地陪着龙儿下坡,突然他对我说:"不好,爸爸,我的头盔忘在刚才休息的地方了!"坑爹啊!我只得停下车,掉转车头,回去寻找。还没有走多远,赵毅家的车就开了过来,和我猜想的一样,他们去米堆冰川了。我告诉他们龙儿在前边,我要回去拿一下帽子,然后就挥手和他们分别。当我好不容易返回到那个小桥时,一个兄弟刚好骑过来,他惊奇地看着我,肯定是把我当成反骑的英雄了。我对他摇了摇手,又去草丛中找到了龙儿的头盔,然后就和他一起追赶龙儿。赵毅一家已经走了,龙儿和失常正在路边等我。帕隆藏布江在我们身边慢慢地长大了,真正像一条江了。路边的森林依旧那么茂密。这里的藏房也很有个性,屋顶都涂成鲜艳的颜色:或蓝或红,蓝则纯

不要忘了停下来看看美丽的风景。

蓝,红则全红,在蓝天白云的映衬下,格外好看。在一个下坡的地方,几辆汽车追上了我们,问我们:"累不累?"听口音挺熟悉的,难道是河南老乡?一看车牌,果然是"豫"字头的。我说不累,然后又问他们是河南哪里的,原来是周口的老乡。老乡见老乡,两眼泪汪汪,他们马上停下车,热情地给我们拿红牛、咖啡等饮料。一番嘘寒问暖,然后挥手告别。我把饮料放入驮包,半天仍处于激动中……怎么在家时没有见过这样好的老乡呢?

走到中坝村时,感觉我们走好远了,但一查里程,才走了52公里,不到一半,不过是下坡,心中也不是太慌。风子站在路边唯一的一个小商店前,邀请我们吃东西,龙儿立马就走不动了。好吧,下车买点东西吃。也没有什么合适的,最后弄了一点饼干,给龙儿泡一盒面了事。路边有一个林业检查站,专门检查车辆,防止他们偷带木材。不经意一抬头,不禁吓了一跳,只见后边的天空阴云笼罩,怎么,今天还要下雨?赶快让失常风子先走。我催促龙儿吃完面,骑上车就跑,雨最终没有追上我们,阳光慢慢又回来了,我和龙儿也追上了失常,禁不住长舒一口气。

今天全都是好路,整洁的柏油路,再加上下坡,走起来果然爽,是走川藏以

兄弟情深。（风子叫儿子龙哥，龙儿称风子为叔叔，他们两个的关系，怎一个乱字了得！）

来最舒服的一段路。龙儿只要见到下坡，速度就飞快，我总是禁止不住，有时只得顺其自然。这一路之上，车友很多，今天也没有被别人拉下太远。龙儿现在已是川藏路上的"名人"，只要是超过我们的，都认识这个骑川藏的小孩子，只要是认识龙儿，都会把他当成自己的弟弟一样看待，龙儿总会得到照顾，所以我也不是太担心。正在这时，突然发现前边出现了过水路面，水势还不小，龙儿已不见了踪影，以时间来判断，很显然是直接骑过去了。这样的水势没有被冲倒在水中？我有些不相信。失常骑到水边也想硬来，我赶快叫住了她。假如不能直接骑过去，只能脱鞋涉水过去，但这需要花不少时间。可是水边没有人影，看来他们要不都直接骑过去了，要不就是还别的道路。我向旁边一看，果然，不远处不知被哪些好心人修了一条简易路，虽然中间还有豁口，但可以很容易地把车提过去。等过去以后，我们提速追上了龙儿，看到他的身影我就问："龙儿，你是怎么骑过那段水路的？"龙儿不好意思地回答说他见一个骑摩托车的藏族叔叔骑过去了，一个叔叔也骑过去了，他跟着就冲过去，没想到快到对岸时车子没冲劲儿了，只得双脚踩水中走上了岸。龙儿的鞋进水了，幸亏今天温度尚可，也只得先让龙儿穿着湿鞋凑合了。

经过松宗时，发现这里虽然地方不大，可甚是整洁，饭店旅馆齐全，若去米堆冰川赶不到波密，可选这里住宿。松宗之后，路拐了一个弯，只见一个哥们就在路边补胎，用的还是失常的打气筒，问他需要帮忙吗，回答说马上就好了。爬上了一个小坡，就见失常他们在上边等着，风子说刚才的那个"补胎哥"是个彪悍的家伙，刚才在路上赛车风子硬是没有搞定他。正说笑间，"补胎哥"追了上来，还了气筒，然后慢慢超过了我们。果然名不虚传。然而又没有走多远，差点让我笑出声来，因为补胎哥又在路边借个气筒正补胎。问之，答曰又扎胎了。看来"补胎哥"真是能补啊！不得不表扬一下我的"公爵300"，走了一路，连一个补胎的机会都没有给我。由于是下坡，龙儿走得也兴高采烈的，我的心情也不错。路边的雪山一座连着一座，仍然是无边的松林，仍然是奔腾的帕隆藏布江，我带着龙儿边走边玩，所以失常和风子总是超过我们去前边，但是不急，这么优美的路段，飞快地走完才傻呢。走到K4000路碑时，龙儿跳下车就抱住了路碑。K4000！川藏路上最后一个整千路碑，这里距拉萨还有632公里！龙儿抱住路碑晃啊晃啊，我说："你还想把它拔出来不成？"没想到路碑真的被晃动了。我仔细一看，原来这个路碑不知被多少以前走过的兄弟姐妹们虐待过，拥抱过，天长日久，所以它其实早就被拔出来了。

当夕阳透过云层返照大地的时刻，

龙儿不喜欢照相，坚决不给正脸。

我们又一次追上了失常,只见她正在路边的草丛中采花,手里还拿了几朵,是什么花呢?我仔细一看:这不就是传说中的野百合嘛!一问失常,果然没错,于是也在路边的土坡上采了一大把。失常把采来的野百合插在自行车把上,然后就飞一样跑了……龙儿在后边问我:"爸爸,还有多远?"我说到 K4002 就是波密了。事实证明我又不经意间骗了龙儿,因为 K4002 处山高树茂,哪里有波密?由于今天不累,所以龙儿很大度地原谅了我的撒谎。

我们又向前走了几公里,终于在天色变暗之前,来到了生机勃勃的波密。风子正等着我,他告诉我一个不好的消息:没有合适的房间了。原来车友太多,旅店大多客满。风子说只有两个地方还有房,一个每人 30,另一家要每人 40。那就先去看看 30 的情况怎样,谁知到了那里,被告之最后一个房间刚刚被人订走。我们退回到大街上,天色已昏暗,正在我寻思着是否去别的地方找找时,风子大声地喊:"算了,就住 40 的吧,多出来的钱我拿。"这句话让我很不痛快,我只是感觉着出来不是为了享

受,住得差一点也无所谓,再说就是真住贵一点的地方,我怎么能让他给我拿钱?失常一看我情绪不太正常,赶快劝我。只得住在了每人40元的干警招待所。这是整个川藏路住过最贵的地方。先不管这些,去自动提款机取钱,然后好好地吃一顿吧。波密竟然还有霓虹灯,显然是个繁华的地方。但由于和风子发生了不愉快,所以也没有多大的心情来欣赏,早早就睡了,明天怎么办?是休整一天还是继续走?不知道……

自进入西藏以来,龙儿在芒康想去网吧,被告知小孩子不能上网,从此以后,他再也没有提去网吧的话。如今波密灯红酒绿,网吧肯定是有的,但龙儿仿佛忘了这件事。难道他真的忘了网吧?其实不要说忘了网吧,只要能戒除网瘾,我就心满意足了:毕竟现在信息社会,完全脱离电脑不可能,也不明智!

二十六
古乡会
[时间:08/08/晴]

今天本来应该休整一天了,因为从左贡开始就没有再休整过了。但由于昨晚和风子发生了不愉快,我决定继续出发。龙儿非常反对这个决定,无奈也只有跟我走,最后失常也跟着出发了。风子说他等一下再去换个旅馆,今天不走了。波密的街头很繁华,但我也没有多大心情去看。龙儿一直期盼着能留下来,所以走起路来非常磨蹭,我知道他在抗议,但装着没看见。真是应该被咒骂的时间,虽然天气很好,阳光灿烂。

这乱花迷了人的眼,这青春缺席了诗篇……

正想着心事,突然前边出现了一个大坡,龙儿马上哼着说他走不动了。这才刚开始走,怎么可能?我知道他心中的小算盘不过是想回去。我下命令说:"走不动也要走,今天别想回去。"这个上坡甚是变态,骑得我气喘吁吁,龙儿为了表示抗议,竟然下来开始推车,这一下惹恼了我。我大声地骂他没出息,见到城市就不想走……龙儿的眼泪流出来,等龙儿好不容易蹭到坡顶,等待在坡顶的失常赶快过来安慰他。

我知道今天我的情绪不太正常,但开弓没有回头箭,我也不可能重回波密,那么今天走到哪里呢?正常的安排是走到通麦,缓下坡,92公里。眼前的路基本上都是柏油路,要说这也不是一个太难的任务,但人最怕闹情绪,就像龙儿现在的情况。他就如同被粘在地上,怎么也走不动,这样的话能不能按时走到通麦那就不好说了。于是这一段路走得甚是纠结。帕隆藏布江就在路边,但我们都没有心去欣赏,正在这时,失常说风子发来短信,说前方修路,车辆禁行。我笑了笑没有说话,继续前行。因为骑行川藏的人都对禁行没有太大的敏感性,有时甚至新闻联播中说川藏线某一段塌方路断,你也不用太在意,因为维护这一段路的是武警交通部队总队四支队,这是一支机械化部队,一般过不了二十四小时就能通车,当然,我说的是普通自行车。但是风子主动发来短信,说明风子很大度,比

金色的阳光，鲜亮的草地，马儿吃草，我心静好。

我这个马上就奔四的人强太多了！唉，怎么能和风子生气呢？一路上他照顾龙儿，照顾失常，车子出了问题基本上都是由他来搞定……我做得太不好了，于是心中很懊悔，还是和风子一块儿走好啊！怎么办呢？正在胡思乱想，失常又说风子发来短信，说前方三十多公里处有个地方叫古乡，那里有旅馆，景色也好，可以停一下。他也是在街上听一个徒步者说的，那个徒步者刚在那里待过三天。失常问我怎么办，龙儿也期待地看着我。我对失常说，回信风子：今天住在古乡。龙儿的脸一下子生动起来，我也松了一口气。不一会儿，风子回电，他下午出发，目标古乡。

好了，今天的路只有三十多公里了，这是很轻松的事情。然后我们突然就松懈了下来，波密附近的秀美风光立刻拉走了我们的目光。出了波密，河谷变阔，帕隆藏布江也变得温文尔雅起来，水宽流缓，河道中沙洲众多，在明媚的阳光下，让人感到舒畅无比。左右两边雪山看起来仿佛很轻易就能上去，我和失常就商量起来，走到古乡时间甚早，干什么呢？失常说看着雪山这么近，能去摸摸雪多好！龙儿一听马上说："我也要去，我也要去！"我对他俩说现在的季节可不是想去雪山就能去的，看着近，走起来很远的。今天的路很近，龙儿走得很放松，速度很慢。其实我也快不到哪里去。风光如此好，匆匆赶路简直就是不可原

谅的错误。路右边是高山，左边是帕隆藏布江，由于树林太密，雪山和江水都是偶尔能露出来一下脸，眼见着路向右一拐，就见路边露出一个牌子：古乡。前边是整齐的几幢房子，学校政府建筑齐全。失常站在前边一个叫"九头鸟食宿店"的旅馆前等着我们。天上九头鸟，地下湖北佬。难道这是一个湖北人开的店？住下后问之，果然。等后来熟了，老板告诉我们，他以前因为在家乡混不下去，就跑到了西藏，娶了藏族媳妇，如今女儿正在上小学。这里的学生不用交费，国家包吃住，每年只需交给学校一车木柴做燃料就行了。听得我羡慕不已。

吃过午饭，眼见着时间尚早，天气又好，于是就打算去帕隆藏布江边去看看，但龙儿愿意在房间玩手机游戏，怎么劝也不愿一起去。也难怪，这一路之上，风景看得可够多了，龙儿早腻了！最后只得和失常一起去。穿过一条杂树间的小路，帕隆藏布江就露出了它的面容。这一段江水开阔，水流较缓。失常在大学是学设计的，于是就在沙滩上用树枝设计各种字体。失常边设计边说这太阳太毒了，晒得人受不了。也是，西藏的阳光从来就是锐利的，何况这还是夏季。我于是对着天空喊道："来一片云彩盖住太阳吧。"失常说："你还以为真能招来一片云彩吗？"我笑了笑，几分钟后，云彩遮住了太阳，坐在江边，温度正合适。失常吃惊地看着我！巧合，完全是巧合，哈哈！

我们一直在江边玩了一两个小时，后来风子发来短信，告诉我们他来了，我们才磨磨蹭蹭地向回走。这时，那片遮阳的云彩终于移开了，阳光重又回到了大地……屋子里只有龙儿一人，风子呢？龙儿说他风子叔出去了，等了好一会儿，风子才回来。原来帕隆藏布江在前边水势更缓，河道开阔，于是就形成了古乡湖，渡过湖，翻过对面的雪山，就是著名的雅鲁藏布大拐弯。不禁对着雪山遐想半天。虽然不能去雅鲁藏布江，但风子来了，我们又相会了，明天又可以一起走了。

二十七
龙儿突然爆发
[时间：08/09/晴]

昨晚这个九头鸟食宿店还住进了三个移动通信的工作人员，他们是陕西的，因为援藏才来到这里。早晨临出发时，这三个人说前边有一段过水路面，骑不过去，愿意用他们的工具车载我们过去，但我们都不愿意搭车过去，最后让龙儿坐车先过去，我们在后边追，约好他们在水边等我们。等我和失常、风子赶到时，他们竟然没在那里等，又等了一会儿，还没有他们的踪影，只得脱鞋推车过去。然后没多远的地方，龙儿正在路边等着我们，那些工人就在路边的树林里工作……

过了这段涉水路面，前边的路大下坡又多起来。茂盛的松林，晴好的天气，这样的路走起来令人心旷神怡，但我的心中很紧张。因为2009年在K4083处有一个骑车的兄弟遇难；在K4081处，2010年又有一个兄弟遇难。原因无一例外，都是车速太快控制不住自行车，然后直接冲进了帕隆藏布江，尸骨无存。我不敢让龙儿离开我的视线一刻，同时告诫失常、风子也慢些。但看着眼前的路也不比以前走过的路险，所以风子很快就失去了踪影。我一直以为K4081之前应该是很陡的下坡，但走到K4075时，竟然是一个不小的上坡，这个上坡约有两公里长，这就让我迷惑了，我对失常说："这是谁设计的路，为什么不沿着江边修得

平一些,这样向上爬,但是路最终还是要沿着江走,所以升得越高,等一会儿下的坡也越大,怪不得会出事!"等骑上这个坡,我们在上边休息了一下,吃了一点东西,然后全神贯注地准备通过这段鬼门关。

上:千山万水脚下过……
下:千年雪水刺骨寒……

长下坡是从 K4077 开始的,我的眼光几乎没有离开过龙儿,关于这几公里路的恶名让我不敢有分毫大意。可是我越走越疑惑,实际上这段下坡比已经走过的地方没有任何异常,甚至还没有从前的路陡呢,为什么会接连出事呢?我很疑惑。说话间 K4081 到了,K4081 路碑也被车友们涂成了"墓碑",上边写满了"请默哀"、"一路走好"等语句,读起来令人心情沉重。带着遗憾不解的心情,小心地过了 K4081,我们仍然不敢大意,因为前边两公里处是 K4083。应该说 K4083 比 K4081 要接近江边一点,因为在这里我至少看到了江水,但是坡度也不至于出大事啊?最后我想,可能是从然乌这一路的下坡走得太顺利了,于是就大意了。不管怎样,当你走到这一段时,记着告诫自己及队友:慢一点!再慢一点!

这一路植被繁茂,连家乡很少见的树莓都有很多,我和失常不时地停下来摘着吃,许多车友显然被我们的大胆动作所震惊,不时有人问:"这能吃吗?"我对他们笑着说:"这已经吃了几小时了,还没有死,说明是安全的。嘿嘿。"过了川藏路上最令人伤感的路碑 K4081 和 K4083,马上就到了另一个著名险段 102

塌方群。102塌方群又称"江玛曲米"塌方区，自川藏南线修成公路以后，这一段从来都没有修好过。常年流水不断，泥石流非常严重。据说雨季最严重时，整个地面都呈蠕动状，走在上面摄人魂魄。接近102塌方群，路面也重新变回烂路，但由于近几天一直没有下大雨，所以地面虽然有小碎石，也并不难走。路的两边许多地方已用水泥加固，但最后一段仍然没有办法加固，因为整个山坡都是从上到下呈一种不稳定的状态，明显能看出一下大雨就可能向下移动，而下边就是帕隆藏布江。这一小段路也是在土坡上用机械挖出的，看来也只能塌方就重新挖了。龙儿很吃力地骑过102塌方群，马上就被几个车友围起来赞叹了半天。照相留念，然后继续骑行，路慢慢又变成好路，离通麦还有五六公里的样子，又要爬几个小坡，但龙儿又不愿意走了，我很生气，这已经是最后一点路了，怎么就不能一鼓作气拿下来呢？失常让我先向前走，她鼓励一下龙儿，于是我就自己前行，走不多远，又是一个下坡，我冲到K4095路碑那里，扔掉自行车，靠在路碑上等龙儿。阳光很灿烂，甚至有些毒，龙儿半天没有过来，我也在心中默默地想着明天的行程：明天要走到鲁朗，71公里，其中前30公里是土路，后边都是柏油路。但是比较要命的是后边的几十公里是上坡路，特别是过了通麦就是著名的排龙天险。怎么办？如果按正常的安排，明天龙儿肯定又走不动，还会是崩溃的一天。如果能再向前走一段，那么明天就会轻松多了。

我把想法跟失常说了。然后又商量了一下，如果不住通麦，那下一个住宿点是16公里外的排龙，可是龙儿能坚持到排龙吗？看来还是先到通麦吃饭休息一会儿再说吧。然而我们等了龙儿好长一段时间，仍然不见龙儿过来，我就心里有点发毛了，虽然我相信没有多大可能会发生什么危险，但还是忍不住步行往回走去接龙儿，我刚拐过一个弯，就见龙儿不慌不忙地骑着车过来。"为什么这么久？"我装作不经意的样子问。

龙儿说："我在那边歇了一会儿。"

"现在能走动吗？"我不动声色地接着问道。

"不行，还是没劲儿。"龙儿有气无力地答道。

我的心头不禁升起一阵疑云：等一会儿，真的能去排龙吗？

风子正在通麦第一家饭店前等着我们，见了我就说他刚才吃饭时碰到一个开车的河南人，还请他吃了饭，可惜现在已经离开了。唉，又错失了一个见到老乡的机会。买了些饮料，又一个人要了一碗面，然后边吃边和风子商量下一步的行动。风子倾向于住在通麦，我则说了我的担心，我们都试图说服对方，但是一直没有结果。等吃过饭后，又起风了，并且是逆风。风子又问我怎么办，我毫不犹豫地说："我一定要在今天走到排龙。"风子没有说话，只是默默地随着我向前走。我还以为通麦只有我们刚才吃饭的地方那么大呢，谁知没走多远，出现了更多的饭店和旅馆，绝大多数的车友都停了下来，但是我走到那些旅馆门口，没有犹豫，继续前行。

出通麦大约一公里，好路消失，烂路开始。然后就看到了一座大桥——通麦大桥。通麦大桥不是架在帕隆藏布江上，而是架在易贡藏布江上。易贡藏布江就在桥下游的不远处汇入了帕隆藏布江。通麦大桥是交通要道，有武警把守。这个桥是个斜拉桥，用钢铁、木板制成，应该是一座简易桥，但地位不可取代。可是不知为什么一直没有修更高等级的桥梁，也许是怕再有2000年的那种洪水，遇到那样的洪水，修再好的桥也没有用。桥面一次只容一辆汽车单向通过，对于我们骑自行车的，只要不妨碍汽车通行，随时能过。我们一个接一个小心地通过了大桥。过了大桥，路分为左右两个方向。右拐逆易贡藏布江而上是去易贡湖的，更远可以到易贡，那里的藏刀很有名气。顺流而下的，是我们要走的川藏路。左拐以后，看着前边奇烂的土路，我不放心，又问了一下值勤的武警，得到肯定答复后，就带着龙儿与失常、风子一起出发了。

这一段路就是闻名遐迩的排龙天险。川藏路，无论走到哪里，都是沿着河谷修建的。过了易贡藏布大桥，实际上遇到的是悬崖，怎么办？只能随形就势，沿着崖间开出了一条险路。这段路高低不平，起伏很大。刚过桥，易贡藏布江就汇合了帕隆藏布江继续前进，两江交汇，水势更加凶猛。路就修在江边的崖壁上，非常凶险。不光这样，这段路也许从来就没有修好过，碎石遍布，灰尘很大，汽

龙儿，你终究会慢慢地长大，要独自克服一个又一个的人生坎坷。

车过后，尘土飞扬，让人难以忍受。正在这时，路边出现了一潭泉水，虽然叫泉水，因尘土太大，上边还是落了一些灰尘，但龙儿不知哪根筋搭错了线，一定要尝尝这泉水，我严厉制止，但龙儿说他太渴了，而我当时刚好没有水了。我仍然不允许他喝水，于是龙儿说那我洗洗脸吧，然后趁我不备，喝了几口，喝完嬉皮笑脸地看着我，告诉我水中还有点汽油味。唉，没办法，只得随他。这里的路面大多数情况下只有一车多宽，所以汽车总是要会车，我们也只好小心地通过。

排龙这一段，海拔没有升高，但上下坡很频繁，坡也很陡，加上路超级烂，所以甚至连风子这样的猛男也不得不下来推车。但是谁也没有想到这几天都很蔫儿的龙儿突然爆发了。若是以前遇到这样的上坡，龙儿早就下来推车并且开始埋怨了，但今天非常反常。当我也不得不下来推车时，我看到龙儿竟然还在骑着车，虽然显得很吃力，但是他在努力啊！我让他下来慢慢走，但龙儿硬是爬上了面前的那个大坡。当时我认为这只是偶然现象，我相信龙儿坚持不了多久的。但他马上就让我吃惊了，因为无论坡有多大，龙儿一不抱怨，二不说累，来者通吃，通通骑着上去。我追上去，大声地呵斥他，让他下车，虽然儿子的这种情况是我求之不得的,但今天的事情太过于反常,如果因此把肌肉拉伤,那就得不偿失了。可是龙儿轻松地笑着说:"爸,没有事,我'魔鬼附身'了。"实践证明,这一天的最后16公里路,龙儿的确是"魔鬼附身"了。在排龙天险,儿子一路领先,状态好得让我们吃惊,简直和平时的龙儿判若两人。排龙之前一公里处,是这段险路的咽喉之处——老虎嘴,这里的海拔只有1923米,是川藏路西端的最低点。这是从悬崖上硬凿出来的路,下边是悬空的,用两段钢梁桥连接。我让龙儿停下来拍一张照片,若是平时,龙儿肯定会拒绝的,但这次他很爽快地答应了我的要求,并且第一次照得不太好,我让他退回去再走一次时,他也愉快地执行了命令。这个下午,有点特别。(后来听说,十三妹就是在这一段路上下坡时没有控制好自行车,摔伤了,只得搭车去八一,并最终坐车去了拉萨,提前结束了自己的骑行。谨慎!谨慎!)

过了老虎嘴,我们结束了自遥远的安久拉山开始的下坡路,在这里,帕隆藏布江产生了一个大拐弯,然后奔向了自己的母亲雅鲁藏

龙儿突然爆发了!

布江。我们也告别了伴行了一路的帕隆藏布江,接着沿着它的另一条支流开始向上行进,这条支流有一个美丽的名字——拉月曲。自古乡开始,经常生活在这里的人就称这一段是大峡谷地区,后来我才知道,这果然是著名的雅鲁藏布大峡谷的一部分,刚过的老虎嘴,就是雅鲁布大峡谷徒步线路的入口处。再走不到一公里,排龙就到了。

排龙虽然是一个乡,但非常小,不过有许多接待住宿的地方,因为大多数车友都停在了通麦,所以排龙往往住不满。这里住宿价钱也很便宜,每人10元。我们住下后,又得知附近还有个温泉,如果泡温泉,一人还要10元,是另一家管理的,你走向温泉的方向,就会有人拦住你,问你是否去泡温泉,如果去则收费10元。想着没有什么事情,我们都去泡了一下。温泉就在澎湃的拉月曲的边上,和芒康前的温泉山庄不一样的是,温泉山庄是在室内洗,而这里是露天的。一边河水冰凉,一边温泉水暖,别有一番滋味。这里海拔低,泡温泉不怕"高反"什么的,很是舒服。美中不足的是来回的路上尘土太大了。

二十八
林海雪山俏鲁朗
[时间:08/10/晴]

告别排龙,川藏路就沿着拉月曲缓慢地爬升,坡度很缓,尘土很大。由于昨天我的"英明"决定,今天只用走54公里,所以走起来倒是一点也不紧张。还没有走几公里,就见后边慢慢追上来一对父子,走到我们后边大约百米处,不知为何他们停了下来,隐隐约约地听见那个父亲在训儿子,那孩子还在哭鼻子。

加拉白垒峰

龙儿一看来了个小朋友,立刻兴趣大增,把车子扔在路边就跑了过去。等了一会儿龙儿回来了,那对父子也推着车上来了。原来,这个孩子昨天在出古乡后的那段过水路,不知为何竟然剐断了变速器,不得已这位爸爸只得用截链器截去了一段车链,但这样一来,车子无法变速,遇到上坡只能推着走,刚才就是儿子嫌累不愿意骑,于是父亲就开始训孩子。唉,走川藏路的人不容易,走川藏路的孩子更不容易,想想龙儿也曾被我训得不只一次哭鼻子,心里莫名地难受。这个孩子十四岁,幸亏这里离八一不远了,他们只要到那里去专卖店换上变速器就行了。

正想跟着这对父子一起前进,突然就发现左侧出现一座雪山,脚就迈不动了。紧走几步,在一个空旷的地方,这座雪山看得更清了。这一路之上,雪山绝对没有少见,但眼前的这座雪山仍然让我震撼。因为它洁白无瑕,在蓝天白云的映衬下,就似一块儿白玉。雪山离我们很近,在绿树的映衬之下,白得脱俗。这座雪山的名字是什么呢?难道是大名鼎鼎的南迦巴瓦峰,只听说在色季拉山垭口能看到南迦巴瓦峰,没听说过在这里也能看到啊?如果不是南迦巴瓦峰,那么它是谁呢？后来对比地图，我判定它是南迦巴瓦峰的哥哥加拉白垒峰。加拉白垒峰已然如此漂亮，想来南迦巴瓦峰会更好看。

K4112 也是一个著名的里程碑。这个路碑之所以有名是因为烂路在这里消失，取而代之的是好路，并且好路一直到拉萨。我和龙儿在 K4112 处手舞足蹈，庆祝再也不用受灰尘的折磨了。前边的路，由于景色挺不错，所以虽然是上坡，走起来也不觉得太累。路边树莓仍然很多，考虑到今天路程不紧，所以不时地停下来解决一下嘴馋的问题。一来二去，让风子这个猛帅哥时而出现在我们身边，时而又消失在远方。到拉月村藤桥那里，我们又追上了正在等待的风子，一起又在藤桥上玩了半天。今天太放松了。

东久乡很小，比排龙还要小，但东久也是今天路上唯一的补给站，大多数的车友骑到这里时已是午后，要在这里解决午餐。但是东久实在太小了，整个街上只有几座房屋，并且只有一家小卖部，一个藏族女孩子经营着。我在这里，终于喝到了在排龙就垂涎的健力宝。健力宝是我青年时代的高档饮品，可惜后来几乎消失了，没有想到在西藏还很有市场，借这次机会，终于可以品尝一下，同时也借此怀念我已经消失的年轻时代。出东久，路左拐 90 度，进入林芝公路段管辖区，然后路又右转 90 度，眼前出现了一个大坡，这个大坡没有持续太远，骑上去之后，仍然是较为平缓的上坡路，我们继续今天愉快的骑行。实际上自排龙开始，我们就开始爬山，这座山叫色季拉。也许是这无边的林海，也许是这温

暖的阳光，也许是因为昨天走到排龙的正确选择，所以我感觉色季拉是一座让人喜爱的高山。许多人说自东久到鲁朗的28公里上坡路，会让人累得连句话都不想说，但我表示没有压力，甚至龙儿也是如此。龙儿竟然能跟上大部队骑行了，看来我们终于找到了属于我们的骑行节奏，龙儿也适应了西藏的上坡路。

今天风子在前边若隐若现，失常也没能领先我们多少，我为龙儿的状态而兴奋，甚至路上遇见个厕所也去参观一番。自东久后基本上都是无人林区，一路几乎没见几个村庄，除了车友，就只遇见几个维修路面的工人。但路边的豪华厕所令人咂舌，你说这是建给谁的？过K4145，龙儿说想多歇一会儿，考虑到现在的路很安全，于是让他休息，我继续前行，未几就追上了失常。爬上一个不大的坡，路从树林中走出，鲁朗兵站出现在面前。

川藏路上，遇到兵站让人平添一丝安全的感觉，但鲁朗兵站不一样，因为传说这里有几条恶犬，对骑车者甚感兴趣。被狗咬一口可不是小事，所以我和失常停下来等龙儿。恶狗何在？鲁朗兵站里面没有一个人影，大门外的确卧着只狗，但它根本就不看我一眼。我现在混到连狗都不理了，真是伤自尊啊！

龙儿慢慢地出现，然后和失常一起出发，那狗仍然爱理不理的样子。我收拾了一下行李，又照了几张照片，耽搁了一点时间，十几分钟后我追上他俩，只见他们停下来爬到了路边的护墙上，正在找着什么东西。失常见了我大喊："这里的树莓好大啊！"然后失常又告诉我刚才遇到了河南老乡，在西藏工作，极力想用他的车拉着龙儿走，但被龙儿拒绝了。看来龙儿对自己更自信了！此时离鲁朗还有10公里，离天黑还有至少四个小时，不急！从通麦出来的兄弟们逐渐赶了上来；我对龙儿也不用紧盯，任他时快时慢地前进。过了K4152，路边开阔起来，溪流相伴，野花星散，人说鲁朗是东方的瑞士。瑞士我没有去过，但我以为鲁朗虽然很美，可是我们一路走来，和曾经见过的风景相比，不过尔尔，于是连瑞士也觉得无所谓了。登上坡顶，蓝天白云，草场牛羊，还有鲁朗，尽入眼底。随着下坡，冲入鲁朗，然后你就会发现，虽然鲁朗不大，你却被"石锅"两个字所包围。

若说鲁朗风景似瑞士，这是虚无缥缈的，未免仁者见仁，智者见智。但鲁朗名吃石锅鸡那可是实实在在的，当然，价格也实在：想吃饱，一个人得40元左右吧。风子已找好住的地方，这是一家住宿餐馆兼营的店。我是抱着不吃这所谓"石锅鸡"的想法走进店内的，但看得出龙儿很想尝尝。其实龙儿对肉食都挺感兴趣。通过交谈，发现这家的女老板和我们昨晚住过的排龙女老板是姐妹，失常悄悄地对我说："同样是姐妹，但这饭店不是一个档次啊！"的确，这里的房子宽阔豪华，岂能是排龙那些几乎是简易的房子所能比？经过了一番犹豫，我还是决定吃一次石锅鸡，毕竟跟着儿子，再说也不知有生之年还能不能重新来到这里了。石锅鸡里边添加了许多药材，当然别有风味，看着洁白的鸡汤沸腾起来，我们立即投入到消灭鸡肉的战斗中去了。整天都在赶路，能像现在一样享受，还真是几乎没有过。

正吃之时，有客人来找老板想买个石锅，龙儿说："爸，咱也买一个带回去做饭吧？"然后很好奇地跑过去，端着老板家的石锅研究。我边吃边听到女老板给那个人介绍，原来正宗的石锅产自墨脱，一个石锅大约两千元……我一听赶快让龙儿放下，如果摔碎一个这损失就大了。其实石锅那么重，白给我一个也不一定有勇气背回河南去，嘿嘿。既然选择了吃石锅，我给大家的命令是放开吃，吃过瘾为止。我们选的是大锅，160元一锅。要说我们三个大人一个小孩儿大锅是绝对够了。九岁的龙儿骑川藏让这个女老板震惊不已，为了表达自己的敬意，特意在我们吃的过程中把给自己女儿留的鸡翅什么的又给我们添了不少，这样一来，锅内的鸡肉就有点超标了。开始的时候觉得鸡肉吃着过瘾，但后来就感觉还是鸡汤更有味（说实话，的确是鸡汤更好喝），到后来感觉鸡肉鸡汤都和平常的没什么两样了。但也不能浪费啊，那就想办法吃吧。再往后，感觉这鸡肉怎么还吃不完啊？好不容易吃完了，直接的后果就是再也不想吃鸡肉了，甚至一听到食品的名称中带个"鸡"就感觉一阵反胃，这种状况一直延续了许多天……鲁朗石锅鸡，也是整个川藏路上我们最奢侈的一餐，带饮料总共是180元。后来的兄弟，吃不吃石锅鸡？这的确是一个问题。以我个人而言，感觉传说中的石锅鸡，其实味道也很平常。

二十九
冷冰冰的色季拉，暖洋洋的林芝镇

[时间：08/11/阴转晴]

鲁朗的早晨，吃饭是一场短兵相接的争夺战。因为适合做早餐的食物并不多，并且大家一路对炒饭面条吃腻了，都想换个口味，同时又不想花费太多，所以对于早餐，那些大饭店当然不是首选了，于是，几乎所有的车友都杀向了为数不多的几家小店。陕西馒头饺子店的饺子甚至馒头都供不应求。我在里边等了一会儿，感觉不是办法，只得带着龙儿到隔壁店吃碗面了事。然后又买了八宝粥什么的凑合当午餐。这时有位兄弟介绍说路南角落里有个奶茶店做的奶茶和优乐美几乎一个味，于是就跑过去买了一大壶作路上的饮料。

出鲁朗，一派田园风景，也就是传说中的"瑞士"风光。但今天似乎不如前几天晴朗，有一种雾蒙蒙的感觉，看来到色季拉垭口远眺南迦巴瓦的愿望十有八九要落空了。骑了大约一两公里，陡上坡就开始了。这里到垭口还有约25公里，这个路程也不是太恐怖，大不了陪着龙儿推上去嘛。公路曲折向上，两旁古柏森森，林芝的风景的确让人赞叹。这一路走来，特别是进林芝地区后，真的让人有一种西藏归去不看山水的感觉。山河秀美，令我不禁感叹：以前总觉得维护祖国统一好似就是一句口号，川藏之行让我从心底里坚决反对任何形式的分裂言论。西藏如此美丽，我们想来就来，因为这是我们自己国家的一部分！K4165是我们选择的第一个休息处，这里建了一个田园风光观景台，但要收费，我想如果是十元八元的话就进去转转，但一问居然要60元，抢劫啊！于是也就失去了看看的兴趣。其实这个观景台比较容易绕进去的，风子就从栅栏旁边绕进去了，龙儿也绕进去了，但我连绕的兴趣也没有了：去看一下就要60元，感觉是不是有点侮辱智商？这一路之上难道不能找个别的地方看看吗？（不过，这一段路两边的松柏太茂密了，鲁朗山谷虽在下边，但真的没有几个地方能看到下边的景色。）于是我就坐在观景台外边等风子和龙儿，这时一个兄弟骑了上来停在我面前。我一仔细看，原来我们之前曾在通麦见过，当时他住通麦了，说是要坐车去易贡买个藏刀，那时以为他不过是随便说说。谁知现在一问，他还真去了。藏刀被他绑在了自行车的横梁下边，见我有兴趣，这位兄弟慷慨地解下来让我欣赏。说实话，对于刀我研究不多，眼瞅着他买的也就是一把看着挺普通的藏刀，可一问价钱，天啊！1800元！看来东西的价格都是由喜欢它的人决定的。同样一种东西，不喜欢的人，感觉很一般；喜欢的人就觉得是无价之宝了，情人眼里出西施也是同样的道理。龙儿出来后拿着藏刀横砍竖劈，小孩子对武器总是这么感兴趣。挥手告别这位朋友，等风子出来后，我们也继续出发，第一次休息我们共走了8公里，我估计第二次就不能走这么远才休息了，因为龙儿容易累，会越走越短，并且前边的坡也越来越陡

儿子，这样很危险的！

这些车友为了鼓励骑不动车的龙儿，一起下来陪他推车。这是路上我见到过的最大推车团。

了。我的目标是 K4170。但好不容易走到 K4169，龙儿一定要停下来休息，只得随他。此时失常、风子都提前走了，又是我陪着龙儿挑战川藏路了。继续出发，这时后边又有几个车友追上了，其中就有那个带着小狗走川藏的广东哥们，龙儿一见"小白"顿时就来了精神，追着小狗跑了一段，但龙儿的体力还是不行，最后只有眼睁睁看着"小白"消失在前边，于是我们又在 K4173 处歇了一会儿。然后我们接着向上骑，到了 K4176 附近，路拐了一个弯，本来还能坚持一会儿，但路的拐角处有片开阔地，正好对着鲁朗山谷，鲁朗林海尽入眼中，所以我就带着龙儿停下来欣赏林海风光。

鲁朗风景区位于脚下的山谷中，据说这个山谷 15 公里长，约 1 公里宽，两边山坡上松杉茂密，谷底溪流宛转，草甸密布，的确是个游玩的好去处。正陶醉在林海的景色中，后边又来了一群车友，也曾经见过面，就是在左贡遇到过的有两个老乡的那支队伍。他们一见我和龙儿，很是亲热。也就在这里，他们告诉我十三妹走到排龙时摔伤了，已搭车住进了八一的医院，今天他们赶到八一首先就要到医院看看十三妹的情况。看完林海，我们一群人排成一队，组成了川藏路上最大的一个推车队，向着色季拉山口继续进发。推了一会儿，又骑上走一段，然后就到了一个路边堆满了小玛尼堆的地方。这里的玛尼堆很有特色：每个玛尼堆的上边都压着一毛或五毛的纸币，就如同内地坟头清明节压的纸一样，不知何意。

这里地势也很开阔，我们就在这里开始了午餐。失常在前边发来短信说风子已消失，她已接近垭口，那里较冷，并且还飘了几点雨，她不等我们了，先下山到林芝镇再等我们。吃过饭，那些帅哥们先骑上车走了，龙儿好像没有多大力气了，所以我就在后边慢慢地陪着他推车。好在离垭口已不远了，这时我们已走出了树林，垭口就在左前方，清晰可辨。但这最后一段路龙儿走得很是辛苦，几乎是一步步地挪上去的，中途还歇了几次。

当我们好不容易走到山顶时，上边已没有其他的车友。地面有许多小水坑，看来果然刚下过雨。周围云层密布，牵肠挂肚想了许久许久的南迦巴瓦峰根本就不见了踪影。没有关系，将来我会带龙儿去看它的。山口温度很低，有许多藏族同胞提个袋子卖东西，客车一来，车上的旅客下车看风景时，这些小贩就扑过去推销自己的东西，虫草、藏天麻什么的。客车一走，他们就暂时歇业。龙儿说他冷，于是我赶紧打开驮包拿衣服，由于我的自行车没带脚撑，周围又没有停靠的地方，所以比较吃力，一个藏族小伙子赶快过来帮我扶稳自行车，让我放手拿衣服，心里顿时充满温暖。我给龙儿加了一件厚衣服，自己也加了一件，那位藏族朋友对我说："这里太冷，你们赶快下山吧。"

我道了声谢,带着龙儿就掉头向山下骑去。起初的下山路不是太陡,但冷得厉害,我尚可勉强忍受,但是龙儿受不了,还是嚷着冷。我不想再费力打开驮包了,于是就把放在驮包外边的雨衣给他穿上,为了保暖,我的雨衣也给他穿上了,有了这两件雨衣,龙儿这才感觉刚刚好,于是他的速度快了起来,有时会脱离我的视线,屡禁不止。骑了几公里,树从无到有到茂密,逐渐多了起来。路开始变陡了,在色季拉山坡呈"之"字形盘绕起来。透过树间空隙,远处有一条河如带般飘浮着,那就是美丽的尼洋曲。我追上龙儿,严

耶!我胜利登顶了,只是好冷啊!

格限制着他的速度,尽量不让他超越我。下了十几公里,回头再看刚刚骑过的路,只见如一丝细带般挂在头顶的山上,若隐若现,时断时连,心中不禁一叹:好一座陡峭的色季拉!

当我俩冲进林芝镇时,阳光暖暖地照着大地,和山顶简直是两个世界。中午在玛尼堆那里随便吃了点东西,龙儿早就喊着饿了,其实我也一样,所以我们找到一个商店就停住不走了。林芝镇本来是这个地区的中心,但周围皆山,发展空间不大,等十几公里外的八一兴起后,林芝镇只有沉默了。林芝镇虽小,巡逻的武警却不时从街头走过,感觉很安全。我们进的商店不大,我让龙儿挑选吃的,他选来选去,挑了两袋方便面,我过去看了看,突然看到一种饼干的包装很像在

家里见过，一问价钱，和家比里也就贵了一元多钱，要知道这可是西藏啊，已经够便宜了。我毫不犹豫地让老板拿了一包，仔细一看，我的娘啊，几乎有一种穿越的感觉，因为包装袋上印着：许昌×××厂制造。老天爷，我都有点怀疑这饼干是怎么到这里的了？要知道这个厂也不是一个著名的大厂，太令人意外了。从此也让我对这个厂刮目相看。

林芝镇的街头没有找到失常，后来才知道她在这里竟然遇到了一个骑车的郑州老乡（这位帅哥网名一日同风，车后插面大旗，上书：一个人的私奔，我的川藏线。他从郑州一直骑到拉萨，也是一个牛人），后来跟风子一起到八一去了。吃完方便面、饼干，感觉身上冻饿的感觉消失了，我问龙儿还能走吗，龙儿问还有多远，我说还有14公里，基本上是平路，那里有个大城市，名字叫八一。龙儿雀跃而起，飞身上车，大喊一声："冲啊！攻占八一！"

出林芝镇口，是一段上坡，但不久就到了下坡，然后路就比较平坦地顺着尼洋曲向前延伸。尼洋曲，藏语的意思是"仙女的眼泪"。河如其名，风光漂亮无比。尼洋河是雅鲁藏布江的一条支流，到林芝时，已是下游，这里河道宽阔，沙洲众多。沙洲之上，柳叶婆娑。面对眼前美景，我感觉自己的语言已经不够用了，只能默默地欣赏，静静地对着尼洋曲，唱

上：龙儿又回头看了一眼色季拉，上边怎么那样冷？身上还穿着雨衣。

中：美丽的尼洋曲

下：儿子一直给我做这个动作，最后我终于明白了——八一！

着心中的赞歌。龙儿又恢复了生龙活虎的样子,整个剩下的14公里路程,我几乎一直在后边追着他跑。路边不时见到卖西瓜的摊贩,林芝的西瓜很好吃,但由于龙儿的速度太快,一直没时间停下来买一个尝尝。爬上一个小上坡后,一座现代化的城市出现在我们面前。难道这就是八一?龙儿回头不相信地看着我。我们研究一下,确定无疑,这就是八一!八一太大了,据说八一是西藏仅次于拉萨的第二大城市,虽然我对这种说法表示怀疑,但面对这个川藏路上不常见的大城市,显然不大可能迅速找到失常、风子的身影了。发了许多条短信,我们仍然不能确定失常的位置,不得已,只得沿着G318一直向前走,直到失常骑着车反方向出来接到我们。失常已经找好了地方,并且已经洗过了澡,可惜那个帅哥跟丢了。旅馆的门口有台球,龙儿拉着风子玩台球,我在楼上洗澡,等我洗完回来,发现龙儿和风子已经不玩了,为什么呢?原来刚才外边下雨了,西藏的天气就是这么变幻莫测。令人惊喜的是失常在路上买了个西瓜,细细品味林芝的西瓜,果然不同凡响,好吃!

在八一,我们见到了公交站牌,回想起来,公交仿佛已是很久远的事了。我们又回到了人间。当然八一还有龙儿感兴趣的德克士,明天要请龙儿吃一次德克士,这一路,龙儿真的辛苦了!

三十
格桑花，格桑花

[时间：08/12/晴]

八一是个繁华之地，物价也不是太高，可以在这里休整一天。但那天赌气出波密赴古乡，不但欣赏了美丽的帕隆藏布江的近岸景色，更关键的是第二天轻松赶到了通麦，最终住在了排龙，并且使紧接着到鲁朗的行程变得轻松愉快。也可以说这件事由坏变好吧。由此我得到了一个经验：凡该休整之时，都不要停留，而是向前以游玩的方式走一段。这样做，既不累，又可以充分地欣赏风景，还能为第二天的行程争取出来更多时间，使第二天也不用匆匆赶路。完全不用担心住宿的地方，以我的观察，川藏路是一条成熟的旅游路线，除了个别的地方，大部分路段都有中间住宿的地方。这些地方不是游客的必须停留地，价格一般会便宜一些，并且往往会在附近看到别人看不到的风景，何乐而不为呢？这个方法，无论是谁走川藏路，都行得通，可谓老少咸宜，特别适合于我这样带着孩子的骑车人。

对照地图，今天的最低行程可以选 37 公里外的更张镇，到那里视龙儿的情况而定。如果龙儿还能走，还可以再前行 26 公里住到百巴镇。虽然一直是缓上坡，但最多只不过走 63 公里，以龙儿目前的实力，完成任务应该会很轻松的。计划制订好之后，得到了风子、失常的认可，但风子还需要办一下自己的事，说让我们先走，他中午左右出发。我们也不急着出发，因为还有一件"大事"要办，就是请龙儿吃德克士。前边走到深山之地，有时龙儿不愿骑车赶路，我就对他说："前边有个八一，八一有德克士，你表现得好，我到八一请你吃德克士。"于是，龙儿就牢牢地记住了八一，记住了八一的德克士。问了一下旅馆的老板，原来德克士离这里并不远，出门左拐二百米左右就有一家。于是收拾行李，杀奔德克士，到了那里却被拒之门外，原来德克士到10点才开门，而我们到的时候才9点多。忘了这里和家里有近两个小时的时差了。于是就站在德克士门口等待，中间还打电话催里边的工作人员，终于德克士的大门打开了。但紧接着就产生了一个问题：自行车放下边怕不安全，德克士的餐厅又在二楼，怎么办？问服务员，回答说要不你们把车带二楼吧。好吧，我就把失

常、龙儿还有我自己共三辆自行车都运到了二楼。坐在德克士里边,感觉似乎是在家里,透过窗玻璃,外边行人、公交、蓝天、白云,一如内地。只是远方隐约的高山,悄悄地提醒你,这里是西藏!我们在这里慢慢地享用了一顿说早饭太晚、说午餐又太早的快餐。临走时,龙儿还有点意犹未尽,但看得出他很满足。说起来好笑,听人说走一趟川藏,是良好的减肥方法,一般人都会瘦几斤,但反观龙儿,这一路走下来,不但没瘦,脸蛋倒有胖起来的感觉。

驱车出八一,熟悉的318国道又陪伴我们继续前行,阳光仍是那样的温柔,尼洋河仍是那样的娴静,虽然还是上上下下的起伏路,但龙儿走得很轻松。看到龙儿这样的状态,我心情更轻松。离拉萨越来越近了,龙儿的情况越来越好了,翻山的时候越来越少了,川藏路,难道就这样被我们走完了吗?……沿着尼洋曲缓缓而行,有时近水,就有婀娜的柳枝在路边飘舞;偶尔离开河边,仍是苍松绿杨环绕左右。

中午时分,更张镇到了。自从昨晚在八一品尝了西瓜,那种美好的滋味一直萦绕心头,于是就对失常说到路边菜店内买个西瓜吃,龙儿一听,当然喜出望外。店老板是个女的,问她西瓜的价钱,回答说2元一斤。我一听,就感觉她是河南人,问之,果然。一边吃着西瓜,一边和这个河南驻马店的老乡闲聊,原来在西藏做生意的河南人很多，并且以卖菜的为多。吃完西瓜，问龙儿是否继续前行。龙儿选择了向前走，于是和老板说再见。出了更张镇，上了一个较大的坡，然后仍然是很缓的上坡，这时已过了午后许久了，寻思风子也该来了，我们在路上放慢脚步，但左等右等都不见风子的踪影，以风子的速度，不该这么慢啊？难道今天不来了？在满脑子疑问中，百巴镇到了。百巴镇似乎比更张镇要繁荣一些，至少很明显地就看到了两家食宿店，我们随便找了一家住下。吃饭的时候，风子终于到了，问他为什么这么晚，这小子开始有点不好意思，后来才说，原来他在来的路上遇到了一个当地的美女，于是一起走着说了半天话。嘿嘿，青春无价啊！吃过饭，时间尚早，我们一致同意去近距离接触一下尼洋曲。穿过公路南边的临街房屋，很快地就到了尼洋曲。原来骑车走在公路上从远处看，尼洋曲呈现出一种透明的蓝色。现在站在尼洋曲的岸边，就只有一种感觉：清澈。河道中间，水流仍然较大，近岸的浅水处，鹅卵石静静地躺在水中。风子和龙儿兴奋地玩起了漂"水漂"，选一个较薄的石片，然后用合适的角度旋入水中，石片就在水面漂出一朵朵的水花。眼见水花时起时落，心中突然想到，这种小时候的游戏已经多少年不再玩了啊？如今岁月老去，儿子已慢慢地长大，只是许多年后，不知儿子能否理解，爸爸当年为什么带着他，走过千山万水，走向有着明媚阳光的拉萨？想着想着，不禁心中酸涩……

　　回来时经过百巴镇小学，又看到了和家里一样的教学楼。学校门口鲜花盛开，有月季，还有另外一种叶子如细丝般的花，这种花看着娇艳，却不使人感觉到俗气，难道是传说中的格桑花？回来问饭店的四川老坂，他支支吾吾地说他也不知道什么是格桑花，但是他感觉这不是格桑花开放的时间。不死心，用手机上网查了一下，网页上出来的图片和刚才看到的完全一样。看来，整日相伴，也不见得就知晓事情的答案。生意人最关心的是能赚多少钱，而格桑花是什么，对于他们没有多大意义。可是对于我们，格桑花就如同这青藏高原的灵魂，有了她，才感觉这高原更多了一丝神韵，平添了许多英雄美人沧海天涯。格桑花，我们终于找到了你！

三十一

温情相伴到江达

[时间：08-15]

离开百巴镇之时，阳光依然明媚，尼洋河依然静静地流淌。走了大约十几公里时，公路标牌显示我们出了林芝县，进入了工布江达县，路边就赫然出现了一个古堡——秀巴千年古堡。古堡人气很旺，游客应该大部分都是自驾游来的，车友也有，但较少。如果按正常的安排，今天从八一出发，一天赶到工布江达，要走130公里，还是要费一番工夫的，所以走到这里时，人比较累，大多数车友都是看一下就走。我们今天有的是时间，所以停下来细细地观赏。秀巴古堡有点布达拉宫的味道，不知是否西藏古堡都是这样？我问了一下，门票要100元，也就没有心思去古堡里边看了。龙儿对于面前的这座"大房子"也没有多大的兴趣，他下车就被几个自驾游的给围住了，那些人听说龙儿骑车过来的，都是一副不可思议的样子，而龙儿也被表扬得很不好意思。旁边几个藏族小孩儿围了上来，他们对龙儿很好奇，碰碰龙儿，摸摸车子，龙儿马上和他们成了好朋友。

秀巴古堡前边有个塔楼是免费的，一楼很高，装了一个好大的转经筒。我独自爬到上边看了一番，等我下来发现龙儿正和一个藏族小孩子推着一楼的转经筒在疯玩。藏传佛教推崇转山转水，但都必须是顺时针行进。转经筒也是这样。经筒上刻满各种神秘的花纹，还有六字真言什么的，藏族同胞进来，满脸虔诚地边念经边推动这个巨大的经筒。龙儿和那些小朋友就不管这些了，嘻嘻哈哈地推着经筒向前跑，速度快了，他们还歪着屁股坐在扶手上，我见了赶快制止他们这样做。无论是否信奉宗教，都要尊重别人的信仰。虽然龙儿和这几个小朋友语言交流还有点困难，但共同的年龄显然是最好的融合剂，在这个离家几千里的地方，龙儿又一次找到了朋友……快乐总是短暂的，分别的时间虽然一次次应龙儿的要求而推迟，但这一个时刻还是来了，龙儿恋恋不舍地跨上自行车，然后向那些新结识的小朋友摇手说"再见"。我听出了他声音中的不舍，那些藏族小朋友也挥动着手说着"再见"。有什么办法呢？人生就是一次次的相聚，然后又是一次次的别离，等孩子慢慢长大，就会有自己的天下，那时和爸爸也会分别的。

　　明晃晃的阳光之下是极佳的柏油路，当前边出现了"拉萨，326Km"的路牌时，巴河镇到了。巴河镇得名于一条小河巴河，巴河在这里汇入了尼洋河，巴河的上游，有一个著名的景点巴松错。巴河镇停了许多小汽车，想必都是去看巴松错的。我见其中有车牌是"豫L"开头的，就大喊了一句："豫L是河南哪里的？"车边有个声音回答道："豫L是河南濮阳的！""我是河南许昌的。"我对着后边又喊了一句。其实我连哪个人和我说话都没有看清，然后继续前行。

西藏古堡

　　风子又骑前边去了，失常今天一反常态，脸上很不开心的样子，难道是出什么事了？原来是到了特殊时期，浑身没劲儿。她告诉我明天骑行估计有点不太方便，这可怎么办呢？如果让她独自搭车，一个女孩子，怕有危险。看来明天可能又要搭车了。失常虽然感觉没有精神，但又想快一点赶到工布江达，然后早一点休息，于是我让她骑快一点，累了就在路边歇歇，龙儿骑不快，我在后边陪他。失常慢慢消失了，我和龙儿边玩边走，美丽的尼洋河一直陪着我们。又走了十几公里，就见河边出现了一片空地，两辆车停在河边，地上铺着一块儿塑料布，许多人围着在野餐。我带着龙儿走到他们那里，刚要继续前行，只听他们大声喊："你是不是许昌的那个？"我说："是啊！"他们说："别走了，过来歇一会儿吧。"我想着失常还在前边，有点不想过去，但他们不停地喊着邀请过去，我说："你们是哪里的？"对方说："我们就是在前边跟你说话的濮阳的啊！"原来他们不知什么时候又跑前边来了。盛情难却，只得放下自行车走了过去，他们很是热情，又是递水果，又是让我们和他们一起吃泡面，虽然在路上可以不用那么客气，但我还是习惯性地婉拒，但他们并不罢休，先给龙儿塞了一碗泡面，又给我一碗。其实我是真的不饿，但恭敬不如从命，只得开吃。龙儿其实也不饿，吃了一半就吃不下了，这可苦了我，只得吃完了我的那份，又吃了他剩下的面。吃完饭，这些人竟然又从车上拿下来一个橡皮船，然后开始充气搞漂流，当然这里的水势比家里急得多，于是就用一根长绳拉着漂。看来是一群真正的"玩家"啊！龙儿欢呼雀跃着跑着去看他们漂流了，正在这时，失常竟然又回来了，原来她走到前边，等了好久也没有见我们走过去，打我电话又停机了，以为我们出了

什么事,放心不下,就又骑回来了。我一看失常的脸色更苍白了,赶紧叫上龙儿出发。前边出现了小村庄,村子的房顶都被涂成了红色、蓝色、紫色,非常的统一,在蓝天白云青山的映衬下格外好看。这些房子据说都是广东援建的,我们赞叹着广东就是有钱。路转了一个弯,远远地望见柳枝的后边有一个模样独特的建筑。走近了,发现竟然是一个船形的建筑立在一个池塘中,龙儿小声地问我:"爸,这是不是就是你说的《2012》中为了逃生而建造的方舟?"我晕,儿子,你还当真了呀?不过,这个东西确实很个性啊。

许多人走这一段路,下午3点后有很大可能会遇到逆风,但3点了,哪有什么逆风?看来我们这一趟川藏之行,不但遇到的雨少,连逆风都很少。工布江达位于K4358,但我们走到K4358连县城的影子都看不到,还以为我又一次要做骗子了,谁知转过不远处的山脚,工布江达华丽丽地就出现在远方。路在这里分岔了,向左的过了一座桥,凭感觉那是G318;向右的是一个上坡。按照攻略上说,今天的住宿地南方宾馆应该沿右边的路走,我毫不犹豫地开始上坡,龙儿显然被我搞糊涂了,明明县城在左边,我怎么选择了上山呢?我向他解释走这条路能到住的地方,但龙儿不相信,一直在后边抱怨。上到坡顶,我向儿子解释,向左是去工布江达的新城区,我们要去的地方在老城区,所以要上这个坡。当然,刚才真要向左也行,那就要再从另一座桥重新到老城区。龙儿仍然坚持走新城区会不

上这个大坡，我说服不了他，只得作罢。这条路的尽头，就是大名鼎鼎的南方宾馆。这个宾馆是河南驻马店人开的。工布江达的这个南方宾馆可为河南人长脸了。因为这里有个与别处不一样的规定：凡骑自行车的人住宿优惠。双人标间只要 40 元。40 元啊，想一想，里边有大电视，能洗澡，可免费打电话。这可是川藏路独一无二的享受啊，条件比在波密一人 40 元的房间好多了。并且这个宾馆很大，几乎所有的骑车人都住在了这里。风子早已经到了，照例订好了房间。但是是哪个房间呢？前台管登记的河南老乡拿出登记册，但我怎么也找不到一个叫"风子"的人，找了好久突然想到我的大脑又高原缺氧了：川藏路上我们都用网名，登记时都用身份证上的名字，焉能找到叫风子的人？……

安顿好之后，龙儿又被宾馆里边的网吧吸引了。上网对住宿的人优惠，于是也让龙儿去开心玩游戏了；而失常由于生理原因体力透支太多，躺在房间里休息；我没有事干，在南方宾馆的大院子里闲转，大瓦蓝瓦蓝的，没有一丝丝云彩，突然想到何不趁这个机会把积攒了许久的衣服洗洗？说干就干，说实话，在这样的阳光下洗衣服，真的是一种享受啊！

三十二
"丐帮新村"松多镇

[时间：08 / 14 / 晴]

对于这一天的行程，现在回忆起来充满遗憾，因为我又一次在川藏路上搭车了，并且因此而错过了"中流砥柱"，错过了 K4444 里程碑。但是生活就是这样的阴差阳错，也正是因为生活的这种不确定性，使我们的生活充满乐趣，使我们对未来充满希望。这一次的搭车因为失常。失常是一个外表单薄内心坚强的人，走川藏路之前，连自行车都很少骑，到了成都后才买的山地车，第一天学会，第二天出发，在新沟那一段骑得崩溃，但从此再也没有掉队，到后来有时连"猛哥"风子也跟不上。一般情况下，她不会说放弃，但当她说放弃的时候，那就肯定坚持不住了。女孩子毕竟有自己的特殊时期，失常说今天不能骑了，那就只能搭车了。本来也想过在工布江达休整一天再出发，但是前方的元旦已到了拉萨，据他的消息，现在拉萨最难买的是火车票，搞不好甚至十天也走不了。心中很是吃惊，如果真是那样，恐怕会影响龙儿上学的。所以感觉还是快一点赶到拉萨，然后想办法解决火车票的问题。思来想去，最终痛苦地下定决心：今天不再休整，搭车到松多！对于搭车，最理想的是让失常自己搭车，我们三个继续骑车，但让一个女生自己搭车，我们没有这个胆量。那么下边的问题就是谁陪失常搭车。如果是我，那肯定龙儿也要搭；如果是风子，我们也不忍心，因为风子这一路从没有搭过车，如果在这里搭车，他的行程就不那么完美了，况且风子体力超好。那就只有我来吧，反正我在理塘前也搭过一段了。今天的路程是近一百公里的上坡，并且下午 3 点百分之八十会遇到逆风，不可大意，所以风子早早地就起床走了，剩下我们仨，懒洋洋地收拾昨天洗的衣服，收拾行李，又出去吃了一点饭，并且为了多一点保险，我又去邮局给元旦汇了一些钱，让他如果有可能，就帮忙买一下火车票。等我们出发的时候，已经是十点多了。此时的川藏路由于接近拉萨，路上的车多了起来，但车友是一个也没有了，大家都早早地出发了，没人会像我们这么晚出来的。

今天的天气没有像前几天的那么好，路边的尼洋曲上浮着若有若无的轻雾，但气温还是较为宜人的。失常骑不快，我们就用散步的速度慢慢前进，走了几公里，一直没有遇到合适的车。10点钟还是太早了，从工布江达出发的私家车已走了，后边从八一过来的私家车还没有跟上。又走了一会儿，突然来了一辆拖拉机，后边挂着一个自制的胶皮轮子车斗，上边装着木材。我心中说这个车挺好的，坐在上边既不耽误看风景，还别有一番滋味。于是我一挥手，那车靠边就停住了，开车的藏族青年问我干什么，我说要搭车，他下来就帮我们把自行车向车上装，失常和龙儿的车装上去后，我又把行李也装了上去，然后对那个司机朋友说我不坐，我在后边骑。那个藏族朋友操着不太熟练的普通话死活劝我上去，我不同意，他只得作罢。拖拉机开动了，这个藏族朋友的家在前边的金达镇附近，于是我就和拖拉机展开了一番竞速赛。说实话，前10公里还可以，然后就有点跟不上拖拉机的速度了，那个藏族朋友示意我拉住车借力前进，于是我就边拉边骑，但这样做有一定的危险性，所以时拉时断，最后，还是感觉自己骑算了。我向那个藏族朋友挥手示意，让他先走，然后那拖拉机就消失在前边的拐弯处，我恢复自己原有的速度继续前进。但也不敢让失常和龙儿离我太远，还是尽力追赶着向前走。上坡渐渐多起来，我骑着也越来越吃力，不幸的是天上又飘了几丝雨，难道想下雨？我担头看看天，感觉可能性不大，但西藏的天气说变就变，也不可大意。

失常发来短信，让我也找个车搭一下，看来只得如此了。我停了下来，不一会儿，一辆小型卡车就开了过来，我伸手拦了下来，前边的驾驶室内看着像一家三口，父母加一个女儿。我对开车的那个人说想搭车，他有点为难地说，他只到前边 10 公里左右的太昭古城，我一想再走 10 公里就快到金达镇了，于是就对他们说这样刚刚好。那个父亲下来帮我把自行车放到车上，我想只站在车厢内就行了，但那个司机说这里不如驾驶室舒服，一定让我坐进驾驶室，只得从命。

　　车开动了，我虽轻松了下来，但总感觉像是丢了些什么，车还没有开多远，就看到路边坐着一些卖东西的商贩，莫非这里是什么景点？我一想，差点喊出声来，我想起来了，这里是林芝的一个著名景点——中流砥柱。中流砥柱是尼洋曲中的一块巨石，该石被当地藏民奉为神石，并且传说是"贡色拉姆"的坐骑变成的，所以受到了藏民的膜拜。中流砥柱在车窗中一闪而过，我不好意思喊停车，看来只得向"中流砥柱"说抱歉了，等将来有缘时再来看它。就像在理塘长青春科尔寺时没有见到失常、龙儿所说的弥勒佛一样，这其实都是缘分。因为无缘，所以不见。

　　很快车到了太昭古城，道声谢，说声再见。向前走了不远，发现失常和龙儿也在骑，原来他们下车的地方与我差不多，只是早到了一会儿。天气又晴朗了起来，骑了几公里，金达镇到了。我们到坡顶找了个饭店，边吃饭边注意是否有合适的车捎我们去松多，但是直到我们吃完饭，仍然不见有车过来，只得继续骑车出发，走了很短的一段，失常和龙儿就不走了，商量着等车，那好吧，反正要搭车，等就等吧，但由于是午饭时间，路上的车很少，能拉我们的车根本就没有。等了许久，没有办法，继续向前走，失常和龙儿走得较慢，我骑得快一些，骑了一段路，也只得停下来等他们。远远地见失常和龙儿边推车边向后边张望，可是没有合适的车。失常先走过来，等她走到我面前时，失常告诉我龙儿刚才截住了一辆军用吉普车，人家给了他一点吃的，但不能搭车。正说着龙儿也过来，正在这时，一辆面包车从后边开了过来，龙儿伸手就把人家拦下来了，刚好后边又过来一辆军用吉普车，看到龙儿招手也停下了。儿子的胆子变大了！面包车内是一男两女三个汉族人，我们说要搭车到松多，他们问车子怎么办，我说可以拆了装上去。他们表示三个人加三辆车有些困难，如果能让那辆军用吉普车拉一些就好了,但那个军车上的人表示他们不方便拉,给龙儿一瓶矿泉水就走了。面包车上的人只得同意拉我们。吸取理塘之前搭车丢配件的教训,这次我很小心地把小零件都收拾好。我们坐上去后,车内满满的。原来他们三个是四川人,在拉萨做生意,这两天没事,就到八一玩了一趟。听说龙儿骑车从成都过来,那两个女的嘴张着半天也合不拢。那个男司机回头对我们说:"我们今天回拉萨,干脆你们别下车,一直坐到拉萨得了。"这个建议充满诱惑性,但被我们毫不犹豫地拒绝了。明天就要爬米拉山了,我们不想错过这座川藏路上的最后一座山。我们也不想让这次骑行"猝死"。一个多小时后我们到了松多,谢绝了这三位朋友的再次邀请,我们在路边卸下了我们的车,然后组装好。风子也刚到不久,我们又重逢了。

　　松多被称为"丐帮新村",但我们看到松多有许多饭店,都是两层楼房,装饰得也很漂亮,哪有丐帮气息?进到饭店里边,桌椅都很齐备,感觉到松多已摆脱了"丐帮新村"的恶名了。这里吃的东西贵,因为这里前不挨村后不着店,物资都要从外边运来,据说住宿便宜,都是"丐帮"价,一人10元,但我们问住宿价,竟然要每人20元,讲价也只讲到了每人15元,只得作罢。看来松多摆脱"丐帮"形象的同时,也摆脱了"丐帮"价格了。松多附近也有个温泉,风子想去泡泡,但我看天气不好,加上路远了一点,虽然有车接送仍然不想去,最后风子自己去了。很不幸天空下了雨,风子在雨中,泡了一个别有风味的温泉浴。

　　松多临近拉萨,饭店的门口出现了几个推着小三轮车卖旅游纪念品的小贩,禁不住他们车上花花绿绿东西的诱惑,给龙儿买了一把刀,失常买了不少的石头饰品。当时不知这东西的真实价格,后来到了拉萨八廓街才知道,还是松多的商品买着便宜。晚饭后,老板让我们上楼到了住的地方,我们才真实地感觉到松多其实还是"丐帮"新村。原来这里都是外表装饰得很漂亮,一楼吃饭的地方也不错,只是二楼住宿的地方太"丐帮"了:简单的木板隔出来的房间,里边还放着其他的物品,脏、乱、差!真一个"丐帮"总部也!松多,是我们整个川藏路上住过最糟糕的地方。松多,不要被它的外表所迷惑!

三十三
最后的米拉

[时间：08／15／晴]

松多不可久留，何况前边还有个米拉山在召唤着我们，翻过米拉山，离拉萨就不远了。骑了二三十天自行车，终点马上就要到了，许多人心中激动起来，松多到拉萨还有160多公里的路，都是好路，一天骑下来问题也不大。于是大多数人早早起床，都准备一天走到拉萨。可是我心中却激动不起来，拉萨不过是一个城市，凡城市皆不如山野，拉萨不是终点。失常今天能否继续骑行也是一个大问题，如果不能，则只能在这个前不着村后不搭店的地方再停一天了，毕竟搭车的事打死我也不能再干了。

风子同学打算今天骑到拉萨。因此早早地起床做准备，龙儿仍然在睡，由于我们今天不一定出发，我也没有叫醒他。川藏路上，队伍分分合合，大家既是一个团体，又是独立的个人，好在每天都有许多人在骑。前边的人走远了，又有后边的人跟上，大家重新认识，然后一起前行，也许明天分手，然后就是天各一方，永远不会再相见。风子走了，太阳仍然没有升上来，失常和我送走风子，叫起龙儿，我们慢慢吃饭，边吃边商量今天怎么办。龙儿听说风子走了，喊着要追上去。失常说可以凑合着骑，不行就下来推车。这真是一个好消息，我们一致决定继续前行，我把今天的终点定在了墨竹工卡，我们不用急着赶路，既是因为失常的身体，也是因为不能放过川藏路上这最后的美景。

到松多的商店买了一些东西作为路上的午餐，然后就向着心中的米拉出发了。气温不高但也没有感觉冷。出松多后坡度仍然不大，路缓缓地向前延伸着，慢慢地就走进了邦杰塘草原。西藏的草原没有内蒙古大草原那种风吹草低见牛羊的辽阔，有的只是两山之间的一块谷地，往往是谷底有水，水流成河，河边有三三两两的帐篷，帐篷附近是星散的牦牛。邦杰塘草原上流动着的仍是尼洋曲，只是已经变得很小了，等尼洋曲消失，米拉山垭口就到了。远处的山脚下，并不是熟悉的帐篷而是统一的房子，房顶红绿相间，大红大绿在西藏的蓝天下没有丝毫的庸俗，反而让人感觉特别的协调。也许这个世界没有庸俗，庸俗只是与周围的环境不和谐。

松多离米拉山垭口28公里，只有最后的7公里坡度较大，所以我们一直走得不慌不忙，这时从后边追上来两个帅哥，其中一个是香港人。他们是从滇藏线上来的。"香港同胞到西藏要办理特殊证件吗？"我问他。旁边那个兄弟帮着回答说云南与西藏的交界处是盐井，那里有武警值班登记，于是一群车友就围住了值班武警，然后让这位兄弟混了过来。我不知道这种做法是对还是错，但我想香港也是中国的区域，这样做也许不会有什么问题。川藏路上见到香港车友，第一个感觉是川藏路的吸引力的确不同凡响；第二个感觉是中国真大，然而有相同爱好的人不分东西南北。

同样是去拉萨，他们这样去。

  共同骑了一段路，龙儿看到路边有一个分岔路，这条路应该就是通向牧民定居点的，龙儿跳下车，然后装模作样地说自己饿了。我知道他是惦记着刚从松多买的东西，于是就从驮包里拿出来让他吃。龙儿心满意足地吃了起来。我拿着相机胡乱地对着周围照着相。说到拍照，我总是不好意思对准别人照，等回来以后发现自己照的风景的确不少，但人物照太缺乏，有时想发张照片，找来找去竟然没有，也算是一个遗憾。龙儿吃完后我们继续出发。路仍然很平缓，米拉山号称川藏路上海拔最高的山，但现在连垭口的影子也不见。远处出现了几间房屋，走近了才看到有一个和龙儿年纪相仿的孩子在卖东西，问他，原来已经十五岁了。这一路上都是这样，如果和龙儿身高类似，那么藏族孩子的年龄肯定要比龙儿大上几岁，由此可见高原上生活的艰辛。

  我们的速度一直不快，追不上大部队，所以很多时候路上只有我们三个，但显然有一部分兄弟也不想太快地走到拉萨，所以我们后边经常会飘过几个兄弟。风子发来短信说，他已翻过了米拉山，正在路旁边晒太阳边等我们，他又不想一天走到拉萨了。这个消息让我们很激动。又走了几公里，路陡了起来，看来米拉山快到了，K4475处明显有人经常在这里休息，我们也停车坐了下来，然后拿出东西吃了起来。停了多半个小时，龙儿还不想走，于是我先骑上自行车出发了。隔了一会儿，回头一看，龙儿和失常也出发了，于是我们一起向最后的米拉

米拉山,我来了!

进军。绕过了一个山头,猛然就看到米拉山口似乎在左边的山顶,但和业拉山一样,明明山口在左,但我们却必须先向右走,然后再左转上山。龙儿又开始了推车,这时一个大胡子兄弟骑了上来,见了龙儿很激动,然后喊着龙儿一起骑。龙儿也很激动,骑上车跟了上去,但没有多久就没有多大劲儿了,于是两人停了下来一起躺在路边晒太阳。歇够了,继续出发吧。龙儿仍然不是太兴奋。我看着近在咫尺的山口有些心急,可龙儿走不动我也是干着急。

失常出主意让我用捆扎带拉着龙儿上山。于是我用一根捆扎带系到龙儿的车上,绳子的另一端连在我的车上,我用力在前边骑,龙儿在后边也配合着骑。龙儿显然被这个新奇的办法吸引了,他在后边也不再抱怨了。我们对着米拉山这川藏路上的最后高山发起了冲锋。骑了有一公里左右,当我感觉有些坚持不了时,就停下来休息。然后继续,大约三四次后,离米拉山口的经幡已经不到一公里了，我让龙儿自己骑上去，然后尾随着他也冲上这个最后的高山。山顶几个兄弟直夸我了不起，我问怎么了，他们说这么高的山，他们上来都很吃力，我竟然带着包，后边还拉着一个孩子。嘿嘿，这有什么？只是如果在折多山时想到这种方法就好了。

米拉山海拔5013米，论海拔是川藏路上的最高峰，但上边一点也不荒芜，相反，米拉山上很繁华。在鲜艳的经幡之下，是整齐的小广场，广场上是喧哗的游人，是牵马招呼客人的牧民。阳光暖暖地照着，让人忘了这是身处川藏路的最高处。回想这一路走来，这样喧闹的山口真的很少见。米拉山口最显著的景观是一座由三头牦牛组成的雕塑。龙儿兴奋地爬到牦牛上，摆出胜利的架势。我则向后望着，群山重重，我们走过的诸多山口已被甩在遥远的东方：

折多山口（4298米），是我们爬上的第一座4000米的高山，儿子倒在垭口前8公里处。拉走儿子的车如今仿佛就在我面前。

高尔寺山（4270米），是儿子自己骑上的第一座4000米的高山，他战胜了"高反"。在这一座山上，儿子下山多时，听说我有事，又二上高尔寺山，重新骑上来。让我既感动又兴奋。

剪子弯山（4450米），儿子拼力上去了，但肌肉拉伤，只得翻过山口后搭车去理塘。

卡子拉山（4440米），我们看到了彩虹。

海子山（4698米），龙儿搭车上去，等不上我，又下山，再上山……

宗巴拉山（4170米），我至今不能忘记儿子骑上去后号啕大哭的样子，惹得我也泪流满面。

拉乌山（4360米），儿子骑上去以后，被车友围着照相，脸上笑靥如花。

觉巴山（3920米），儿子千辛万苦骑上去，路上记住了我讲的世界末日的故事。

东达山（5008米），儿子耍赖，被人拉到了左贡。

业拉山（4670米），儿子骑上去后，见到了传说中的怒江七十二拐。

安久拉山（4460米），天色已晚，兼又下雨，儿子最终在离垭口8公里左右处被赵毅家的车捎走；我则夜走安久拉，经历了骑川藏以来最恐怖的一段。

色季拉山（4620米），龙儿在山下见到了加拉白垒峰，但是骑到山顶却没有见到南迦巴瓦峰。

如今在米拉山，阳光明媚，如同为儿子这一路的奋斗在唱着赞歌。米拉山虽然海拔是川藏路上最高的，但连龙儿都说是最容易上来的一座山。有几个藏族小孩儿想骑龙儿的自行车，龙儿问我让不让骑，我告诉他当然可以让他们骑了。还有的游客借失常的自行车和海拔碑合影，我们一时玩得忘掉了时间。想起风子还在山下等我们，不得不恋恋不舍地向山下骑去。下山的速度很快，喧闹的米拉山马上就消失了。米拉山上山不陡，骑一段发现下山也不陡，这样我们的速度就慢了下来，许多地方都需要蹬踏，二三十公里后竟然完全是平路，这就是奇怪的米拉山！本来平路也是挺好的路，但由于一直想着是陡下坡，如今愿望落空了，再加上有一些逆风，所以骑起来感觉很累。龙儿嚷着肚子饿了，包中的干粮早被吃光了，我只有不停地鼓励儿子，说前边有个日多乡，那里有饭馆。日多，你在哪里？这时风子发来短信，说天空有了几朵黑云，他怕淋雨，就不等我们了，随着刚过去的车友去拉萨等我们。传说日多乡波密饭馆的清汤面很好吃，所以当千思万想的日多出现的时候，我们第一件事就是寻找波密饭馆。村口果然有一个波密饭馆，门小小的，完全的藏族风格，不知为什么，我一直认为好吃的清汤面肯定是川菜馆才会有的，所以根本不相信这个藏族风格的饭馆就是网上热传令人欣喜的波密饭馆。从日多街开始，下坡竟然大起来，我让失常和龙儿先等一会儿，自己骑着车向前侦察情况，但一条街快走到头了，也不见第二家波密饭馆，只得回来走进了饭馆。坐下后我们向老板要了三碗清汤面，然后急不可耐地等待，清汤面端上来，我尝了一口顿时感觉某些人肯定被这家饭馆收买了或者是饿昏头了。因为这就是很普通的挂面啊，我们一路吃来，真感觉不出来这家的清汤面好吃到哪里。唉，千山万水脚下过，一缕挂面挣不脱；你莫说旅途孤单寂寞，还有挂面来消饿……吃完面我才想起，这波密饭馆怎么可能是川人开的？波密也是西藏的地方啊！大脑缺氧严重。

由于前边走得太散漫，吃完面已经不早了，还有55公里才能到墨竹工卡，心里不由担心起来，如果前边仍然是平路，那么就是不歇也要三个小时，龙儿能坚持吗？三个小时，天也黑了，如果龙儿罢工怎么办？带着这些疑问我们快速地向前骑去。幸运的是前边的下坡陡起来，所以我们的速度很快，骑了大约一个小时，我们遇到了一队磕长头朝圣的人。正好要休息，于是就停了下来。我发现他们也要停下来扎营，扎营处已是炊烟袅袅。这个朝圣的队伍很大，都是一个村的人，其中还有两个小学生。我问他们上学怎么办，他们回答请假。请多久？孩子的爸爸说请半年假。这里人的观念和我们是不一样的。

告别朝圣的人，我们继续向着墨竹工卡进发。比日多之前的路省劲儿多了，路过一个村庄的时候，我看到一个三四岁的小孩儿正蹲在自家门前拉屎，夕阳把他的小屁股照得金灿灿的。本来他是背对公路，我们走到他身后，他才发现我们，只见他快速地扭过身子，对着我们大喊一声："扎西德勒！"多可爱的一个小娃娃啊！

还剩下最后一段路，路边出现许多格桑花。自从认识了格桑花，发现越接近拉萨，格桑花越多。路边的景色真心不错，傍晚时分，远山如黛，树木苍苍，近处牛马在自由自在地吃草，但我怎么也回想不起来有哪位走过这条路的兄弟提到过这里的景色，看来拉萨在前，大家都激动起来了，已没有人能以平静的心情来欣赏风景了。这时龙儿来了劲儿，对我说不住墨竹工卡，一定要今天骑到拉萨找到他风子叔。我告诉他如果以现在的速度去拉萨，到那也是半夜了。但龙儿不听，坚持要去。我一边追他，一边想着办法劝阻他，今天到拉萨肯定不行了，天马上就要黑下来了。

转过一个山，墨竹工卡到了。也许是肚子饿了，龙儿也不再坚持赶到拉萨，我们找到一家条件较好的宾馆，就在墨竹工卡快要出城的318国道的路边，明天出发很方便的，唯一美中不足的是离自动取款机较远，等交完50元的房费，口袋里也没几个钱了，但也不想回头去城东取钱，只得凑合着吃了点东西，然后又用剩下的几元钱买了点水果，就没有一分钱了。顺便说一下，感觉墨竹工卡的东西很便宜，比拉萨还要便宜。

三十四
风雨之后，圣城拉萨

[时间：08／16／雨，晴]

西出墨竹工卡，路边的油菜已经开始落花。龙儿不由我吩咐就飞快地向前跑去了，等我收拾好东西，他早已不见了踪影。和失常在后边紧追慢赶，突然发现头顶的云层变厚了，难道要下雨？我们这一路一直被上天照顾，几乎没有淋到什么像样的雨，难道这最后一天还要让我们淋一场雨不成？这时，我们发现龙儿正在前边停着，原来松赞干布的出生地到了。作为西藏历史上最有名的一个人，松赞干布被古往今来的人所称颂。虽然距离松赞干布生活的年代已很久远了，但山水依然。如今来到了松赞干布的出生之处，我感觉离这个历史上的风云人物突然近了，甚至能听到他的呼吸声，看着眼前千百年来不变的山山水水，心中不禁浮想联翩：松赞干布张眼四望的时候是否想的都是江山？他是否也会想起孩童时的快乐？他是否也想知道山外还有什么？……昨天的历史已湮没在风尘中，如今我作为一个过客，带着我的儿子，来对松赞干布道一声：千年之前，你的吐蕃，如同一条消逝的河；千年之后，我的中国，更有精彩的生活！

失常不愿去参观，于是我和龙儿上到大门处，原以为里边就是松赞干布的出生地了，谁知道还要走一段路，看着天空的黑云，犹豫了一下，不得不放弃。下坡回到318国道，还没有走多远，雨就飘飘洒洒地下了起来，赶快停车拿出雨衣，我们三个穿好后继续前进。川藏路的最后一天，老天爷终于想到这是在雨季，于是就象征性地下了这最后一点雨，给我们补上了这一课，以便让其他走川藏的朋友心理平衡一些，同时也为我们洗去这一路的征尘。这一次，仍然是风子走后第二天就会淋雨。俗话说风是雨的头，风过去了，焉能不下雨？

雨时下时停，一直也没有下大，但下雨时气温就会变低，穿着雨衣感觉也不舒服，心里就盼着这场雨早一点停止。远处右上方的天空露出了一方蔚蓝色，那里肯定是晴天，但我们的头顶仍然在飘着雨，心中不停地祈祷着那片蓝色赶快扩大，来占领我们的头顶吧！那蓝色果然扩大了，一直到了离我们不远处，就剩一点点了，阳光照到了右边的山脚，但再也不向这边来了。这时就见右边出现了

一条山谷,如果川藏路拐向那里,阳光再也跑不了了,但拐过山脚,却发现路仍然沿着左侧的山向前延伸,离阳光越来越远了。崩溃!但是头顶的云似乎变薄了一些,这雨不会下多长时间的!此时已走到了K4600处,这里是拉萨前的最后一个整百数字的里程碑,照例被车友们涂画得乱七八糟。又走了两公里,阳光刷地一下就刺破云层射了过来,天地顿时一片光亮,温度立即升了起来,赶紧脱了雨衣,我们欢快地沐浴在这西藏灿烂的阳光之下。不知什么时候,身边多了一条拉萨河,水清沙白,渚草依稀,洲生绿树,拉萨真的不远了!随着拉萨河的韵律,我们一起走向拉萨,龙儿有点急不可耐,一次次地问我拉萨还有多远,我有时看到路碑就跟他说一个准确的数字,大多数情况下只能告诉他,不远了,拉萨就在前边。心中略有一丝遗憾,就这样走到拉萨了?多希望不再为生活而奔波,想走到哪里就走到哪里,想骑多久就骑多久啊!但生活就是生活,也许奔忙是生活的特色,假如有一日我们不再为生活而奔忙,也许那时我们已失去这艰辛之后的快乐。这时元旦打来电话,告之他们要走了,现在已坐上了火车,车票没有帮我们买到……龙儿在旁边听到了,立即嚷了起来,他最想见到的是他阿飞叔叔,本来还想到了拉萨找阿飞好好聚一下呢,谁知赶不上了。

阿飞真是一个可爱的人，雅安初遇，很快就和龙儿成了朋友，龙儿抢他的帽子，抢他的巧克力……从来不见他生气；阿飞也是一个勇敢的人，二十岁左右，骑一辆不知从哪儿淘来的破山地车，身上没有多少钱，但硬是敢上川藏路，说实在的，对阿飞很是敬佩。说话间，达孜到了。

达孜是拉萨前的最后一个县城，阳光强烈，街道整洁，看到路边有一个兰州拉面馆，我们就停下来进去吃饭，吃饱了肚子再向拉萨进发。应该说这是我们在川藏路上吃到的第二碗比较正宗的面，有拉面的味道，不是挂面做成的。上一次吃到正宗的面还是在去邦达的路上意外吃到的刀削面。吃完面，龙儿催着要出发，于是继续骑行在阳光里。这里离拉萨还有22公里。骑在林荫道上，感觉心情很放松。龙儿的速度快起来，我想在这最后的一段路上给他多照些照片，所以我努力地追赶他，即使这样，还是不时让他跑掉。前边的悬崖上画了许多梯子形的图案，记得第一次见到这种图案是在过八一之后的路边，那时龙儿看了一眼就骑过去了。但这一次，他问我这是什么意思，我告诉他这是藏族人为他们死去的亲人画的，希望他们的亲人能借着这样的梯子上到天堂。

龙儿问:"真有天堂吗?"

我犹豫一下,回答:"有!"

"天堂在哪里?"龙儿追问。

我一时不知道该怎么对他说……天堂在远方,天堂在一个我们看不见的地方,天堂在我们的梦里。其实我们每个人的心中都有一个天堂,它有时远,有时近,只要我们不放弃努力,我们就会离天堂越来越近。不知龙儿听没有听懂我的解释,但前方拉萨很近了,龙儿飞快地冲向前去,我想追赶,但我根本跟不上他的速度,不一会儿,他就消失在去拉萨的路上,只得作罢。

临近拉萨,路边出现了很多种菜的大棚,路上的车辆多起来,路边出现了公交站牌,所有的一切提醒你:拉萨,到了!只见路边房子的间隙中一闪,一个像是布达拉宫的建筑飞快消失,再走了一小段路,仔细一看,果然是布达拉宫。拉萨到了!不知龙儿跑到什么地方了,这进拉萨的时候,怎么也得来张照片以示纪念啊!拐过最后一个山角,拉萨完全出现在前,只是不见了布达拉宫的影子。远远地就看到龙儿蹲在一个里程碑上在闭着眼装睡,那是拉萨之前的最后一个里程碑K4632。说实话,我已经不知道什么时候给龙儿讲过K4632是最后一个里程碑了,但龙儿显然知道这是最后一个,所以骑到这里就停下来等我。并且还蹲到上

面，龙儿可能在追求一种效果：他已经占领了川藏路的所有路程。他可能在说，川藏路也没有什么好怕，就如同轻松地睡了一觉，醒来已是拉萨了……

过了 K4632，不远处路向右拐去，跨过拉萨河上一座大桥，就是拉萨城区。拉萨河大桥上有武警在两端值勤，严禁照相。拉萨是大城市，陷入城区，我们就不知道该去哪里，想了一会儿，决定骑向布达拉宫，一路骑一路问，大约二十分钟左右，路一拐，我们赫然发现已站在了布达拉宫的下边。看着从前只在图画中见过的布达拉宫蹦到了眼前，我没有多少激动，这个世界没有走不到的地方，只要你出发了，目标就不远了……

龙儿看了一下布达拉宫，然后就欣赏起布达拉宫下边的游人来。对于龙儿来说，布达拉宫也就是一个很高大的房子，他更关心的是繁华的城市。布达拉宫下边尽是行人，藏族同胞成群结队摇着转经筒走过；骑车的人踩着单车走过；背包客背着旅行包走过……虽然同是行人，却让人感觉与其他的城市不一样。

川藏路仿佛已是一个梦，它刚刚离去，却又似乎没有离去，它在我们的回忆中，它在我们的梦中，它在我们的血液中……

九岁，我骑单车去西藏

后记 / Postscript

转过身去，还有另外一个世界

骑行川藏，缘起儿子。当然，我没有跟儿子说明是为了戒掉他的网瘾，说了他也不能理解。另外，也想借骑行，让自己彻底地陪陪儿子，了解一下他的世界，从思想上接近他。

出去玩，对每个人都是美好的事情，儿子当然愿意出去玩。刚从成都出发，龙儿非常积极，这种情况，一直到新沟。那一天，兴奋中的儿子骑了八十多公里的上坡，让人吃惊，但从此就开始腿疼。第二天就开始有了抱怨，但一直到折多山，他抱怨的大多是路不好，坡太大。过了雅江，就开始说我把他骗到了川藏路。我除了苦笑，无言以对，做一个父亲，真难！

在路上，由于大多数情况下都是我们父子在一起走，速度较慢，甚至后来要陪着儿子慢慢推车，这使我有时间想了很多，关于上网，从这时开始，我也不再认为应该让儿子和网络完全断开了。现在这个信息社会，让孩子彻底离开网络，既不科学，也不现实。我的主要目标转向了怎样让儿子分清游戏时间和学习时间。最起码：不偷钱上网，不撒谎。所以，到拉萨前，我会让儿子在艰苦的骑行之后去玩一下游戏，等他结束后，不再给他冷脸，而是用微笑对待他，让他感觉玩游戏也不是什么见不得人的事。并且赞扬儿子喜欢电脑也是好事，长大了可以考大学中的计算机专业。儿子听后大受鼓舞。接着就顺理成章地告诉儿子，如果想上计算机专业光会玩游戏可不行，还要努力学习才行……这些话日积月累，慢慢在儿子心中会有沉淀的。

小孩子不能进入网吧，我想是儿子到芒康才完全相信的，那一天，我为了兑现诺言，让失常带他去网吧，但没有想到西藏的网吧管理很严格，听说儿子要上网，网管断然拒绝，连失常提出以她的名义开机器，然后让龙儿玩都不允许。回想在内地，那些网吧老板们为了赚钱，巴不得哄这些孩子进入网吧，真是天壤之别。我想也许就在这时，儿子对于未成年人进网吧这件事，才真的感觉不应该。从此，他有了显著的变化。自芒康开始，好像儿子只在工布江达上过一次网，从此，他的注意力好像远离了网吧，网游对他的吸引力也一天不如一天了。

另一方面，这一路之上，山是如此雄伟，河是如此澎湃，这些名山大川，不可能不在儿子的心中留下深深的痕迹。当身体的劳累感渐渐变小时，他很快就喜欢上了周围的一切，对路途艰难的抱怨，从业拉山七十二拐开始突然变少。也许是壮美的景色吸引住了他的目光，也许前两天都搭车让他恢复了力量。总之，从那以后，他基本上能正常骑行了。说到搭车，当然在川藏路上最好别搭车，可是我带儿子骑川藏，本就不是为了创造什么纪录，再说出发之前也没有训练过，出来是为了锻炼他的毅力，如果因为疲劳有可能使儿子受伤，那最好还是搭车。这些山山水水，会开阔儿子的眼界；一路上的风风雨雨，能洗涤儿子的心灵，经过这一路的历练，他，会有所感悟的。

一个九岁的孩子骑行川藏，这本身就是一道亮丽的风景。这一路之上，许多人对着儿子伸出了大拇指；许多人对着儿子喊"加油"；许多人夸奖儿子了不起，许多人给儿子塞东西……这一切的一切，都是他玩游戏时得不到的。人都在追求得到别人的肯定。孩子为什么迷上网络？因为在里边他能干成许多大人才能干成的事，比如赛车、打仗、挖宝藏……当他们完成这些事情时，就会感觉自己很伟大，很有英雄气概。于是他们怎会不趋之若鹜呢？小孩子玩网游，女生远少于男生，原因也在于此，因为大多数女生对于征战四方毫无兴趣。在骑行过程中，龙儿得到了如同玩游戏般的成就感，这让他感觉到了在现实世界中，也能得到成功的快乐。有了这种思想，以前网游完全占据大脑的情况大为改观，他发现，这个世界，充满着与网游不一样的乐趣。站在高高的山口，放眼四望，儿子发现，转过身去，还有另外一个世界。

回到家后，儿子明显地变了，学习用心了，不再让老师天天生气了；课堂之上，也不再上蹿下跳了；除此之外，他也懂得关心别人了，有了好的习惯。他有了好吃的，总是让我尝一口，虽然我不一定吃，但他这种变化，令人欣喜。同时，他也学会了节俭，懂得了生活的不易，作为一个父亲，还能不满足吗？

当然，龙儿现在仍有很多缺点，比如做事较为毛躁，另外遇到困难仍然容易逃避……但我认为，对于一个孩子，不能奢望他没有任何缺点。更关键的是，对比以前儿子的样子，我感觉现在就像在天堂。

期末考试，儿子比第一名少了五分，比第二名少了一分，高居第三名，我乐得梦中都笑醒了。

可是，生活中永远都有烦恼。现在，儿子经常问我："爸，咱们什么时候再骑车去西藏？"我苦笑，儿子，你知道去西藏可是要花钱的，然而爸爸没钱啊……儿子不管，他立志要骑完入藏的十条线路，还要去珠穆朗玛峰。

心有多高，飞得就有多高，儿子，我已给你指出天空在哪里。你，高飞吧！